AF200668

Stefan Bretteisen

SCHMETTERLINGSREISEN

OLMÜTZ

Roman

Bibliografische Information der Deutschen
Nationalbibliothek: Die Deutsche Nationalbibliothek
verzeichnet diese Publikation in der Deutschen
Nationalbibliografie; detaillierte bibliografische Daten sind
im Internet über dnb.dnb.de abrufbar.

Umschlaggestaltung: Alexander Kopainski,
www.kopainski.com, unter der Verwendung von
Bildmaterial von Shutterstock.com

Herstellung und Verlag: BoD – *Books on Demand*, Norderstedt

ISBN 978-3-7519-6814-0

FÜR ELLE

Wer einen Schmetterling liebt,
lässt ihn fliegen …

I N H A L T

MOTÝL

Přes smrky, břemy, přes haluze jedlí
lehounký vánek se skřivánkem zvednul;
přes řeku vzpomínek loďky snů břeдly,
motýl mi na ruku sednul.
Láska jsi, štěstí jsi, sličný motýle?
Odleť, bys šuhaje, děvuchu zdobil
na černé kadeři, na ruce bílé …
co bych já, co s tebou robil?

Petr Bezruč, Slezské písně, 1899

PROLOG

Am Brückenpfeiler kräuselt sich das Wasser. Eine Delle hinterlassend verschwindet es vor dem massiven Stein, wird hinuntergezogen, wie gebrochen zerteilt an beiden Seiten vorbeigeleitet; hinterlässt einzig in der unruhig gleichförmigen Strömung seine Spuren – flüchtige nur: Der zartblasse Schaum verschwindet, vom Dunkel der Nacht, dem schwarzen Glanz der Oberfläche, absorbiert, so schnell wie er erschienen ist. Unwissend, unberührt strömt unerschöpflich Wasser heran, kräuselt sich am Brückenpfeiler, ersetzt Gewesenes und erstickt mithin die Erinnerung an den Wandel der Zeit.

Vergessen wird Adrian es nie, nicht so lange er Herr seiner Gedanken bleiben darf.

Seine Augen unverwandt auf den unbewegten Nachthimmel gerichtet, müsste er jetzt nicht hier in der Kälte stehen und warten, nicht seine Hände tief in die Manteltaschen vergraben und neben einem ihm gänzlich fremden Pärchen das Gesicht bis hin zur fast erfrorenen Nase halb im Kragen verstecken. Manches Jahr später würde er an diesem Abend keinen ähnlichen Platz aufsuchen, zwänge ihn nichts hinaus in dieses Frostwetter, bloß, der junge Adrian weiß es nicht besser.

Das Paar neben ihm, eng umschlungen und unaufhörlich auf der Suche nach Nähe und Zuneigung, spiegelt Adrian sein Werden. Der Jüngling verschränkt seine Arme im Rücken seiner Begleitung und zwingt die bildhübsche Dame, sich mit ihren vor der Brust gekreuzten Händen an ihn zu schmiegen. Zart legt sie ihre Stirn an seinen bloßen Hals, beschert ihm einen Schauer der Geborgenheit und empfängt, Zeichen seiner Liebe, einen Kuss auf ihr glattes Haar. Die Hingabe der Liebenden drängt die klamme Kälte der letzten Dezembernacht in ein entferntes Vergessen. In Adrian erwacht keine merkbare Sehnsucht, kein fühlbares Verlangen, als er die beiden ungewollt und selber beinahe eisig erstarrt beobachtet und seine Gedanken einer vagen Vermutung überlässt:

»Ist die vollkommene Liebe ein zur Unendlichkeit gewordener Augenblick oder eine Moment gewordene Unendlichkeit?«

Das Schweigen auf seine Frage schafft Raum für eine sanfte Ruhe. Adrian atmet die Stille ein und spürt, wie die Ahnung einer grenzenlosen Liebe, wie sie das junge Paar in seiner Erinnerung zum wiederholten Male erfährt, seinen Speicher aufs Neue belebt.

»Mögen die beiden damals für sich eine Antwort auf meine Frage gefunden haben!«

Die Uneigennützigkeit des Alters und das Bewusstsein des Erlebten verleihen Adrian diesen Gedanken und wie in einem Zwiegespräch mit der Vergangenheit flüstert der Unbekannte seiner Liebsten wieder leise mit einem schalkhaften Lächeln ins Ohr. Gespielt brüskiert entwindet sie sich ihm, kehrt sie ihm ihren Rücken zu, während er sie an ihren Händen in einer gleitenden Bewegung um sich herum erneut an sich heranführt. Wie eins geworden und einen Tanz beginnend, den Moment nicht achtend, vollführen sie gemeinsam den aus großer Entfernung mit lauten Knallen begrüßten Sprung in ein neues Jahr. Der Himmel ist nicht länger in ein Dunkel gehüllt, ein Feuerwerk vermag die Nacht zum Tage werden zu lassen.

Deswegen sind Adrians Augen in die Finsternis gerichtet. Deswegen und wegen dieses einen innigen Kusses, den sich das ineinander verschmolzene Pärchen endlich gibt, steht Adrian hier in der Kälte.

Nicht unglücklich darüber, seiner ursprünglich geglaubten Bestimmung, einer Silvesternacht im Zentrum der Massen, entkommen zu sein, fühlt Adrian seinen Horizont in dieser abgeschiedenen Szenerie der Brücke sich weiten und sich als entfernter Zeuge der Zeitenwende ebenso herzlich im neuen Jahr willkommen – vielleicht sogar mehr.

Wieder einmal widersteht er seiner Versuchung.

Auf den Wellen unter sich sieht er das Paar gegen jede Ermüdung gefeit der Strömung folgend weitertanzen, obwohl seit damals Jahrzehnte vergangen sein müssen. Einzig diese eine dehnbare Erinnerung, die ihm die unaufhörlich an seiner Zeit nagenden Tage nicht entrücken können, gehört ihm, dem Herren seiner Gedanken, verbleibt sicher verwahrt in seinem Herzen und spendet ihm selbst im Alter die wohlige Innigkeit eines unvergesslichen Augenblicks einer zufälligen Begegnung.

FLUCHT

Adrian tritt wie betäubt aus der Tür und stolpert die beiden Holzstufen der Freitreppe hinunter auf den Vorplatz der alten Militärbäckerei. Die Sonne scheint ihm ins Gesicht. Ihre Strahlen blenden nach dem kurzen wie langen Aufenthalt im Dunkel des Ateliers seine Augen und wärmen gleichzeitig seine eingefallenen Wangen. Adrian spürt davon indessen nichts. Obwohl seine Sinne ihren Dienst nicht verweigern, er die Helligkeit der Mittagssonne bemerkt, ihr warmes Licht wahrnimmt, dringt nichts davon zu ihm durch. Erschrocken und unempfindlich gegen seine Umwelt taumelt er durch das schmiedeeiserne Tor Schritt für Schritt der Straße zu und hinaus aus dem Sonnenlicht. Im Schatten der Rückseite der unmittelbar gegenüberliegenden, hier unterhalb der Wenzelsanhöhe fünfstöckigen Spitalskaserne tastet sich Adrian schwer getroffen vorwärts. An der Ecke zur Straße, die den Hügel aufwärtsführt, spürt er, wie das Kopfsteinpflaster unter seinen Füßen zu schwanken beginnt. Unsicher bleibt er stehen und blickt zu Boden. Ein einzelner Tropfen färbt das Leder seiner Schuhspitze dunkel.

»Regnet es?«, wendet Adrian seinen Kopf zaghaft gen Himmel. Der wechselhafte Aprilwind drängt eine kleine schwarze Wolke vor die Sonne und verdüstert sein Gemüt. Von ihren Strahlen geküsst beginnen die Ränder der Wolke zu leuchten. Das Erstrahlen ihrer Konturen im Weiß der Unschuld und der

Kontrast zum kräftigen Blau des Himmels überwältigen Adrian, wie ihm der dunkle Schatten der Wolke und der Widerspruch der harmlos und gleichsam unschuldigen Wetterkapriolen ein leises Schluchzen entringt. Seine Augen glänzen gläsern und während sich seine Brust nach Atem flehend hebt und senkt und seine Lippen vehement mit jedem Atemstoß erzittern, erbricht ein Damm. Ein neuer Tropfen bahnt sich seinen Weg aus Adrians Augenwinkel.

Ohnmächtig folgt Adrian seinen Schritten, wechselt kurze Zeit später über den Schienenstrang der Straßenbahn auf die nahe Petersanhöhe und landet ohne sein Zutun im von mächtigen Gebäuden umstandenen Bischofsplatz. Er bleibt stehen und blickt um sich, fühlt eine Zerrissenheit in sich und spürt, wie er sich in dem kleinen und beschaulichen Park im Zentrum der Olmützer Altstadt in einen Fremdkörper verwandelt. Neben ihm ragt gottverlassen ein einfaches Kreuz aus Holz meterhoch zwischen den noch kahlen Bäumen empor und öffnet ihm in der Einsamkeit der Fremde ein Zeitfenster, das der Stadt wie gestern am Wenzelsplatz eine Stimme verleiht.

Ungläubig blickt er durch ihre Geschichte.

Im Hintergrund rückt die weiße Fassade des Palais des Erzbischofs mit seinen goldgelb eingefassten Fenstern und seinem auffällig dunkelroten Ziegeldach in Adrians Gesichtskreis. Drei Dachgauben, deren etwas größere mittlere eine Uhr trägt, thronen unterhalb des Türmchens im Zentrum des bischöflichen Prachtbaus. So pittoresk der Palast auf der Anhöhe inmitten der Stadt wirkt, so deplatziert und entrückt scheint er im Verein mit den anderen Bauten der Petersanhöhe; der Park des Bischofsplatzes nimmt kaum die Hälfte der Gebäudefront ein, denn trotzig ringt das Theresianische Zeughaus als Zeichen der weltlichen Macht dem Sitz der Geistlichkeit seinen Raum ab und verdeckt den restlichen Teil des frühbarocken Bauwerks. Ungeachtet dieses insgeheim in Olmütz geführten Widerstreits zwischen Weltlichkeit und Kirche bietet das Erzbischöfliche Palais dem Hof des Hauses Habsburg im Jahr der

Wiener Oktoberrevolution Unterschlupf. Der Palast des Erzbischofs beherbergt nicht nur für mehrere Monate den Kaiserhof, sondern bildet, der Notlage zum Trotz, mit seinen prunkvollen Räumlichkeiten den würdigen Hintergrund für die Inthronisation des erst achtzehnjährigen Neffen Kaiser Ferdinands I. Mit seinem dem Vielvölkerstaat der Habsburger geschuldetem Wahlspruch *Viribus unitis! – Mit vereinten Kräften!* – soll der neue Herrscher als Kaiser Franz Joseph I. der am längsten regierende König in der Geschichte der böhmischen Ländereien werden. So bahnt sich die Geschichte auch in den größten Wirren ihrer Zeit einen Weg und schafft mithin unangreifbar Raum für Veränderungen. Das Jahrzehnte davor von Maria Theresia neben dem Palais des Erzbischofs erbaute militärische Zeughaus steht mit seinem prachtvollen Tympanon, auf dessen Spitze sich eine Statue des Gottes Mars in voller Rüstung zeigt, dem Palast äußerlich in seinem Glanz um nichts nach. Heute jedoch beherbergt es als Teil der Palacký Universität die Bibliothek der städtischen Hochschule.

Auf für ihn ebenso unergründlichen Pfaden folgt Adrian zögerlich einem inneren Drang, flieht beinahe wie der Kaiserhof vor den Unruhen der Revolution, hin zu einem ihm noch unbekannten Hort der Geborgenheit, einer sich ihm öffnenden Tür und findet vorbei an der in unmittelbarer Nachbarschaft zur Bücherei befindlichen Philosophischen Fakultät, ohne danach zu suchen, ohne zu wissen, wohin ihn seine Beine führen, einen leicht zu übersehenden, fast verborgenen Durchgang.

Langsam schleppt Adrian sich vorwärts.

Kaum lässt er den schmalen Verbindungsweg hinter sich, verortet er sich hoch über dem ruhigen Bezruč Park wieder. Noch oberhalb der Parkanlage erblickt er gepflegte und zwischen Kieswegen angelegte, grüne und mit niedrigen Hecken umpflanzte Beete, die sich entlang der Stadtmauer dicht aneinanderdrängen. Der lichte Tag empfängt ihn auf dieser Seite des Durchgangs und in Angesicht des kleinen Gartens unerwartet freundlich, wie ihn die im Zenit stehende Sonne einlädt, ihr weiter zu folgen. Ohne das Bewusstsein eines eigenen Willens nimmt Adrian den Dialog mit dem vor bösen Absichten gefeiten Gestirn an und lässt sich sicher werdenden Schrittes durch das gedeckte Treppenhaus innerhalb der Schutzmauer hinunter in die weitläufige Grünfläche unterhalb der Altstadt führen. Um Fassung bemüht betritt er mit letzter Kraft den Park am Ufer des Mühlbachs. Vor weniger als vierundzwanzig Stunden setzt Adrian erstmals seinen Fuß hier nieder. Als er aus dem Niedergang heraustritt, begrüßen ihn die vier Statuen des Herkules trotzdem wie alte Vertraute.

»Hier bin ich gestern schon vorbeigekommen.«

Einzig in der Fremde spendet eine bereits einmal erblickte Kulisse so rasch Vertrauen und Adrian spürt beim Anblick der Skulpturen des antiken Helden seine Sinne erwachen. Seine Gedanken beginnen sich zu sortieren und er fühlt wie zwischen den Bäumen und Sträuchern eine leichte Brise für Bewegung sorgt und seinen Geist neu belebt.

»Was ist passiert?«, flammen die Geschehnisse der letzten Stunde vor Adrians innerem Auge auf. Er kann es noch immer nicht glauben, Markéta nach so langer Zeit wiederzusehen. Aber es besteht kein Zweifel und obwohl sie damals nach Prag ziehen will, obwohl sie in Österreich unter ihre Kunst einen anderen, weniger klangvollen Namen zu setzen beliebt, obwohl sie niemand, auch Olga nicht, obwohl sie also wirklich niemand hier vermutet, begegnet er ihr heute hier in Olmütz in diesem kleinen Atelier. Wie lange ist es her, dass er jene unscheinbare Rezension einer kleinen Vernissage im fernen Olmütz liest? So knapp der Artikel über die Ausstellung berichtet, die wenigen Zeilen und die beigefügte Collage einiger Exponate wecken Adrian aus einem Dornröschenschlaf, heißen ihn, all die notgedrungen verbannten Erinnerungen erneut zu durchleben und rufen in ihm Emotionen hervor, deren Heftigkeit ihn überrascht. Wie der zarte Hauch eines Duftes oder wie die ersten leisen Takte einer Melodie oftmals Gefühle längst vergangener Tage oder einer längst vergessenen Glückseligkeit plötzlich und unerwartet wieder auferstehen lassen, so erfährt Adrian beim Lesen des Artikels einen bitteren Stich Mitten in sein Herz. Und obwohl die kurze Rezension in ihm nur eine unbestätigte Ahnung auslöst, eine Ahnung, die niemand außer ihm als berechtigt ansieht, die ihm aber scheinbar den Aufenthaltsort Markétas offenbaren will, zwingt sie Adrian zu handeln, zwingt sie ihn, sich dem namenlosen Schmerz zu stellen, der ihn schon so lange unablässig wie ein dunkler Schatten begleitet. Die anfangs undeutliche Ahnung spricht mit ihm, ruft ihn förmlich, wieder und wieder, und reift in ihm zusehends zu einem schier unbändigen Glauben, zu einem glühenden Wunschdenken und zu einem dieser unnachgiebigen Gedanken, aus denen wie aus einem Glutnest Feuerzungen einen Brand immer wieder aufs Neue entfachen. Und erst vor wenigen Augenblicken erwacht dieser beständig aufflackernde Zukunftstraum hier in Olmütz zum Leben und wird zur unverrückbaren Tatsache, zu einer nicht widerlegbaren Wirklichkeit – zu einer traurigen Wirklichkeit jedoch, die sich heute noch genauso schmerzhaft anfühlt wie damals:

»Ich würde auch nicht mehr mit Dir reden!«

Adrian spürt, wie Olga mit diesen Worten den Dolch in seinem Herzen bedächtig herumdreht. Auf der Suche nach einem offenen Ohr, nach Trost, nach Beistand, nach einem verständnisvollen Freund wendet er sich damals im Vertrauen an sie, kurz bevor ihn sein eigenes Gedankenkarussell gemeinsam mit dem unüberhörbar lauten Schweigen Markétas, das ihn lebendig begräbt, ihm das Gefühl gibt, nicht mehr unter den Lebenden zu weilen, keiner Beachtung mehr wert zu sein, wie ein plötzlicher Hieb zu Boden werfen und damit drohen, ihn für immer darin versinken zu lassen. Kein Grabstein erinnert an die im Treibsand des Lebens dahingerafften lebendigen Toten. Dass gerade ein Freund diesen Todesstoß ausführt, verschlimmert für Adrian den Aufprall auf dem mehr und mehr ins Wanken geratende Fundament seiner Überzeugungen.

»Was habe ich nur verbrochen?«

Die Relationen verschieben sich für Adrian unabwendbar ins Widersinnige und Absurde, sind für ihn immer weniger verständlich; sein Verstand auf der einen und seine Gefühle auf der anderen Seite stellen ihn vor eine Zerreißprobe.

»Gerade von Olga muss ich das hören.«

Beschwört diese Adrian sogar wenige Wochen zuvor in einem Gespräch, dass es nicht das Ende einer Beziehung bedeuten muss, wenn ein Mann seine Frau mit einer anderen betrügt, sie hintergeht und belügt.

»Stattdessen kann das der Beginn einer wahrhaften Liebe sein!«, überrascht ihn Olga und erklärt:

»Das klappt natürlich nur, wenn das Paar an solch einem Wendepunkt erkennt, was es aneinander hat, und beide bereit sind, für ihre Beziehung zu kämpfen und daran zu arbeiten!«

»Was ist schlimmer? Wenn ein hungernder Mensch einen Laib Brot stiehlt oder wenn ein selbstsüchtiger Mensch einen anderen betrügt?«, zieht Adrian für sich alleine den Vergleich zwischen seiner Situation und dem törichten Seitensprung eines anderen, während er in ständiger Begleitung seiner Erinnerungen den weitverzweigten Fußwegen entlang der Stadtmauer folgt.

»Oder liegt es gar nicht an der Tat selbst, sondern bloß daran, *wer* einen Fehltritt begeht?«, versinkt Adrian in einem tiefen Loch und findet sich dort vollkommen allein mit seinem Selbstzweifel wieder. Sein Loch gleicht jenem, in dem er Olga auffindet, Monate bevor er Trost bei ihr sucht.

Nach einem Arztbesuch kommt sie aufgelöst nach Hause und möchte mit Bärchen, wie sie ihren Freund liebevoll nennt, über die Untersuchungsergebnisse reden. Doch noch bevor die beiden darüber sprechen können, entzündet ein unscheinbarer Funken einen bereits länger schwelenden Konflikt und Bärchen stürmt aus ihrer gemeinsamen Wohnung. Olga bleibt mit all ihren Ängsten und Sorgen alleine zurück.

»Weiß Bärchen von alledem?«, fragt Adrian sie, als sie ihm von ihrem Streit mitsamt seiner Vorgeschichte erzählt.

»Nein, ich habe mit ihm darüber noch nie gesprochen.«

»Das solltest Du vielleicht tun.«

»Nein, das kann ich nicht. Nicht jetzt. Ich würde mich damit nur vor ihm erniedrigen.«

»Warum glaubst Du das, Olga? Über Ängste und Sorgen zu sprechen erfordert Mut. Jemand, der sich leicht unterkriegen lässt, kann das nicht. Das schafft nur jemand, der stark ist. So wie Du!«

»Aber er ist weggelaufen, als ich ihn gebraucht hätte!«

»Er wollte das Kind genauso wie Du, Olga. Kann es nicht sein, dass auch er in dieser Situation überfordert war und sich wie Du jemanden zum Reden gewünscht hätte?«

Nachdenklich blickt Olga auf ihre Hände. Adrian versucht sie sanft darin zu bestärken, nicht weiter mit ihm, sondern mit ihrem Freund über ihre traurig schönen Gedanken und über ihre nicht weniger berechtigten Zweifel zu sprechen. Ihre Enttäuschung ist für ihn nachvollziehbar und er spürt ihre tief verletzten Gefühle beinahe am eigenen Körper. Trotzdem stimmt er nicht mit ihr überein und redet ihr behutsam ins Gewissen, Bärchen aufgrund dieses Vorfalls nicht unüberlegt zu verlassen:

»Wir alle machen irgendwann Fehler, Olga. Wenn wir aber jemanden achten oder gar lieben, sollten wir ihn da nicht unbedingt und vor allem in einem solchen Moment an unseren Gefühlen und Sehnsüchten, unseren Erwartungen teilhaben lassen und Vertrauen zeigen?«

Tage später erhält Adrian eine Nachricht aus einem Strandbad an der Nordsee und weiß, dass Olga ihre Entscheidung und ihre Versöhnung dort gemeinsam mit ihrem Freund besiegelt. Kein noch so tiefer Abgrund verwehrt aufrichtiger Wertschätzung und ehrlichem Verständnis den Übergang. Adrian fühlt, wie er sich mit einem Freund darüber freuen darf. Mit einem Freund, wie er ihn auch in Markéta zu haben meint und mit dem ihm vor allem ein respektvoller und wertschätzender Umgang im miteinander verbindet.

»Ja, Respekt!«, denkt Adrian laut.

Er nimmt im Bezruč Park auf einer Bank in der Sonne Platz und bemüht sich, seine Gedanken unter einem schmerzhaften Stechen in seinem Herzen zu ordnen.

»Respekt muss man sich verdienen!«, erwidert ihm Olga, als er nach einem letzten Anker suchend einwirft, ob sich eine Freundschaft wie die zwischen Markéta und ihm und die über Jahre wächst, nicht ein Wort des Abschieds verdiene. Adrian hört ihre Antwort, verstehen kann er sie allerdings nicht. Olgas Worte durchbohren sein gequältes Herz und in ihm stirbt ein weiterer Teil seiner selbst. Unter seine ruhelosen Überlegungen mischt ihre Botschaft den Verdacht, er hätte sich Markétas Respekt nicht verdient und damit auch keinen versöhnlichen Abschied.

Adrian schafft es in diesem Moment nicht mehr, sich in Erinnerung zu rufen, worüber Olga und er damals außerdem sprechen. Entmutigt lässt er seinen Blick in die nähere Umgebung schweifen. Nicht weit von seiner Parkbank zeigt ein Strauch am Fuße der Stadtmauer seine ersten Frühjahrsblüten.

»Für die Natur scheint es ein Leichtes zu sein, Jahr für Jahr neu zu erblühen!«, blickt Adrian beschämt zu Boden. Mit leeren Augen starrt sein eigenes Schattenbild auf ihn zurück und straft ihn augenblicklich mit reichlich Selbstvorwürfen. Traurig und gebrochen erhebt er sich angewidert von der Bank und macht sich auf, den Park geistig erschöpft und ebenso müde zu verlassen.

Seine Wahrnehmung verändert die Stadt.

Auf einer der Bänke entlang des Fußweges sitzen verwahrloste alte Männer und lassen am helllichten Tage eine große Flasche billigen Wein reihum gehen. Ein kurzes Stück weiter verlässt Adrian den Park endgültig. Im Treppenaufgang des Michaelsausfalls bröckelt der Putz an vielen Stellen von der Mauer. Anderswo ist sie bunt und mit derben Sprüchen oder obszönen Bildern beschmiert. Das Kopfsteinpflaster auf dem Weg zum Hotel ist uneben, vor allem dort, wo die Wurzeln der

Bäume Wellen aufwerfen und die Gehwege der Altstadt in Bewegung halten. Trotz dieser Hindernisse und ungeachtet seiner fortschreitenden Erschöpfung werden die Schritte Adrians schneller und schneller, gerade so, als wolle er versuchen, vor sich, seinem Schmerz und all dem anderen Elend, das ihn zu verfolgen scheint, zu entfliehen.

»Wohin soll ich bloß?«

Adrian ist fremd in der Stadt. Er kennt niemanden hier. Er ist einsam und alleine, ist auf sich gestellt. Er möchte nur noch weg, möchte seinen Schmerz, seine Müdigkeit und seine Enttäuschung endlich hinter sich lassen. Die Bilder der letzten Stunden und seiner Gedanken weichen nicht von ihm, verfolgen ihn weiter, bis er das Hotel betritt, an der Rezeption vorbeieilt und das Lächeln der Empfangsdame nur mechanisch erwidert. Über die schmale, unbeleuchtete Treppe hinauf in den ersten Stock verblassen die Impressionen seiner Gram ein wenig. Erst im Halbdunkel kehrt die erhoffte Ruhe ein. Adrian schließt sein Hotelzimmer auf und verdunkelt die beiden Fenster mit den Vorhängen so gut es geht. Unfähig, sich noch länger aufrecht zu halten, lässt er sich auf sein Bett fallen, und kaum dass die Mittagsstunden vorüber sind, vergräbt er erschöpft seinen Kopf in einem Kissen aus Tränen und versinkt einer Ohnmacht nah in einen unruhigen Schlummer.

TRAUMWELTEN

Schlaf sollte erholsam sein. Adrian dagegen erwacht gerädert aus seinem Schlummer und blickt orientierungslos um sich. Sein Hotelzimmer liegt wie in einem Schatten und nur spärlich dringt das schwache Tageslicht eines frühen Aprilnachmittags durch die dicke Portiere. Zudem verdeckt ein dichtes graues Wolkenband die Sonne, als Adrian eines der beiden Fenster öffnet. Die frische und klare Luft eines kühlen Frühlingstages strömt in sein Zimmer. Adrian spürt einen Schauer und beginnt zwischen Bett, Tür und Fenster umherzuwandern. Erst langsam erwacht er. Seine Blicke bleiben nach ungezählten Schritten auf den Broschüren haften, die sortiert am Teetisch aufliegen. Wahllos ergreift Adrian eine davon, schließt das Fenster und beginnt im Prospekt zu schmökern. Auf der Rückseite erregt ein Theaterprogramm sein Interesse. Das Ensemble in der Galerie Šantovka zeigt ein ihm bekanntes Stück, eine Geschichte, die ihn seit seinen frühen Kindertagen stets in ihren Bann zu ziehen vermag. Ohne lange zu überlegen fasst Adrian in der Hoffnung auf Ablenkung den Entschluss, noch die erste Vorstellung des Tages zu besuchen. Ein Blick auf seine Karte zeigt ihm die Lage des Theaters, das sich knapp außerhalb der Altstadt befindet. Sein Weg führt ihn vorbei an der Kirche des Heiligen Michael, hinunter in den ihm bereits bekannten Bezruč Park und weiter auf der gleichen Strecke wie heute Morgen am Mühlbach entlang.

Wenige Schritte nachdem er Stadtmauer und Park hinter sich lässt, erkennt Adrian den Übergang zur Galerie Šantovka. Lediglich eine breite, viel befahrene Straße und der ruhig dahinfließende Mühlbach trennen die Galerie und die Altstadt voneinander. Die Wandlungsfähigkeit der Stadt überrascht Adrian. Einen Steinwurf hinter sich weiß er den historischen Stadtkern, unmittelbar vor seinen Augen erregt ein modernes Geschäftszentrum seine Aufmerksamkeit. Das exponierte Gebäude mit seiner Glasfassade steht in einem klaren Widerspruch zu allen Eindrücken, die er bislang von Olmütz in sich vereint. Die Fußgängerbrücke über die Straße und den Mühlbach trennt Vergangenheit und Zukunft, ist wie eine Brücke in eine verkehrte Welt, und mit dem Wechsel auf die andere Seite vernimmt Adrian im Dahinplätschern des Baches wieder leise ein Flüstern der Zeit:

Bei einem verheerenden Hochwasser wenige Jahre vor der Jahrtausendwende tritt die March in Olmütz über ihre Ufer und zieht weite Teile der Stadt in Mitleidenschaft, darunter auch das Areal einer zwischen Mühlbach und March gelegenen Fabrik südlich des Stadtzentrums. Das dort ansässige Unternehmen erholt sich nicht von den Hochwasserschäden und einige Jahre liegt das Grundstück brach. Bevor die Gebäude der Fertigungsstätte nach und nach dem Zerfall preisgegeben werden, beschließt die Stadtverwaltung, nicht den Hochwasserschutz alleine zu verbessern, sondern die Revitalisierung des gesamten Stadtteils in Angriff zu nehmen. Etwas mehr als ein Jahrzehnt nach dem Hochwasser wird die Galerie Šantovka eröffnet und mit ihr der Grundstein für den Neubau eines ganzen Stadtviertels und einer zusätzlichen Straßenbahnachse gelegt.

Erst aus dem Rauschen im Fluss der Zeit erfährt Adrian von den Protesten der Umweltaktivisten, die das Bauprojekt lange begleiten, von einer zur Diskussion stehenden alternativen Streckenführung für die Straßenbahn und den Biokorridoren, die stattdessen der Modernisierung weichen müssen. Bis dahin zeigt sich ihm die Galerie Šantovka schlicht als ein Ort, der den Begehrlichkeiten eines modernen Lebens nachkommt und den Charme einer historisch gewachsenen Stadt wie Olmütz um die Möglichkeiten und den Komfort der Gegenwart erweitert. Adrian, der in seiner Heimat ähnliche Konsumtempel meidet, betritt den gläsernen Palast unvoreingenommen. Auf mehrere Etagen verteilt findet er alles, was ein Mensch zum Leben und darüber hinaus brauchen könnte. Gemächlich schlendert er durch die Stockwerke, beobachtet das rege Treiben um sich und blickt da und dort interessiert in die Schaufenster. Unbewusst vergleicht er das Angebot mit jenem in Österreich. Er vermisst nichts und findet sich in einer vertrauten Umgebung wieder.

»Manche Orte gleichen sich wohl überall.«

Einzig ein unscheinbarer Laden im Erdgeschoß verströmt eine Anziehungskraft, die Adrian auch tatsächlich eintreten lässt:

»Knihy«

Bücher steht großgeschrieben über dem Eingang. Für Adrian sind Bücher ein Hort ständiger Wandlung. Wenn ihn ein Buch an sich fesselt, taucht er fern der Wirklichkeit in Welten ein, die ihm die Schönheit des Alltäglichen gleichermaßen aufzeigen, wie sie es ihm im selben Atemzug ermöglichen, seinen tristen Alltag hinter sich zu lassen. In Büchern verwischt für ihn die Grenze zwischen einem *Hier* und *Nirgendwo*. Ein geliebtes Buch verleitet Adrian bei jeder Lektüre aufs Neue, Unbekanntes zu erforschen oder wie ein Gespräch mit einem Freund, die Welt aus einem anderen Blickwinkel zu betrachten. Die Titel auf den Buchrücken zeigen sich ihm fremd und unverständlich, trotzdem erwacht zwischen den Wänden aus Büchern in ihm eine Erwartungshaltung, die ihm gemeinsam mit den Schildern an der Decke bei der Orientierung hilft:

»Novinky«

»Beletrie«

»Dětská literatura«

»Cestování«

»Kuchařky«

Im Vorbeigehen versucht Adrian, die Namen ihm bekannter Autoren zu erhaschen. Der Zufall führt ihn jedoch in eine Abteilung, in der ihm weder ein Autorenname noch das Schild an der Decke weiterhelfen kann:

»Učebnice«

Als Adrian einen Titel aus der Bücherwand herausnimmt, muss er das erste Mal lächeln, seitdem er am Morgen die Rezeptionistin mit einem einstudierten *Dobré rano!* begrüßt.

»So lernt man also Deutsch.«

Wie fremd wirkt der Zugang zum Erlernen einer Sprache, mit der man von Kindesbeinen an und wie selbstverständlich aufwächst. Mit einem belustigten Kopfschütteln blättert Adrian durch das Buch und seine Folgebände.

»*Učit se* bedeutet doch *lernen* und *učit* alleine heißt übersetzt *lehren*. Daher also der Name der Abteilung!«

Adrian stellt die Lehrbücher amüsiert zurück ins Regal und genießt die ruhige Atmosphäre um sich. Obwohl er nur wenig versteht, fühlt er sich willkommen. Er sucht weiter nach seinen bevorzugten Autoren, nimmt auch in den restlichen Abteilungen ein Buch ums andere aus den Regalen, blättert aufmerksam durch ihre Seiten, streicht jedes Mal, fast zärtlich, über einige Blätter und versucht dabei einzelne Wörter zu übersetzen. Adrian vergisst die Wirklichkeit, spürt eine Ruhe um sich greifen und wie die Stille ihn allmählich umhüllt. Bei den Kinder- und Jugendbüchern verweilt er unversehens etwas länger, findet wunderschön illustrierte Bücher mit den berühmten tschechischen Volksmärchen und verliert sich in den bunten und phantastischen Bilderwelten. Wie zu Hause im deutschsprachigen Raum die Brüder Jakob und Wilhelm Grimm für die Bewahrung der schönsten Märchen verantwortlich zeichnen, ist dieser Verdienst in Tschechien den beiden Schriftstellern Božena Němcová und Karel Jaromír Erben zu verdanken.

»Božena Němcová?«, liest Adrian gedankenverloren.

»Ach ja, im Čech Park habe ich heute früh ihre Statue gesehen und ist nicht ihr Porträt auf einem der Geldscheine abgedruckt?«

Nachdem er es endlich schafft, sich von den farbenfrohen Sagenwelten loszureißen, entdeckt Adrian einen Schritt weiter einen vertrauten Schriftzug. Auf einem Buchrücken prangt der Name einer Autorin, deren Bücher er in seiner Jugend liest. Abermals kann er nicht widerstehen und nimmt das Buch an sich. Seine Augen leuchten auf, als er es aufschlägt, die ersten Seiten überfliegt und sofort die Namen alter Freunde wiederfindet. Diesmal stellt Adrian das Buch nicht zurück, sondern geht damit zur Kassa. In Gedanken mit seinen Freunden in ein Abenteuer verstrickt und ohne zu hören, geschweige denn zu verstehen, was die Kassierin zu ihm sagt, bezahlt er und verlässt mit sich zufrieden den Laden:

»Mein erstes tschechisches Buch! Wie lange werde ich wohl brauchen, bis ich *das* gelesen habe?«

Bis zum Beginn der Theatervorstellung bleibt nicht mehr viel Zeit. Adrian orientiert sich kurz und während seine Hand langsam in seine Tasche wandert, um nach dem Buch zu tasten, spaziert er mit einem Lächeln über die weit auseinanderliegenden Treppen hinauf bis in das oberste Stockwerk.

»*Maminka! Maminka!*«, hört er da rufen und sieht, wie ein Mädchen zu einem Tisch eilt, an dem zwei junge Frauen sitzen und sich bei einer Tasse Tee unterhalten. Gleich hinter ihm folgt schluchzend ein etwa gleichaltriger Junge. Unter einem regen Seufzen und Deuten reden die beiden Kinder völlig aufgelöst und eines schneller als das andere auf ihre Mütter ein. So groß die Aufregung der Kleinen scheint, so gelassen nimmt die eine Mutter das Mädchen auf ihren Schoß und wischt die andere dem Knaben die Tränen aus dem Gesicht. Adrian versteht nicht, was die beiden Frauen ihren Sprösslingen zuflüstern, aber er beobachtet im Vorbeigehen, wie das kleine Mädchen dem Buben seine Hand hinhält und wie dieser sie widerwillig ergreift.

Kaum steht der Nachwuchs ungläubig doch Hand in Hand vor den Argusaugen der beiden Mütter, hört Adrian das Getrappel kleiner Kinderfüße und den Klang zweier Kinderstimmen, die wild und kunterbunt durcheinanderplappern, als wäre nichts passiert.

»Eine Sandkastenliebe!«, denkt Adrian sogleich versonnen und lenkt verträumt seine Schritte auf das Theater zu, das neben dem Teesalon seinen Eingang offen hält. An der Tageskasse wartet eine junge Dame auf Besucher. Adrian wird unsicher, denn so übereilt er seinen Entschluss fasst, dem Theater einen Besuch abzustatten, so wenig will ihm jetzt einfallen, wie er mit seinen spärlichen Sprachkenntnissen eine Karte für die Vorstellung kaufen soll.

»Dobrý den!«, wird er begrüßt und Adrian erwidert den Gruß zaghaft, indem er seinen Kopf höflich neigt. Unschlüssig überlegt er einen Moment lang – und erst kurz bevor die Pause unangenehm werden könnte, schließt er an sein Kopfnicken kurzerhand die Frage an, ob die Dame an der Kassa Englisch spricht.

»Yes, of course!«, vernimmt er erleichtert und gibt, einer seiner Sorgen entledigt, den Kartenwunsch bekannt. Die Kassierin reicht Adrian seine Karte. Bevor er sie jedoch entgegennehmen kann, verändert sich der freundliche Ausdruck der Dame für einen Moment. Sie legt den Kopf zur Seite und hält von sich überrascht inne. Schelmisch zwinkert Adrian ihr zu und tauscht das Eintrittsgeld gegen seine Platzkarte.

Bis zum Beginn der Vorstellung sieht er sich im Foyer des Theaters um, betrachtet interessiert den aktuellen Spielplan, die Plakate mit den Ankündigungen der Vorführungen der nächsten Monate und die Szenenbilder vergangener Vorstellungen. Aus seinem Augenwinkel heraus beobachtet er, wie seine Kassierin mit einem Kollegen zu flüstern beginnt und dabei verstohlen auf ihn hinweist.

»Jetzt ist ihr offenbar bewusst geworden, dass ich mir Karten für ein Theaterstück in einer Sprache gekauft habe, von der sie annehmen muss, dass ich sie nicht verstehe!«, wendet er sich erheitert ab; niemand soll sehen, wie er ruhig und vergnügt in sich hineinlächelt:

»Wie recht sie hat!«

Beim Einlass kontrolliert der Kollege der jungen Kassierin die Eintrittskarte und wie auf ein vorher verabredetes Zeichen, spricht er Adrian an.

»Pardon, nerozumím.«

Der Billeteur wiederholt seine Worte, und obwohl Adrian sie wieder nicht versteht, antwortet er nur mit einem Kopfnicken. Ohne sich weiter aufzuhalten, betritt er den Theatersaal und spürt im Rücken, wie das Hauspersonal unter sich bestätigende Blicke austauscht.

»Wenn sie wüssten, wie oft ich das Stück schon gesehen habe, würden sie sich nicht wundern!«, denkt Adrian und nimmt davon ungerührt im modern ausgestatteten Saal Platz.

»Keine Galerie und keine Logen, keine Stuckverzierungen oder Kronleuchter und selbst der Vorhang ist nicht wie in alt-ehrwürdigen Häusern drapiert, sondern hängt schnörkellos herab!«, konstatiert Adrian für sich, der den verspielt pompösen Stil traditioneller Theaterhäuser besonders liebt, seine eigene Wohnung freilich genauso gerne modern und minimalistisch arrangiert. Die Frühvorstellung ist der Tageszeit geschuldet wenig besucht. Lediglich ein paar Eltern oder Mütter allein mit ihrem Nachwuchs verteilen sich auf die ansteigenden Sitzreihen. Nach und nach betreten noch weitere Familien den unruhigen Saal; vor allem die jüngeren Zuseher hält derweil nichts auf ihren Plätzen und sie erkunden den großen Raum mit all seinen Stufen, Sitzen, Vorhängen und Scheinwerfern. Erst als das Deckenlicht gedimmt wird, kehrt Ruhe ein. Kurz darauf gleitet der Vorhang zu beiden Seiten aus dem Sichtfeld und gibt den Blick auf das Bühnenbild frei.

Die Aufführung beginnt.

Wie erwartet erkennt Adrian die Figuren nicht an ihren Dialogen, sondern alleine anhand ihres Mienenspiels, vermag damit der ihm so gut bekannten Handlung aber trotzdem leicht zu folgen. Mehr sogar, denn wie Tastsinn und Gehör eines Blinden das Fehlen des Sehvermögens nahezu kompensieren und wie eine sanfte, zärtliche Berührung bei verbundenen Augen Leidenschaften ins Unermessliche steigert, so verstärken für Adrian, der kaum eines der Worte versteht, die auf der Bühne gesprochen, geflüstert, rezitiert werden, der die Sprache nur fühlt, die Gestik und die Mimik genauso wie die Emotionen und die Ausdruckskraft der Schauspieler seine Empfindungen und ziehen ihn mit Fortdauer der Aufführung mehr und mehr in ihren Bann, lassen ihn geradezu Teil der Geschichte werden, lassen ihn miterleben, wie Kinder ausgestoßen und verkauft werden, wie sie erst langsam ihre missliche Lage erkennen und nur allmählich Halt aneinander entdecken, wie sie Vertrauen entwickeln, Freundschaft erfahren und wie sie am Ende der Vorstellung zusammen einen Weg zurück in die Gemeinschaft und damit zurück ins Leben finden.

Adrian ist beeindruckt.

Sooft er das Stück auf einer Bühne mitverfolgt, dieses intensive Gefühl, hervorgerufen durch die ungewohnte, fast musikalische Untermalung einer fremden Sprache, und die dadurch entfachte Dramaturgie, empfindet er heute zum ersten Mal. Eine neue Erfahrung bemächtigt sich Adrians. Während sich der Vorhang behutsam schließt und die Lichter langsam angehen, senkt er in gleicher Weise seine Augenlider, um noch einen Moment unbehelligt im Schutz der Dunkelheit verweilen und ohne Zeugen einen anderen, stillen Kampf mit sich, seinen Gedanken und Gefühlen ausfechten zu können. Seine Tränen legen ein Zeugnis tiefer Betroffenheit ab und sind Boten einer aufrichtigen Rührung. Einer Rührung, die Adrian seine eigene Einsamkeit und Verletzlichkeit aufs Neue ins Bewusstsein rückt. Sein Besuch im Theater hätte ihm Ablenkung, hätte ihm Trost spenden, hätte ihm ein Freund sein sollen, als er aber seine Augen öffnet, findet er sich alleine im Saal und alleine in einer fremden Stadt wieder.

Kein Freund begleitet ihn auf seinem Weg zurück ins Hotel. Anders als die Protagonisten im Theaterstück ist er alleine mit den schmerzlichen Erfahrungen und wehmütigen Erinnerungen des heutigen Tages, der vergangenen Wochen und Monate. Wie ein Ausgestoßener schleicht Adrian in der Dämmerung über den Fußgängerübergang zurück in die nahe gelegene Altstadt. Wenig später erreicht er den Niederring. In den frühen Abendstunden sind viele Menschen unterwegs, die sich auf dem Heimweg befinden, ihre Tageseinkäufe erledigen oder eine Gaststätte für ihr Abendessen aufsuchen. Adrian weicht allen Passanten und allen, die ihm sonst irgendwie zu nahe kommen könnten, weiträumig aus, hält sie, so gut es geht, auf Distanz. Nur seinen eigenen Gedanken aus dem Weg zu gehen, schafft er nicht.

»Warum spricht Markéta nicht mit mir?«

Damals, als Markéta den Kontakt zu ihm abbricht und für ihn von einem Tag auf den anderen nicht mehr erreichbar ist, fühlt er sich vor den Kopf gestoßen. Ihm ist gar nicht bewusst, wie ihm geschieht. Erst nachdem er tagelang keine Antworten auf seine Nachrichten erhält, flüchtet er sich in Ausreden:

»Könnten meine Botschaften und ihre Antworten nicht bloß verlorengegangen sein?«

Langsam dämmert es Adrian, und erst langsam gesteht er sich ein, dass ihre Freundschaft zerrüttet oder zerbrochen sein könnte. In sich zurückgezogen beginnt er seine Gedanken aufzuräumen, führt er sich nach und nach alles vor Augen, was er zu Markéta sagt und wie er sich ihr gegenüber verhält:

Schon vor Markétas Besuch in seiner Heimatstadt steht für beide fest, dass sie bald getrennte Wege gehen werden. Es soll ihr letztes Treffen werden, bevor es Markéta für immer zurück in ihre Heimat, zurück nach Tschechien zieht. Die wenige Zeit, die Adrian mit ihr verbleibt, möchte er zusammen mit ihr genießen, sich ihrer Freundschaft und ihrer Gesellschaft erfreuen, die Zeit an ihrer Seite einfach glücklich verbringen. Er möchte sich mit ihr amüsieren, mit ihr Lachen, er möchte sich für immer so an sie erinnern, ihrer auch in ferner Zukunft als der guten Freundin gedenken können, die sie ihm damals ist. In einem Brief unmittelbar vor ihrer Verabredung lässt er sie an seinen Wünschen teilhaben, lädt er sie ein, das Ende ihrer Freundschaft gemeinsam zu feiern und zu zelebrieren. Unter seine Gedanken mischen sich trotzdem Sorgen, denn Markéta äußert, ohne jemals konkret zu werden, in ihren letzten Unterredungen Andeutungen über ihre Gesundheit. Und so versichert Adrian ihr in seinem Schreiben, dass seine Freundschaft ihr auch treu bleiben wird, wenn sie Österreich verlässt und sie sich nicht wiedersehen werden. Er legt in Gedanken seinen Arm um sie, wünscht ihr, unsicher ob ihm, wenn sie sich gegenüberstehen, die richtigen Worte einfallen werden, schon vor ihrem Abschiedstreffen alles Gute und ermahnt sie, bloß nie selbst daran zu zweifeln, wie schön es ist, dass es sie gibt!

Das vereinbarte Abschiedstreffen am nächsten Tag findet nicht mehr statt. In seiner Gedankenwelt entdeckt Adrian nichts, was an seinem Verhalten oder an seinen Zeilen oder zwischen diesen einen wortlosen Kontaktabbruch rechtfertigt. Leider kennt er nur seine eigenen Gedanken, denn seine an Markéta gerichteten Bitten um einen versöhnlichen Abschied, seine Bitten, mit ihm zu reden, ihm wenigstens ihre Beweggründe anzuvertrauen, bleiben unbeantwortet. Nachdem ein weiterer Kontaktversuch scheitert, fühlt er sich wie ein Paria, ausgestoßen und Abschaum gleich, dem niemand mehr Beachtung schenkt. Sein Herz wird von der Ablehnung seiner Bitten, dieser unnahbaren Kälte, zusammengeschnürt, verliert an Güte und Hoffnung, an Kraft, bis der Verlust all seiner Herzenswärme Adrians Körpergefühl beinahe auflöst und ihn nicht mehr spüren lässt, wo der Ursprung dieser Kälte liegt, ob in ihm oder in jenem Anflug von Hass, der im Schatten der Zurückweisung Gestalt annimmt. Adrian fühlt sich nicht mehr wie er selbst, zweifelt an sich und seiner eigenen Wahrnehmung. Innerhalb weniger Wochen verliert er alles, was an Selbstvertrauen in ihm lebt.

Einzig und alleine die Routine des Alltags bewahrt Konstanz in seinem Leben, so sehr verstört ihn der plötzliche und unerwartete Bruch mit Markéta. Einem Freund *Lebwohl* zu sagen, ist das eine, eine Freundschaft ohnmächtig zerbrechen zu sehen, etwas ganz anderes. Nicht zu verstehen, warum etwas passiert, diese Ungewissheit, nichts an einer Situation ändern zu können, diese Ohnmacht, die Unfähigkeit mit Markéta in Kontakt zu treten, sich und seinen Sinneseindrücken nicht mehr vertrauen zu können, lässt Adrian zum Schatten seiner selbst werden. Von Markéta ignoriert fühlt er sich, als wäre er Luft – auch für andere! –, als bewege er sich in einem anderen Raum und in einer anderen Zeit, als würde er nicht mehr existieren. Er fühlt sich wie ein Schatten, ein Gespenst, gefangen zwischen den Welten, und versinkt tief in Selbstzweifel, glaubt sich wertlos und seiner Würde beraubt. Adrian ist nicht mehr Mensch, bloß Körper, ist allein noch einer Maschine gleich, die nur noch funktioniert, aber nichts mehr fühlt – nichts mehr fühlen kann und nichts mehr fühlen darf …

Mit gesenktem Haupt schleppt sich Adrian über den Niederring. Als er von der Straße aufblickt, sieht er vor sich die Gottheit Jupiter auf dem jüngsten der barocken Brunnen thronen. Fast drohend hält Jupiter seine Blitze im Bündel in der rechten Hand hoch über seinen Kopf erhoben und sein Vollstrecker, der Adler, sitzt mit weit ausgebreiteten Schwingen ihm zu Füßen, bereit, sich jedem Angreifer entgegenzuwerfen. Adrian erschauert und weicht unwillkürlich zurück. Die Dämmerung haucht den Figuren des Brunnens scheinbar Leben ein und lenken Adrians Gedanken in die einzig verbleibende Richtung. Hurtig wendet er sich ab, eilt vorbei an den alten Bürgerhäusern, in denen schon die ersten Lichter angehen, und vorbei an der Pestsäule hin zum Oberring. Auf dem halben Weg dorthin dringt das Schnauben von Pferden an sein Ohr, das sich mit dem Tosen einer reißenden Meeresbrandung vermischt. Wie die anderen Brunnen ist auch der Neptunbrunnen noch ohne Wasser, doch Adrian meint fürwahr, zu sehen, wie Neptun seinen Dreizack senkt, um die wilden Pferde und das tosende Wasser zu besänftigen, und um die Stadt und ihre Bewohner – um Markéta! –, um sie vor den Naturgewalten und vor ihm, vor Adrian selbst, zu beschützen.

»Warum tritt mich Olga mit Füßen, wenn ich bereits am Boden liege?«, wispert Adrian verstört und ändert seine Richtung so schlagartig, wie er damals mit Markéta und Olga seine beiden engsten, seine einzig wahren Freunde verliert. Adrian versteckt sich, entzieht sich seiner Umgebung, stolpert unbeholfen die kleine und menschenleere Seitenstraße Panská die nahe Anhöhe hinauf und hastig tragen seine Beine ihn vorbei am Priesterseminar, vorbei an der hell erleuchteten Kirche des Heiligen Michael und vorbei an der Kapelle des Heiligen Johannes Sarkander auf dem kürzesten Weg zurück in sein Hotel, wo er alleine mit seinem Schmerz die ganze Nacht um Schlaf ringt.

REISEN

Am nächsten Morgen öffnet Adrian gleich nach dem Aufstehen die Fenster seines Hotelzimmers. Von draußen begrüßt ihn ein kalter Wintertag; der Frühling verschließt nach einem Fiasko wie am gestrigen Tag seine Augen und zollt ein letztes Mal demütig dem eisigen Frost seinen Tribut. In der Zwischenzeit nimmt Adrian im hoteleigenen Restaurant müde ein ausgedehntes Frühstück zu sich. Nachdem sein Tisch bis auf die Teetasse abserviert ist, sucht er in seiner Tasche einen Graphitstift und legt ihn auf eine der übrigen Servietten. Einen Augenblick und ein paar geübte Striche später ziert das Abbild des Olmützer Rathauses die Serviette. Das Bild zeigt das Rathaus, wie es Adrian bei seiner ersten Erkundung der Stadt erblickt, nachdem er von der Michaelsanhöhe herab den Oberring erreicht. Im Vordergrund ist ein Brunnen mit Reiterstandbild nur vorsichtig angedeutet.

»Warum habe ich diesen Ausschnitt gewählt?«, sinniert Adrian, während er seinen Entwurf betrachtet; etwas stört ihn an seiner Skizze.

Hinter dem diffus gebliebenen Cäsarbrunnen erkennt er die erst nachträglich am Ende des sechzehnten Jahrhunderts angebaute zweiseitige Treppe, die zu einer mit Rundbögen überdachten Loggia vor dem alten Sitzungssaal im ersten Obergeschoß des Rathauses führt. Darüber ragt die Rückseite des markanten Rathausturmes auf, der am Nordflügel des freistehenden Gebäudes seinen Platz einnimmt und auf jeder Seite eine große, runde Uhr trägt.

»Alles ist an seinem Platz!«, denkt Adrian.

Ein Makel oder ein falsches Abbild der Wirklichkeit entlarvt sich bald selbst, etwas, das nicht da ist, vermag hingegen über sein Fehlen hinwegtäuschen: Teile der östlichen Fassade und des Südflügels werden seit Wochen renoviert und ein einfaches Baugerüst verdeckt weite Teile der beiden Gebäudeseiten. Auf Adrians Zeichnung ist nichts davon zu sehen. Um seiner Irritation auf den Grund zu gehen, begibt er sich in Gedanken auf einen Rundgang um das Rathaus.

Bereits seit mehr als sieben Jahrhunderten residiert die Stadtverwaltung an gleicher Stätte. Was so lange währt, verändert sich im Laufe der Zeit und der erste Baumeister würde sein Rathaus heute nicht wiedererkennen, ersetzt das gegenwärtige Bauwerk doch einen ersten Holzbau, der bald einem Brand zum Opfer fällt. Erst mit dem Wiederaufbau, zunächst mit einem Grundriss aus drei Flügeln, und einem weiteren Ausbau ein halbes Jahrhundert später, der den Innenhof vollständig umschließt und das Rathaus aufstockt, erhält das im Zentrum des Oberrings stehende Gebäude sein charakteristisches Aussehen. Wie es das Privileg zum Bau des Rathauses vorsieht, beziehen die ersten Kaufleute der Stadt alsbald ihre Läden im Innenhof. Nach den Verwüstungen der Hussitenkriege wird das Rathaus zum Sinnbild eines steten wirtschaftlichen Aufschwungs, der unter dem böhmischen Gegenkönig Matthias Corvinus einzusetzen beginnt. Die Kaufkammern der Händler befinden sich anfangs im Erdgeschoß der beiden Längsflügel, während im ersten Obergeschoß des Nordflügels die Stadtverwaltung residiert. Ursprünglich führt zum Sitzungssaal lediglich eine einfache Spindeltreppe, die sich in der zweischiffigen und mit einem kunstvollen Kreuzgewölbe ausgestatteten Eingangshalle im Ostflügel befindet. Erst manches Jahr später können die Würdenträger der Stadt die außen angebaute zweiseitige Treppe benutzen, die Adrian detailgetreu auf seiner Skizze an der Ostfassade des Rathauses erkennt. Der längliche Festsaal im Oberstock dient mit seiner Holztäfelung, einem fein gesponnenen Bogenrippengewölbe und den darunter platzierten Wandgemälden heutigentags vielen Paaren der Umgebung als Trauzimmer.

Mit dem nächsten Schritt um die nördliche Ecke des Rathauses betritt Adrian seine Zeichnung und er verliert sich zwischen den Lagen der zusammengefalteten Serviette. Im Inneren offenbart sich ihm die auf seiner Skizze nicht mehr sichtbare Nordfassade des Gebäudes und er findet sich gleichzeitig und völlig unverhofft vier Jahrhunderte zurückversetzt in einer bewegten Vergangenheit wieder.

Soeben wird der schlanke Rathausturm im Zuge von Umbauarbeiten auf die Adrian bekannte Höhe aufgestockt. Er erkennt die Ortsteine an den Turmecken, wie sie sich deutlich von der weißen Fassade abheben, und beobachtet, wie der Turm ein Gurtgesims um das andere in die Höhe wächst. Zwischen dem steilen, helmförmigen und kupfergrün leuchtenden Turmdach, von dem selbst wieder an jeder Ecke ein Türmchen aufragt, und den großen Rathausuhren darunter, deren jede in eine der vier Himmelsrichtungen blickt, führt eine offene Galerie mit herrlicher Aussicht auf die Stadt im überdachten Wandelgang um den Turm herum.

Mit dem majestätisch über den Stadtplatz thronenden Turm und den zahlreichen Türmchen auf den Dächern des Nordflügels erinnert das Rathaus von dieser Seite an ein Schloss, dessen Fassade fürderhin von einem beinah schmucklosen Laubengang, von schlichten Mauerbändern an den Fenstern und vor allem einer astronomischen Uhr geprägt wird. Die Kunstuhr, *das* Olmützer Wahrzeichen, entdeckt Adrian neben dem Rathausturm in einer geräumigen, über zwei Stockwerke reichenden Wandnische, die von einem wie leicht gebrochenen Rundbogen überspannt wird. Fasziniert beobachtet er im Zeitraffer die Entwicklung der Uhr, über die es heißt, ihre Geschichte sei die Geschichte ihrer Wiederherstellungen.

Um die Anfänge der Uhr ranken sich zahllose Mythen und Legenden, die berichten, wie der Stadtrat dem ersten Olmützer Uhrmeister nach Vollendung seines Meisterwerks die Augen blenden lässt, damit er für keine andere Stadt ein ähnliches Kunstwerk schaffen möge. Seit langen fünf Jahrhunderten sind die Kosten für die Instandhaltung der Uhr im Ausgabenbuch der Stadt ebenso belegt, wie die Reparaturen, die nicht selten mit einer völligen Neugestaltung des Kunstwerks einhergehen – Adrian kann die wechselnde Ausgestaltung nur schwer unterscheiden, zu wenig sind die übereinanderliegenden Graphitlinien im Inneren seiner Zeichnung eindeutig einer Epoche zuordenbar. Die Ausschmückung reicht jedoch durch alle Zeiten hinweg von beweglichen Figuren über die bildliche Darstellung der sieben freien Künste, den mittelalterlichen Vorstellungen der Sterne und Planeten, den künstlerisch gestalteten Kalenderscheiben mit Abbildern aller Tierkreise, über Bilder von Heiligen und Herrschern und einem Kalendarium mit Darstellung der Mondphasen und der Bahn der Sonne bis hin zur einfachen Uhr.

Ihre erste Restaurierung erfolgt vor dem Einsetzen des Dreißigjährigen Krieges, eine zweite folgt nach den Verwüstungen desselben, und bevor die Uhr beinahe ein ganzes Jahrhundert still stehen bleibt, wird sie Mitte des achtzehnten Jahrhunderts nach den Ansichten eines geozentrischen Weltbilds umgestaltet. Ein langes Ringen geht der letzten Neugestaltung der Rathausuhr unter der Regentschaft der Habsburger in Mähren voraus: Die Uhr wird im Geiste des Historismus kurz vor dem Wechsel in ein neues Jahrhundert spätgotisch restauriert. Mit dieser Renovierung und der bislang allerletzten Erneuerung nach dem Zweiten Weltkrieg, die notwendig wird, nachdem deutsche Truppen die Kunstuhr auf ihrem Rückzug zerstören, geht der letzte Rest der ursprünglichen Bausubstanz und – wie viele Stimmen hinter vorgehaltener Hand flüstern – des künstlerischen und historischen Wertes der Astronomischen Uhr verloren.

Heute zeigt die Rathausuhr ihr Gesicht im Mantel des sozialistischen Realismus und verzichtet auf die Darstellung von Heiligen und Königen; stattdessen bildet vor dem Hintergrund eines großflächigen Mosaiks der Alltag der Helden der Arbeit das zentrale Thema: Die zwölf Zünfte ersetzen die zwölf Apostel und im Takt des Glockenspiels bewegen sich die Figuren von Handwerkern und anderen Stadtbewohnern – ein Schauspiel, das neben Adrian trotzdem viele Besucher der Stadt anzieht.

Erst an der nächsten Ecke des Rathauses bemerkt er die wasserspeienden Drachen an den Winkeln des Dachgesimses. Am zuletzt errichteten, kürzeren Westflügel, der damals die Stadtwaage beherbergt, eilt Adrian vorbei und erreicht den von außen schlicht anmutenden Südflügel. Hier befindet sich nach der Umgestaltung während der Regentschaft des ungarischen Königs Matthias Corvinus im ersten Stock das Stadtgericht, während zur gleichen Zeit im Erdgeschoß an Stelle der Kaufmannsläden eine Wachstube mit Gefängnis und Folterkammer entsteht. Adrians Blicke zieht auf dieser Gebäudeseite nur ein Erker auf sich, der am anderen Ende des Längsflügels deutlich aus der Mauer herausragt und dem Altarraum der Hieronymus Kapelle im Oberstock des Ostflügels zusätzlichen Raum verschafft. Die Kapelle wird infolge des ökonomischen Aufschwungs und der umfassenden Umbauarbeiten zum Ausgang des fünfzehnten Jahrhunderts mit dem ersten Netzgewölbe seiner Art nördlich der Donau im Stile der Spätgotik errichtet.

Als Adrian unterhalb des Vorbaus vorbeigeht und langsam zu seinem Ausgangspunkt zurückkehrt, blickt er sich ein letztes Mal um. Da erkennt er am Boden des Erkers ein Gesicht auf dem Kragstein, das unter einem Ächzen und Stöhnen das gesamte Gewicht des Vorbaus zu tragen meint. Um sich zu vergewissern, sieht Adrian genauer auf die Büste und kann sie doch nicht mehr entdecken – ein schlichtes Gerüst verwehrt ihm den Blick darauf.

Dieser seltsame Effekt weckt sein Interesse, seine Neugierde und Adrian begreift am Ende, beginnt darüber nachzudenken, warum er all die Renovierungsarbeiten auf seiner Zeichnung so geflissentlich übersehen möchte. Kaum tritt er in Gedanken aus seiner Skizze heraus, nimmt er seinen Stift zur Hand und schärft, wie um seine Überlegungen zu untermalen, die Konturen seiner Miniatur nach. Wenige Striche später illustriert ihm eine Eingebung ein Szenenbild vor Augen, das ihm die Vielfältigkeit wahrhafter Schönheit offenbart. Eine Vielfältigkeit, die jedem Betrachter eines Kunstwerks immer wieder andere Seiten und weitere Komponenten der gleichen Ästhetik enthüllt. Das Wesen eines Bildes oder eines Bauwerks, sein Stil, erschließt sich selten auf Anhieb oder gar dem ersten Blick, es will erkundet, ergründet, will erkannt werden: Schönheit enthüllt sich oftmals als dieses eine *Irgendetwas*, für das jedes Mal die Worte fehlen, es zu beschreiben. Jeder Maler, jeder Kunstschaffende wählt reiflich überlegt seinen Bildausschnitt, seinen Blickwinkel und seine Perspektive, selektiert sorgsam, sucht nach dem Wesentlichen, der Essenz, und reduziert, streicht, befreit sein Bildnis, seine Schöpfung von belanglosem Beiwerk, entlockt damit dem Hässlichen das Ursprüngliche, seinen Reiz, seinen Sinn und nur das Schöne bleibt, findet sich wie auf Adrians Serviette im Kunstwerk wieder.

»Darum sind Menschen von der Schönheit des Alltäglichen überrascht, sobald sie durch die Augen eines Künstlers sehen können!«, mutmaßt Adrian und findet es schade, wie wenig Zeit er sich gewöhnlich nimmt, um Bilder seiner Umgebung festzuhalten und sich ein Andenken daran zu bewahren.

»Welche Erinnerungen werden mir von meiner Reise bleiben?«, möchte Adrian sein Selbstverständnis daran hindern, all die Ecken und Kanten, all die Unzulänglichkeiten und Fehler seiner Reise, seiner Erlebnisse und seiner Eindrücke zu verdrängen. Die erlebte Wirklichkeit ist selten so schön, wie sie in Prospekten verkauft wird, und den Sinn seiner Reise sieht er nicht darin, die Motive fremder Bilder in Olmütz – in der *Perle der Hanna*, wie sie in Broschüren angepriesen wird – zu entdecken. Das Ziel einer Reise aus einem Katalog zu wählen, lehnt Adrian stets ab, denn wenn ihn ein Ort nicht von sich aus anzieht, warum soll er sein Zuhause dafür verlassen? – und selbst wenn es nur für einige Tage oder wenige Wochen wäre? Reisen ist für Adrian immer ein *Wohin-wollen* und niemals ein *Weg-wollen*.

»Wie war dein Urlaub?«

»Schön.«

Nicht selten wissen Freunde und Bekannte Adrians wenig mehr von ihren Urlaubsreisen zu erzählen. Diese Sprachlosigkeit und Unfähigkeit, ihre Eindrücke in Worte zu fassen, erstaunt ihn in dieser hektischen Gegenwart nicht weiter, da die Jetztzeit, wie ihm dünkt, fast alles ohne bleibende Bedeutung zurücklässt, und den Menschen aus Bequemlichkeit oder Zeitmangel nicht die Muse gönnt, die Stimmungsbilder der eigenen Wahrnehmung in ihrem Innenleben gedeihen zu lassen. Impressionen werden bewertet, aussortiert, und nichts, was unangenehm berührt, nichts, was beim ersten Anblick missfällt, weder Objekte noch Mitmenschen, werden wie von einem Künstler betrachtet oder im Geiste auf ihren schönen Kern hin untersucht.

»Warum aber gewinnt Schönheit von Heimat mit der Rückkehr aus fremden Ländern an Bedeutung?«, möchte Adrian wissen, der lieber seine eigene Wohnung zu einer Oase des Wohlbehagens und zu seinem sicheren Hafen formt, als anderswo zu suchen, was er zu Hause vermisst, und der sein Apartment nicht schöner findet, bloß weil er anderswo weniger Komfort entdeckt. Wenn Adrian das Gefühl in sich aufkommen spürt, er muss aus seiner gewohnten Umgebung ausbrechen, hält er nicht in einem Katalog nach einem verheißungsvollen Paradies Ausschau, in das er reisen könnte, vielmehr geht er in seinem Zuhause auf Entdeckungsreise und forscht nach der Wurzel seines Unbehagens, um ihr den Nährboden zu entziehen.

Jedes Postkartenidyll verleumdet in Adrians Ermessen seine eigene wahre Vorlage als fahlen Abglanz und verzerrtes Spiegelbild ihrer selbst und eine Reise dorthin verkommt bald zu einer Flucht von einem Ort, der bedrückt, beengt oder langweilt – von einem angeblichen Zuhause! –, hin zu einem Ort, den es als geschönte Wirklichkeit doch nicht gibt, nicht geben kann, nur um irgendwann zurück an ihren Ausgangspunkt zu kommen, wo alles unverändert andauert; es sei denn, die eigenen Maßstäbe und das eigene Empfinden wandeln nach der unabwendbaren Rückkehr im Mantel einer falschen Gelassenheit oder im Beisein abgestumpfter Sinne einher.

»Nein, nur der eigenen Phantasie ist zu trauen!«, folgert Adrian und stellt den Sinn einer derartigen Reise – eines *Weg-wollens*! – in Frage, wenn doch jedes Problem geduldiger ausharren als das Fliehen vor Schwierigkeiten andauern kann und die Wirklichkeit dem Reiz und Ebenmaß einer künstlichen Idylle niemals zu gleichen vermag. Phantasie aber ist grenzenlos, ist schrankenlos und für eine Gedankenreise ist das holde Abbild eines Paradieses nur der Ausgangsort, der Quell weiterer unzähliger, wunderbarer, nie da gewesener Ideen, der Ursprung nie gesehener Traumbilder vollkommener Schönheit, genauso wie ein Federzug gerade der erste Anstrich zu einem Gemälde, wie ein Ton der Auftakt zu einer Melodie, einer durchdringenden Symphonie oder wie ein Wort allein der Beginn einer Geschichte, sogar der Geschichte eines ganzen Lebens sein kann.

Die Vielfalt der Natur ist endlich, die Kraft menschlicher Vorstellung kennt dagegen keine Grenzen, keine Schranken. Nur Phantasie verändert alles, erweitert, verbessert jeden Augenblick, entfaltet wie der natürlichen Evolution erhaben mit jedem Atemzug Neues und aus Neuem wieder Neues. Aber wie der Rand eines Blattes Papier dem Künstler einen Rahmen vorgibt, ihn einengt, ist die gleiche leere Fläche, ist Natur alleine das, was Kreativität entfacht. Eine leere Leinwand ist am Anfang eines jeden Kunstwerks, des eigentlichen Weges, ist der Auslöser, der eine subjektiv gefärbte, eine wahrhaft erlebte und gefühlte Wirklichkeit erschafft – makellos und unbefleckt wie die Gedanken eines Künstlers oder eines Reisenden: vollendet schön, vollkommen und darüber hinaus einzigartig!

Wirklichkeit und Phantasie, Traum und Reise, Kunst und Leben sie alle bedingen einander. Das eine hat ohne das andere keinen Anfang, das andere ohne das eine kein Ziel. Der Beginn eines Weges ist wahrlich nicht sein Anfang. Schon vor dem Beginn einer Reise, der Quelle der Inspiration, entscheidet sich ihr Ausgang und der Anstoß, das Bild, die Motivation gibt bereits die Richtung vor und markiert eine der wichtigsten Stationen. Nicht Adrian wählt vor dem Aufbruch nach Olmütz das Ziel seiner Reise, vielmehr lockt ihn seine Destination, ruft ihn die Stadt mit jener Rezension über Markétas Ausstellung und er ist sich sicher, ohne diesen Ruf, ohne diese eindringliche Aufforderung wäre er niemals hier. Wenn seine trübseligen Gedanken ihn nicht trügen, seine Überlegungen ihn nicht in die Irre führen, wohnt die Bestimmung einer Reise dem Reisenden selbst inne. Trotzdem beginnt Adrian daran zu zweifeln, ob sein Aufenthalt in Olmütz angebracht, ob sein Verbleib genehm ist. Sein Herz ist rein und ohne böse Absicht; als er Markéta in jenem kleinen Atelier wiedererkennt, bestimmen nur zwei Gedanken sein Handeln:

»Sie ist es wirklich.«

»Sie ist gesund!«

Leider spricht Markéta selbst nach der langen Zeit, die zwischen ihrer Trennung und dem *Zeitgeist* des Moments schwillt, nicht mit ihm. Adrian verliert vor einer gefühlten Unendlichkeit mit ihr nicht nur einen Freund, auf dessen Meinung er viel Wert legt, sondern auch einen Menschen, der ihm darüber hinaus sehr viel bedeutet und der ihm in Jahren liebevollen Kennenlernens geradezu ans Herz wächst. Markéta gibt Adrian mit ihrer Offenherzigkeit und mit all ihren Erzählungen, die ihn an ihrer eigenen Familie teilhaben lassen, das Gefühl einer Zugehörigkeit – und damit ein Gefühl, das er sonst nirgends findet. Und im Augenblick der Trennung plagen ihn erschwerend Sorgen um die Gesundheit dieses einen, ganz besonderen Freundes – seiner ganzen und einzigen Familie wie Adrian meint. Die ungezählten Wochen, Monate und Jahre seit Zerbrechen ihrer Freundschaft werden für ihn in doppelter Hinsicht zur Prüfung: Er muss mit der Sorge um Markéta in gleicher Weise zurechtkommen, wie mit seinem eigenen tiefen Schmerz über einen unerträglichen Verlust.

Nirgends findet Adrian seitdem Verständnis oder Trost und am gestrigen Abend verlassen sogar die Götter ihren Thron, nehmen sie irdische Gestalt an, nur um die Stadt und ihre Bewohner – um Markéta! – vor ihm zu beschützen und um ihn gleichermaßen eindringlich zu ermahnen. Traurig darüber und ungewiss, wie er mit der Warnung der antiken Götter umgehen soll, weiß Adrian nicht, was er über seine eigene Situation denken, wie er sich verständlich machen und wie er aus alledem einen Ausweg finden soll. Müde und niedergeschlagen verlässt er den Frühstücksraum und lässt darin nur eine einzige Frage zurück:

»Ist es selbstsüchtig, zu atmen?«

IRRWEGE

Von der Michaelsanhöhe herab strömt kalter Wind an beiden Seiten der Kapelle des Heiligen Johannes Sarkander vorbei und vereint sich justament vor der Pforte des Hotels, aus
der Adrian nach seinem Frühstück mit tiefen Sorgenfalten ins
Freie tritt. Wie die dichten, grauen Wolken am Himmel lässt er
sich ohne Gegenwehr seines Weges treiben. Mit der kleinen
Kirche im Rücken fegt der Wind die Univerzitní Gasse entlang
und führt Adrian an der Häuserfront des alten Konvikts der
Jesuiten vorbei, das durchwegs alleine die östliche Seite der
engen Straße begrenzt. So unscheinbar das lang gestreckte Gebäude, das heute das Kunstzentrum der Palacký Universität
mit den Lehrstühlen der Philosophischen und Pädagogischen
Fakultät vereint, mit seiner blassen Fassade von außen anmutet, in seinem Inneren bietet dieser von Geschichte erfüllte Bau
einer Perle der barocken Baukunst Obdach. Dort, wo bis Mitte
des fünfzehnten Jahrhunderts, als die Juden in Böhmen und
Mähren der Königsstädte verwiesen werden, eine Synagoge
steht, befindet sich seit dem Neubau des Jesuitenkonvikts die
Kapelle *Corpus Christi*. Mit reichlich Stuck, Skulpturen und imposanten Verzierungen lokaler Bildhauer versehen, enthält
das in leuchtend helle Farben gekleidete Gotteshaus in seinem
Deckengewölbe ein monumentales Fresko, das den Sieg über
die Mongolen darstellt, wie diese in die mährische Pforte einfallen und ihr Siegeszug erst vor Olmütz endet.

Die Bauwerke der Jesuiten prägen seit Jahrhunderten den Stadtteil zwischen der Michaelsanhöhe und dem Platz der Republik und drängen sich dicht an die Stadtmauer. Durch das Torhaus der mit zahlreichen Pilaster gegliederten Front des Jesuitenbaus fällt Adrians Blick auf ein Mauerwerk, das ihm bekannt vorkommt. Im Hof des ehemaligen Stiftes ragt an der Stadtmauer fast freistehend ein schlichter, weißer Turm mit einem außen liegenden Treppenaufgang empor.

Adrian erinnert sich an den Turm.

Aus dem unterhalb der Stadtmauer liegenden Park hebt er sich deutlich von den umstehenden Gebäuden ab. Alle anderen Häuser, die Adrian von der Straßenseite als einziges Bauwerk und als Teil der Universität erkennt, tragen ein rötliches Dach und ihre Fassaden schimmern im zarten Farbton der einfachen Heckenrose. Ein einzelner Turm aber strahlt leuchtend weiß und nur über diesem einen thront ein steiles, dunkles Walmdach. Vormals nutzt vor allem der jüdische Teil der Bevölkerung die Fallbrücke des Turmes, um in die Stadt zu gelangen. Jahrhunderte später durchschreitet Adrian an ihrer Stelle das Judentor, befindet sich danach allerdings nicht außerhalb der Stadt, sondern hoch oberhalb des Bezruč Parks.

Olmütz wird ab dem für Böhmen und Mähren verheerenden Dreißigjährigen Krieg stärker befestigt und nach der langjährigen Auseinandersetzung von Kaiser Ferdinand III. zur Landesfestung erklärt. Der Turm verliert mit der Erweiterung der Befestigungsanlage während dieser von Kriegsgefahr und Kämpfen überschatteten Ära die Funktion als Stadttor und verbindet heute den Gastgarten eines Restaurants im Innenhof des Konvikts der Jesuiten mit einer kleinen, gepflegten Grünanlage über der Parkanlage am Ufer des Mühlbachs.

»Beschützt wird, was uns lieb und teuer ist!«, denkt Adrian und lässt den märchenhaften Eindruck auf sich wirken, den der Garten vor ihm, der Park unter ihm und die imposanten Gebäude entlang der wehrhaften Stadtmauer in ihm auslösen.

Verzaubert atmet er ihr beredtes Schweigen ein.

Trotz des Ausblicks und der beruhigenden Idylle sind an diesem Morgen Innenhof und Garten wie leer gefegt und Adrian steht alleine an der Scheide des Judentors.

»Wo das Bedürfnis nach Schutz das Ausmaß solcher Mauern annimmt, muss die Angst immens groß sein!«, wendet er sich gedankenversunken ab und kehrt zurück auf die Straße, wo er seine Überlegungen dem schwächer werdenden Wind anvertraut.

Eine Straßenbahn, die von links unmittelbar vor ihm vorbeifährt, lässt ihn aufblicken. Die Ecke des Heimatmuseums ragt gefährlich weit in die Straße hinein und er weicht in einen Durchgang aus, in dem ein Straßenkünstler sein Talent an einem Graffiti erprobt. Wie am Tag zuvor auf dem Übergang zur Galerie Šantovka zeigt sich ihm Olmütz von zwei unterschiedlichen Seiten, kaum dass er die kurze Passage hinter sich lässt. Ihm gegenüber residiert das Museum der Modernen Kunst in einem Haus aus der Zeit des Jugendstils. Über den Bogenfenstern mit etlichen Ornamenten und einem grünen Kupferdach wacht ein kubischer Glasturm über dem ehemaligen Krankenhaus der Stadt. Rechts von Adrian drängt sich im Gegensatz dazu die von den Jesuiten erbaute Maria Schnee Kirche in den Vordergrund, zu der eine breite, steinerne Treppe mit Balustrade emporführt. Die dermaßen vom Gehweg erhöhte Fassade wird von zwei hohen mit Bogenfenstern und Zwiebeldächern verzierten Türmen umfasst. Dazwischen prangt in der gewellten Stirnfront der Kirche ein monumentales Portal, über dem ein Balkon auf tordierten Säulen thront. Heiligenfiguren, deren Nischen vom Treppenabsatz bis hinauf zum Dach reichen, bewachen das Kirchentor zu beiden Seiten.

Fluss und Bewegung der Fassade und der gewundenen Säulen empfangen Adrian auch im Inneren der Kirche. Die Fülle von Stuckverzierungen, Skulpturen und Figuren, die im Lichtspiel fast lebendig wirken, untermalen gemeinsam mit den von Dekor umrahmten Fresken den Reichtum, Glanz und Prunk der Barockzeit. Säulen wie am Portal der Kirche säumen den Hochaltar, der in den Seitenschiffen von einem Kranz aus Kapellen umschlossen wird, deren jede für sich kein geringeres Refugium preist. Reihum über den Heiligenkapellen verläuft eine lichtdurchflutete Galerie, deren von Engeln getragene Empore der Orgel mitsamt ihrem Himmelsorchester ihren Platz gegenüber dem Altar anweist.

Der Reichtum an Zierde des sakralen Baus fesselt Adrians Blick, lässt ihn von einem Kunstwerk zum nächsten wandern, ohne den Beginn des einen und den Anfang des anderen zu bemerken. Niemals würde er es für möglich halten, dass diese geweihte Stätte jemals wider ihrer Bestimmung hätte genutzt werden können, und doch dient die Kirche während der Napoleonischen Kriege der Militärbesatzung der Stadt als Lager und wird erst wenige Jahre vor dem Untergang der Habsburgermonarchie wieder ihrem ursprünglichen Zweck zugeführt.

Dem Wandel der Zeit gilt kein Entkommen.

Das am Beginn des Spätmittelalters gegründete Kloster der Klarissen mitsamt der Kirche der Heiligen Klara, das Adrian neben dem Museum der Modernen Kunst auf der anderen Straßenseite erwartet, erzählt ihm eine ähnliche Geschichte.

Das Kloster wird während der Hussitenkriege zerstört, danach neu aufgebaut, beinah dem Zerfall preisgegeben, im Barockstil umgebaut und renoviert, nur um schließlich den Klosteraufhebungen während des Josephinismus anheimzufallen. Seitdem dient das Gebäude am Platz der Republik als Bibliothek und Museum.

Adrian blickt um sich. Aber obwohl selbst heute die Veränderungen auf einem der ältesten Marktplätze voranschreiten und die ausgediente Spitalskaserne, neben deren Tor eine Gedenktafel an die Schlacht von Bachmatsch erinnert, seit einer Weile leer steht und auf eine neue Verwendung hofft, bemerkt er nichts von all den unabwendbaren Wandlungen der Geschichte. Selbstvergessen bleibt Adrian inmitten des dreieckigen Platzes stehen, bis sich die Muschelschale des Brunnens vor ihm leise zu öffnen beginnt und ihm die Zeit von der

Wiederauferstehung der Stadt berichtet, ihn wissen lässt, wie schwer die Söhne Tritons gemeinsam mit den zwei Delphinen an der Last ihrer Vergangenheit tragen: Nach dem Dreißigjährigen Krieg, in dem Olmütz von den protestantischen Schweden gebrandschatzt und erobert wird und den Titel der mährischen Hauptstadt an Brünn verliert, entvölkert und zerstört in Trümmern liegt, wird die Stadt, wie die vielen Bauten, die Adrians Weg säumen, und wie es nicht zuletzt der Tritonenbrunnen selbst beweist, nachhaltig barock umgestaltet.

Die Zäsur des Krieges verändert die Stadt radikal.

»Etwas von besonderer Bedeutung lässt kein Mensch im Stich, solange er Hoffnung in sich trägt!«, zieht Adrian den Hut vor den Anstrengungen der Stadt, ihrer Bewohner und ihrer Geschichte. Da durchbrechen die ersten Sonnenstrahlen des Tages das dichte Wolkenband und die Turmspitze des Doms auf der Wenzelsanhöhe wühlt ein kleines, leuchtend blaues Himmelsfenster frei. Den Wegweiser und Turm fest im Blick folgt Adrian den Schienen der Straßenbahn dem Weg zurück, der ihn zwei Tage zuvor in die Stadt führt. Auf der Verkehrsinsel einer Kreuzung bleibt er stehen und überlegt, wohin er sich wenden soll: Die Straße rechts führt weiter Richtung Bahnhof. Adrian folgt der anderen Straße, die er nicht kennt, und landet in einem kleinen, von der Stadtmauer und dem Mühlbach begrenzten Park unterhalb des Doms.

»Das sieht von hier unten ganz anders aus!«

Der Wenzelsdom wendet ihm im Park der Přemysliden seinen Rücken zu und der ehemalige Bischofspalast und die Kapelle der Heiligen Anna zeigen sich ihm gleichfalls abweisend. Bei seinem ersten Rundgang durch die Stadt erzählen ihm die gleichen Bauwerke auf dem Domplatz der Wenzelsanhöhe eine freundlichere Geschichte:

Im frühen Mittelalter entsteht entlang der March das Reich der Mährer, die in Olmütz eine ihrer wichtigsten Burgen errichten. Unter den *Mojmiriden*, einem Herrschergeschlecht der alten Mährer, setzt mit Unterstützung fränkischer Geistlicher eine erste Christianisierung ein, die durch die Slawenapostel Kyrill und Method ihre Fortsetzung findet. Der ältere der beiden Brüder, Method, verbringt sogar seinen Lebensabend in Mähren und vervollständigt dort die Übersetzung der Heiligen Schrift ins Altslawische. Den Untergang des Mährerreiches, das dem Ansturm der Magyaren irgendwann nicht länger standhalten kann, nutzt das böhmische Geschlecht der Přemysliden, um seinen Machtbereich über Mähren hinweg auszudehnen. Die Přemysliden errichten eine neue Burg und eine Linie der böhmischen Herrscherdynastie regiert fortan als *Teilfürsten von Mähren* und *Herzöge von Olmütz* von ihrem Feudalsitz über die mährischen Ländereien.

Der junge Vratislav II. gründet das Bistum Olmütz und tritt mit dem Rückhalt der katholischen Kirche alsdann seine Regentschaft in Prag, dem Stammsitz des Adelshauses, an, zuerst als Herzog, später als erster König von Böhmen. Mit seinem Aufstieg überlässt Vratislav II. seinem Bruder Otto I. das Fürstentum Olmütz. Dieser schenkt dem Orden der Benediktiner am nördlichen Stadtrand eine Burg und leitet damit die Gründung des Klosters Hradisch ein.

Der Sohn *Ottos des Schönen* beginnt bald darauf innerhalb der Mauern der Olmützer Burg mit dem Bau eines Doms. Die Kathedrale wird dem Heiligen Wenzel geweiht, einem Fürsten aus dem eigenen, noch jungen Herrschergeschlecht, der sich zu Lebzeiten den Ostfranken unterwerfen muss, auch innerhalb der böhmischen Großen nicht als unanfechtbar gilt und am Ende durch die Hand seines Bruders stirbt. Die Kunst seiner Diplomatie bleibt unerkannt, da sie nicht dem vorherrschenden Bild von Stärke entspricht. Wider Erwarten steigt das Ansehen des zunächst als schwach abgetanen Fürsten noch während der Regentschaft seines Bruders – seines Nachfolgers und *Mörders* – und Wenzel wird zum Heiligen erklärt. Seit dem Hochmittelalter schützt er als böhmischer Landespatron das Wohl des ganzen Landes.

»Eigenartig!«, denkt Adrian vorgestern am Domplatz.

Er sieht die Vergangenheit vor seinen Augen lebendig werden und beobachtet den Wandel der Zeit. Ungläubig starrt er auf die Seiten im Buch der Geschichte und stellt verwundert fest, wie nicht eine Handlung, sondern erst die wankelmütige und launenhafte Bewertung durch andere zur Geschichte reift, wie Menschen an Ansehen gewinnen, wenn sie entweder zum Feindbild werden oder Fürsprecher finden, und wie irgendwann Heerscharen darin übereinstimmen und Mythen und Legenden eine Wirklichkeit schaffen, die vom tatsächlichen Ereignis nicht länger unterschieden werden kann.

Mit der Weihe des Doms, Jahre vor seiner Fertigstellung, verlegt der Olmützer Bischof Heinrich Zdik seine Residenz auf die Wenzelsanhöhe und errichtet das bischöfliche Palais, dem bald das Kapiteldekanat folgt. Die Burg der Přemysliden entwickelt sich zum Sitz der höchsten Kirchenämter und schreibt Geschichten, die dem Tod ins Auge blicken, Krönungen vollziehen und Rettung gewähren: Auf einem Feldzug gegen Polen macht Wenzel III. Halt in Olmütz und wird – auch wenn eine Gedenktafel im Dekanat einen Namen nennt – unter nie geklärten Umständen im Säulengang der Kirchenverwaltung ermordet. Mit dem Tod des jungen Königs erlischt das Haus der Přemysliden im Mannesstamm und das Haus der Luxemburger tritt nach kurzem Intermezzo der Habsburger und auf Betreiben Heinrichs VII. seine Regentschaft über das Königreich Böhmen an. Unter Johann von Luxemburg und seinem Sohn und Nachfolger, Kaiser Karl IV., erfährt das böhmische Reich im Hochmittelalter seine Blütezeit. Nach dem Ende des Geschlechts der Luxemburger und infolge der Nachwirkungen der Hussitenkriege dehnt der ungarische König Matthias Corvinus seinen Machtbereich über Mähren aus und lässt sich mit Unterstützung der Grünberger Allianz im Wenzelsdom zum böhmischen Gegenkönig krönen. Wenig später schlichtet der *Frieden von Olmütz* die Streitigkeiten um die böhmische Krone. Ruhe und Zuflucht vor einer verheerenden Pockenepidemie findet im Verlauf der Geschichte auch der zwölfjährige

Wolfgang Amadeus Mozart im Olmützer Kapiteldekanat und schreibt hier eine seiner unvergesslichen Symphonien.

Adrian steht sprachlos auf dem Wenzelsplatz.

Die Geschichten der Olmützer Burg fesseln ihn. Vorhin das Rathaus am Oberring, danach der ruhige Bezruč Park und jetzt die Kathedrale des Heiligen Wenzel – seine ersten Eindrücke von Olmütz! – ziehen ihn in ihren Bann, lassen ihn auf vorgegebenen Pfaden durch die Straßen wandeln; den Weg zur Wenzelsanhöhe zeigt ihm schon wie heute von Weitem der höchste Kirchturm Mährens an, der seit seiner Errichtung die Silhouette der Stadt wie kein anderes Bauwerk prägt. Drei Portale mit biblischen Reliefen in ihren Giebeldächern führen in das Innere der Kirche. Links und rechts neben den Spitzbögen der Eingangstore stehen Heiligenstatuen in kleinen Türmchen. Die Fensterrose über dem Mittelportal verblasst in der reichlich mit Zierrat geschmückten Fassade beinahe unter der Balustrade eines Balkons, der die gesamte Breite der ursprünglich dreischiffigen Basilika einnimmt. Den oberen Teil der Westfassade bilden unter dem mittleren Giebeldach drei auf Podesten stehende Heiligenstatuen, die links und rechts von schlanken, hohen Bogenfenstern unter etwas niedrigeren Dächern eingefasst werden. Die zwei reich verzierten Türme an den Ecken der Stirnseite verneigen sich in ihrer Schönheit im Schatten des Südturms, der dem Dom den Titel des vierthöchsten Gebäudes in Tschechien verleiht.

Die Eleganz der Kathedrale, die ihre neugotische Gestalt am Ende des neunzehnten Jahrhunderts erhält, beeindruckt Adrian und er übersieht beinahe die unscheinbare Kapelle der Heiligen Anna, die sich nahtlos an den Dom anfügt. Entlang des Bogens, den der Zaun vor dem romanischen Bischofspalais spannt, wandert Adrians Blick über die Wenzelsanhöhe. Zwischen der Kapelle der Heiligen Anna und dem ehemaligen Palast des Bischofs entdeckt er die Rundung eines halbhohen Turmes, der einer weiteren Kapelle, der Kapelle der Heiligen Barbara, Obdach gewährt. Der Säulengang des Palais und des alten Kapiteldekanats, in dem heute das Erzdiözesanmuseum als Teil des Olmützer Kunstmuseums seine Pforte offen hält, begrenzt den gepflegten Garten im Hof des Bischofspalasts. Auf dem Vorplatz des Doms nehmen sich sowohl das Museum im Palast der Přemysliden, dem späteren bischöflichen Palais, als auch die neben dem großen Wenzelsdom in den Hintergrund gedrängten Kapellen der Heiligen Anna und der Heiligen Barbara freundlich und zugleich einladend aus, unterhalb der Stadtmauer wirken sie auf Adrian jetzt, zwei Tage danach, erhaben, fast übermächtig und ohne dass er es beschreiben könnte, in erschreckender Form abweisend.

Im Angesicht dieser Stimmung und der ablehnenden Haltung der Wenzelskirche entsinnt sich Adrian einer Olmützer Legende, die er vor seiner Reise liest, und die davon erzählt, wie sich während der Zeit der Hussitenkriege eine fremde Wagenkolonne der Stadt nähert. Olmütz widersetzt sich als eine der wenigen katholischen Städte in Mähren den Hussiten erfolgreich. Im Bewusstsein der Kriegsgefahr verwehren die Wachen allen Fremden den Einlass in das Stadtgebiet. Den Passierschein des verbündeten ungarischen Königs, den die Zigeuner mit sich führen, weisen die Stadtwachen zurück und es kommt zu einem Handgemenge am Tor. Der Älteste der Zigeuner geht durch den Hieb einer Hellebarde zu Boden. Ohne zu zögern, wirft sich ein Zigeunermädchen bestürzt auf den Leichnam des Alten. Die Wachen wollen das Mädchen wegzerren, dieses fährt aus der Trauer um ihren Vater gerissen empor und sticht einem Soldaten ein Messer tief ins Herz, entwindet sich den Angreifern und stürmt durch das offene Tor in die Stadt. Auf der Flucht vor der Stadtwache erreicht die Zigeunerin den Wenzelsdom und bemerkt zu spät, dass ihr kein Ausweg bleibt: Der schroffe Felssturz hinter dem Dom beendet ihre Flucht. Aus Verzweiflung über den Verlust ihres Vaters und der Angst vor ihren Verfolgern stürzt sich das Mädchen mit einem herzzerreißenden Schrei den felsigen Abgrund hinab und folgt ihrem Vater in den Tod.

Während Adrian an diese Erzählung denkt, erreicht er auf seinem Weg durch den kleinen Park ein versperrtes Tor in der Stadtmauer.

»Das muss dann das Zigeunertor sein!«, vermutet Adrian.

Seit dem Todessturz des Zigeunermädchens wird die Unglücksstelle auf der Wenzelsanhöhe als Zigeunerfall bezeichnet. Das Stadttor, das später an gleicher Stätte errichtet wird, erinnert ebenfalls mit seinem Namen an die Tragödie. Wie für die Zigeuner ist der Weg hier auch für Adrian versperrt und mit einem Schauer des Entsetzens und einem Hauch von Verzweiflung wendet er sich niedergeschlagen ab.

»Nein, Verzweiflung ist kein angenehmer Beistand!«, beschwört er sich und verlässt jählings den Park mit schnellen Schritten. Bevor er weiß, wohin seine Füße ihn tragen, erkennt er im Bezruč Park den Treppenaufgang zum Henkertor, das im Mittelalter nur der in Acht und Bann stehende Henker und die nicht weniger verachteten Freudenmädchen benutzen.

Verwirrt steigt Adrian die Freitreppe empor, die erst während des Zweiten Weltkriegs an den aus der Stadtmauer herausragenden Turm angebaut wird. Zwischen den Ziegelsteinen fristen karge Pflanzen ihr Dasein. Als Adrian die Stadt durch ein Gittertor am oberen Treppenabsatz des Turmes erreicht, findet er sich allein in einer düsteren Gasse wieder. Der Weg ist gerade breit genug für einen Wagen und führt vorbei an baufälligen Häusern steil die Michaelsanhöhe hinauf – die Stadt zeigt abermals ihre zwei untrennbaren Gesichter, enthüllt da die Blüte ihrer barocken Geschichte, dort einen dringenden Sanierungsfall.

Am Ende der Gasse angekommen schüttelt Adrian traurig den Kopf. Die vernagelten Fenster und der Zustand der Haustore, deren steinerne Schwellen keinen sicheren Zugang mehr gewähren, verstören ihn. Kaum setzt er aber seinen Weg um die Hausecke fort, erblickt er in großer Entfernung den majestätischen Turm des Rathauses, wie er stolz über seine Stadt wacht. Wie die Nadel eines Kompasses weist ihm die Turmspitze seine Richtung an und führt ihn vorbei an einem pracht-voll restaurierten Bürgerhaus. Das Palais der Familie Žerotín nutzt nach der Adelsfamilie und der einzigen Schule, an der Landsleute im vormals deutsch geprägten Olmütz in ihrer tschechischen Muttersprache unterrichtet werden, heute die Universität. Vor vierhundert Jahren errichtet und seitdem oftmals baulich verändert markiert das Gebäude mit seiner klassizistischen Fassade den Anfang des nach ihm benannten Platzes, der sich entlang des ehemaligen Klosters der Dominikaner bis zum höchsten Punkt der Michaelsanhöhe erstreckt.

Adrians Blick bleibt jedoch auf den Rathausturm fixiert und er überquert den länglichen Stadtplatz geradewegs auf seinem südlichen Ende. Wenige Schritte später hält er entzückt dort inne, wo die kleine Školní Gasse in den Žerotín Platz mündet. Die enge, abschüssige Gasse mit ihrem Kopfsteinpflaster zeigt Adrian erneut die zauberhafte Seite von Olmütz.

Links und rechts von ihm stehen nur wenige Armeslängen voneinander entfernt schlichte, alte Häuser dicht an dicht und schlagen in kurzen Abständen Bögen mit leichten Ziegeldächern über die schmale Gasse. Eines der Gebäude ist mit immergrünen Ranken umwachsen, deren Schlingen Adrians Aufmerksamkeit auf einen der mit Blättern umschlungenen Bögen lenken. Über dem eingeengten Himmelsband, auf das das Blätterdach und die knapp aneinander stehenden Häuser den Blick freigeben, thront als ruhender Pol der Turm des Olmützer Rathauses und scheint dabei so nah und doch so fern.

»Markéta!«

WEGWEISER

Frei wie ein Vogel genießt Adrian aus luftiger Höhe den Blick auf die Stadt, von allen Seiten umkreist er ihre Dächer, umschifft ihre Türme, umrundet die Stadtgrenzen und erkennt aus der Sicht der Sonne das Herz der Olmützer Altstadt, wie es inmitten der fruchtbaren Ebene der Hanna tief in Mittelmähren eingebettet liegt. Er betrachtet seinen Weg im Bronzemodell der Stadt, das er im Schatten des Rathauses am Oberring vorfindet, nachdem er der verzauberten Školní Gasse und dem über ihr thronenden Uhrturm als Richtungsweiser bis in das Zentrum von Olmütz folgt. Der größte und älteste Marktplatz ist an diesem tristen Vormittag menschenleer und Adrian entdeckt für sich alleine die Stadt aus neuen, ihm unbekannten Perspektiven, stellt erstaunt fest, wie nah sein Hotel an der Stadtmauer liegt, wie zahlreich sich historisch bedeutende Bauwerke in der Altstadt aneinanderdrängen, und bemerkt unweit seines Standortes die Moritzkirche, an der ihn seit seiner Ankunft noch keiner seiner Wege vorbeiführt.

»Besser als jede Karte!«, verleiht Adrian seiner Verzückung über die gelungene Miniatur der Stadt Ausdruck und macht sich alsdann auf den Weg zur Moritzkirche. Wenige Schritte neben dem Bronzemodell geht er am Herkulesbrunnen vorbei. In Erinnerung an die unheilvolle Botschaft der antiken Götter, die ihm den Schlaf der letzten Nacht raubt, macht Adrian einen Bogen um den Brunnen, obwohl hier nicht wie am Niederring ein tosendes Meer die Stadt bedroht, sondern Herkules den mährischen Adler aus dem Stadtwappen mit seinem eigenen Leib vor einem siebenköpfigen Drachen beschützt und sie im Verein, Treue für Schutz, dem Ungetüm entgegentreten.

Seine Umwege und die schlaflose Nacht drängen sich langsam in Adrians Bewusstsein. Eine Müdigkeit übermannt ihn und zusehends erreicht ihn eine tiefe Beklommenheit – etwas Unnahbares aus einem fernen Gestern scheint ihn zu verfolgen: In einem Traum aus den Bildern seiner Frühstücksserviette beobachtet er, wie deutsche Truppen auf ihrem Rückzug die Astronomische Uhr an der Nordfassade des Rathauses zerstören und vernimmt er nur Sekunden später in der Dichte der Zeit die Verlautbarung, der Stadtplatz solle von nun an den Namen Stalins ehren.

Eine dunkle Ahnung lässt Adrian schneller werden.

Aus dem Schatten der vergangenen Nacht taucht der Brunnen, den er bereits hinter sich wähnt, wieder vor ihm auf – wie viele andere barocke Bauwerke in Olmütz wird der Herkulesbrunnen nach dem Dreißigjährigen Krieg errichtet, aber erst später an seinen heutigen Platz nahe dem Bronzemodell verlegt. An seiner ursprünglichen Errichtungsstätte am westlichen Ende des Stadtplatzes angekommen, fällt der Brunnen zurück in die Gegenwart. Gleichzeitig senkt sich Pesthauch, schwer wie die Schlaflosigkeit der letzten Nacht, über Adrian nieder.

Die Zeitsprünge verwirren und ermüden ihn weiter.

Nur Jahrzehnte nachdem der Dreißigjährige Krieg Mähren verheert und erst der lang ersehnte *Westfälische Frieden* für Entsatz und Entspannung sorgt, bedroht eine andere Geißel der Menschheit die Bürger der Stadt. Drei Jahre hält sie die Pest in ihrem Bann, bevor der Seuche Einhalt geboten werden kann. Zum Dank für die Erlösung errichten die Bewohner, allen voran der Olmützer Steinmetz Wenzel Render, ein in Europa einzigartiges Kunstwerk. In mehreren Kränzen arrangierte Heiligenstatuen umringen die Dreifaltigkeitssäule vor Adrian, die mit einer vergoldeten Darstellung von der Aufnahme Marias, der Mutter Gottes, in den Himmel erzählt und die nicht minder, wie der Erzengel Michael ihr zu Füßen, die im goldenen Glanze erstrahlende Dreifaltigkeit Gottes preist.

»Wie schwer muss die Stadt gelitten haben und wie groß die Erleichterung gewesen sein, ein Denkmal dieses Ausmaßes zu schaffen?«, flüstert Adrian andachtsvoll und lässt seinen müden Blick entlang der dunklen Steinsäule, vorbei an den zwölf Aposteln und den anderen Heiligenfiguren, bis in den Himmel wandern. Plötzlich bemerkt er eine Unruhe um sich und er steht nicht länger alleine vor der Säule. Die Stadtwache nimmt in einem weiten Bogen um das Denkmal Aufstellung, während die Domherren und die Würdenträger der Stadt sich wie er zu Füßen der Statuen einfinden. Rundherum versammeln sich auf dem Marktplatz die Olmützer Bürger, die Zünfte und die Studenten mitsamt ihren Lehrern, und blicken erwartungsvoll Richtung Moritzkirche.

Kurz vor Mittag brausen Jubelchöre über den Oberring.

Nachdem Olmütz im Ersten Schlesischen Krieg vor der preußischen Armee kapitulieren muss, lassen die Habsburger die Verteidigungsanlagen der Stadt verstärken. Kaiserin Maria Theresia nimmt die neue Festung, umgebaut nach dem Vorbild des französischen Generals und Festungsbaumeisters Marquis de Vauban, in Augenschein und ernennt die alte Hauptstadt Mährens zur Reichsfestung. Zur gleichen Zeit erhält die kleine Kapelle der Dreifaltigkeitssäule ihre Weihe und die Kaiserin wohnt der Zeremonie gemeinsam mit ihrem Gatten bei.

Die Rufe, die Adrian hört, begrüßen das kaiserliche Paar mitsamt ihrem Gefolge, wie es nach dem kirchlichen Hochamt in der Moritzkirche auf dem Stadtplatz erscheint. Adrian folgt dem Weg des Kaiserpaares in umgekehrter Richtung und bestaunt die prachtvollen Bürgerhäuser, die sich am Rathausplatz aneinanderreihen. An der Ecke des Salm Palais, gleich gegenüber der Dreifaltigkeitssäule, biegt er nordwärts in eine

Seitenstraße ein, deren Name, 28. Října, an die Unabhängigkeit der Tschechen und Slowaken erinnert, die sie nach langen Jahrhunderten der Fremdherrschaft mit dem Zerfall der Monarchie erlangen.

Seit dem Ende des Hauses der Přemysliden werden ihre Kronländer von fremden Königen regiert. Indes fällt der einheimischen Bevölkerung bereits während der Regentschaft des böhmischen Adelsgeschlechts mancherorts ein schweres Los zu. Auf Einladung der Königsfamilie kommen Siedler aus dem deutschen Sprachraum ins Land. Gleichzeitig werden in Prag Einheimische vertrieben, um durch die deutschen Siedler, wie viele andere Städte in den Grenzgebieten von Böhmen und Mähren, die Neustadt, die heutige Prager Kleinseite, neu gründen zu lassen. Mithin gilt in Olmütz und anderen Orten, ein Zugeständnis der Přemysliden an die ins Land geholten Deutschen, das Magdeburger Stadtrecht.

Zusammen mit der ansässigen Landbevölkerung bescheren die Neuankömmlinge der böhmischen Krone einen rasanten wirtschaftlichen Aufschwung. In ihrer Blütezeit trägt ihr Herrscher, Ottokar II., die Titel *Herzog von Österreich* und *Herzog der Steiermark*. Doch der Reichtum und die Machtfülle Ottokars, die im böhmischen König den Drang nach mehr, den Drang nach der Krone des *Heiligen Römischen Reiches* verstärkt, bringt ihm vor allem viele Neider ein und so währt seine Herrschaft in den österreichischen Erblanden nur kurz. Der Přemyslide verliert in der Schlacht auf dem Marchfeld gegen die schwache, jedoch mit starker Unterstützung versehene Hausmacht Rudolfs von Habsburg nicht nur seine Titel, sondern auch sein Leben.

So kurz die Vereinigung der böhmischen und österreichischen Länder unter den Přemysliden anhält, so nachhaltig gestalten sie die Habsburger. Durch Heiratspolitik fällt das Königreich Böhmen nach dem Ende des Hauses Luxemburg und nach einer turbulenten, von Kämpfen und zahlreichen Machtwechseln unterschiedlicher Adelshäuser geprägten Ära durch

Erbe an die österreichische Dynastie und verbleibt dort bis zu ihrem Untergang im Ersten Weltkrieg. Unter der Herrschaft der Habsburger entsteht ein reger wirtschaftlicher und kultureller Austausch zwischen den Ländern.

»Grenzen sind nur Mauern in Gedanken!«, denkt Adrian.

Über Jahrhunderte wächst ein einheitlicher und überaus einträglicher Wirtschaftsraum. Wien gilt lange als zweitgrößte tschechische Stadt. Für die Habsburger zählen Böhmen und Mähren zu ihren reichsten Kronländern. Die zentrale Bedeutung der Länder der böhmischen Krone liegen in ihrem Reichtum, den Bodenschätzen und ihrer ökonomischen Stärke. Freilich entsteht die erste Dampfeisenbahn des Kaiserreichs, die *Kaiser Ferdinands-Nordbahn*, in Mähren. Die Strecke führt von Wien bis in den tschechischen Teil Schlesiens und unterhält Nebenstrecken nach Brünn und Olmütz. Auf seiner Anreise folgt Adrian den Spuren der historischen Bahn, die Kaiser Ferdinand I. seine Flucht vor der Wiener Oktoberrevolution ermöglicht und ihn wohlbehalten nach Olmütz bringt.

Die ungezählten Verbindungen, der freie Personenverkehr und der rege Zuzug aus allen Teilen des Reiches lassen in den Kronländern Böhmen und Mähren die nationalen Empfindungen der Volksgruppen in den Hintergrund treten. Die Menschen sehen sich als stolze Bewohner Böhmens, Mährens, Österreichs oder als Untertan eines gerechten Herrschers – so wenigstens zitiert die Stadt die Geschichte Tschechiens aus den Annalen des Kaiserreiches.

Tatsächlich belasten die Machtansprüche der tschechischen Bevölkerung einerseits und das dogmenhafte Bestehen der deutschen Siedler auf ihre Privilegien andererseits das Verhältnis zwischen den Bewohnern. Die zentralistische Verwaltung des Vielvölkerstaats verstärkt die Dominanz der Deutschen in den Kronländern und Ereignisse wie die Niederlage des böhmischen Adels in der Schlacht am Weißen Berg festigen die eingefahrenen Positionen. Die großteils in Städten lebende deutsche Bevölkerung und die tschechische Landbevölkerung spiegeln den jähen Wandel und die Trennung der Gesellschaft im Antlitz der historischen Entwicklung.

»Lieber klein, aber deutsch!«, geben die letzten Bürgermeister von Olmütz vor dem Ende der Monarchie die Devise in einer Zeit vor, in der auf einen tschechischen Einwohner zwei deutschsprachige kommen.

Adrian schüttelt den Kopf.

Er möchte nicht glauben, was ihm das Datum auf dem Kopfsteinpflaster der Straße des *28. Oktobers* enthüllt. Olmütz, eine Sprachinsel inmitten der mährischen Markgrafschaft, betont die Unterschiede der Bevölkerung, anstatt auf die Verdienste einer gemeinsamen Geschichte zu bauen. Die Bande zwischen zwei Gruppen müssen damit nicht erst durchschnitten werden; kein noch so gerechtes und gütiges Oberhaupt würde vereinigen können, was längst getrennt voneinander lebt. Die Lossagung der Tschechen und Slowaken am Ende des Ersten Weltkriegs, ihre Freiheit und Unabhängigkeit, lösen hierzulande Freude und Begeisterung aus, dort Ängste und Selbstzweifel. Was die deutschen Eliten Cisleithaniens nicht bedenken, ist das erdrückende Erbe der Monarchie für ein Restösterreich. Die strukturell unterentwickelten Randgebiete im Norden und der überdimensionierte Beamtenapparat eines Vielvölkerstaats lasten schwer auf dem verbleibenden Rumpfstaat – viele zweifeln an der Überlebensfähigkeit Österreichs, das ehedem nicht von der eigenen Stärke, sondern von der Produktivität seiner Kronländer, vor allem der Kraft Böhmens und Mährens lebt.

»Was wäre die Monarchie ohne euch? Und, Olmütz, wie anders hätte ich Dich kennengelernt, ohne den Einfluss deiner deutschstämmigen Bewohner?«

Adrian kann sich nicht lange mit seiner Frage beschäftigen. Nach wenigen Schritten gefällt es der Stadt erneut, ihn abzulenken und ihn in Erstaunen zu versetzen. Ohne Vorwarnung türmt sich rechts vor ihm ein modernes Gebäude auf, das mit zahlreichen Glaselementen inmitten seiner Fassade den Altbauten in seiner Nachbarschaft als Spiegel dient. Die Spiegelungen der alten Häuser integrieren die Galerie Moritz harmonisch in das Erscheinungsbild der Altstadt. Und als wäre diese Komposition der Architekturgeschichte der Wille der Götter, steht an der Kreuzung vor dem Geschäftszentrum ein weiterer barocker Brunnen. Der römische Götterbote Merkur erhebt wie zustimmend seine rechte Hand und erklärt mit seinem von zwei Schlangen umschlungenen Stab die Einheit der Gegensätze für gottgewollt. Adrian fasziniert der Kontrast zwischen den alten Häusern und der Glasfassade, zwischen Spiegelbild und Wirklichkeit. Beeindruckt schlendert er am Brunnen vorbei und um die Galerie herum. Hätte er die Stadt ein paar Jahre früher besucht, sein Urteil wäre womöglich ein anderes, denn vor der erst kürzlich vorgenommenen Renovierung der Galerie Moritz verunstaltet eine massige Betonhülle, die mehr einem Sarkophag als einer Häuserfront gleicht, das Stadtbild. Bereits die Erbauung dieses Schandmals erregt den Unmut der Bevölkerung: Die Entdeckung eines Friedhofs, einer Rotunde und eines Steindorfs im Umfeld der Galerie belegen die Ansiedlung der Slawen seit Beginn des Mittelalters. Die bei den Bauarbeiten freigelegten Häuser der Romanik und andere archäologische Funde werden auf Druck der kommunistischen Verwaltung aber nur unzureichend gewürdigt.

»Das ist eine Kirche?«

Adrian blickt erstaunt auf das Bauwerk vor sich. Eine mächtige weiße, fast fensterlose Wand richtet sich vor ihm auf. An ihren Ecken behaupten Türme ihren Platz, die unterschiedlicher nicht sein können. Der Nordturm wirkt breiter und über ihm thront ein achteckiger Aufbau. Sein schmaleres Gegenüber zeigt eine steinerne Mauer, die der Sonne nur vereinzelt durch schlanke Fenster Einlass gewährt; der Südturm erinnert Adrian eher an eine mittelalterliche Burg als an eine geweihte Kirche: Oberhalb der Spitzbogenfenster umrahmt ein Kranz aus Zinnen die Plattform des Daches. Die beiden stattlichen Türme prägen das Erscheinungsbild der Moritzkirche und lassen ein zierlich anmutendes Türmchen, das seine Rundung eng an den Burgturm anschmiegt, so weit ins Abseits gleiten, dass Adrian es beinahe übersieht. Im Schatten der gotischen Kirche scheint es die Rückseite der Galerie Moritz gleich dem Türmchen halten zu wollen und unterwirft sich demütig dem sakralen Bau.

»Die Aussicht von diesem Turm muss herrlich sein!«, denkt Adrian, der aus seinen Reisevorbereitungen weiß, dass die Türme der Kirche des Heiligen Moritz im Sommer oder bei Schönwetter zugänglich sind. Der Jahreszeit und dem Wetter geschuldet bleibt ihm der Aufgang verwehrt und er zieht zum nächsten Tor weiter, macht sich auf, die merkwürdige Kirche zu umrunden und von allen Seiten zu betrachten. Nördlich des Kirchenchors erreicht er die Gruft der Familie Edelmann aus dem sechzehnten Jahrhundert. Unheimliche Stimmen dringen da an sein Ohr und erzählen ihm von einem Brand am Beginn des Spätbarocks. Adrian ringt um Fassung und lauscht der Geschichte, erfährt von den Altären, die wie die Orgel nach einer Feuersbrunst wieder aufgebaut werden müssen – die neu errichtete Pfeifenorgel der Moritzkirche zählt heute noch zu den bedeutendsten ihrer Art in Europa und zu den wertvollsten Kostbarkeiten unter den Denkmälern in Olmütz.

Bevor die Stadtkirche ihre Erzählung und Adrian seinen Rundgang beenden können, schlägt das Wetter um. Vor dem aufkommenden Wind und den ersten Regentropfen, die das Kopfsteinpflaster dunkel färben, flüchtet er vorbei an einer Figurengruppe, die Jesu Christi mit seinen Jüngern auf dem Ölberg zeigt, hinein in eine Passage in der Rückseite des Edelmann Palasts. Schon auf dem Oberring bewundert Adrian das im späten sechzehnten Jahrhundert errichtete Wohnhaus mit seiner reich geschmückten Fassade. In seiner Arkade findet er einen Laden, an dem er nicht vorbeigehen kann.

Bücher ziehen ihn magisch an.

Das Sortiment der Buchhandlung ist überschaubar, überrascht aber mit der Vielzahl an Büchern über die Geschichte des Hauses Habsburg und der Stadt Olmütz. Interessiert blättert Adrian in den großformatigen Bänden, erfährt, dass die Stadt ihre Festungskommandanten früher hier im Edelmann Palais beherbergt, und widmet den zahlreichen Kupferstichen und Photographien der Stadt seine ganze Aufmerksamkeit.

»Olmütz und seine Geschichte. wunderbar!«, zieht Adrian heute bereits zum zweiten Male den Hut vor der Stadt. Trotzdem die Atmosphäre im Buchladen eine behagliche Ruhe ausstrahlt, drängt es ihn doch hinaus auf den Oberring. Beim Hinausgehen entdeckt er im Oberstock die Gedenktafel an der Häuserfront, von der er im Buchladen liest und die an Graf Radecký, den berühmten böhmischen Adeligen und Heerführer in Diensten des österreichischen Kaiserhauses, und an dessen Zeit als Olmützer Festungskommandant erinnert.

Am Oberring empfängt Adrian wieder der Nieselregen. Ein kalter Schauer durchläuft ihn und er weiß nicht, wohin er sich wenden soll. Von der schlaflosen Nacht ebenso erschöpft wie von seinen Üvberlegungen beschließt er nach einer Gaststätte Ausschau zu halten, um sich aufwärmen und nach seinen Irrwegen durch Olmütz ausruhen zu können.

RAST

Vor der Spiegelwand gleich gegenüber der Glasfassade mit der Eingangstür sitzt in dem versteckten Café, das Adrian aus einer der Seitenstraßen des Oberrings betritt, ein Herr mittleren Alters. In der einen Hand hält er eine Tasse, während seine andere und sein Blick auf einer Mappe ruhen, die auf einem Stapel aus ähnlichen Dokumenten liegt. Ohne aufzublicken richtet er leise Frage um Frage an sein Gegenüber, das etwas angespannt wirkt. Ansonsten ist die Gaststätte menschenleer. Adrian nimmt in der Ecke direkt neben dem großen Fenster mit Blick auf die Straße Platz, von wo aus er alle Tische im Raum übersehen kann.

»Dobrý den! Přejete si?«

»Chtěl bych černý čaj, prosím.«

»Mléko a med?«

»Ano, prosím.«

Gesetzt und doch behände bringt die Kellnerin den bestellten schwarzen Tee dekorativ mit einem Teesieb, einer Tasse und einer weißen, bauchigen Kanne kochend heißen Wassers arrangiert an Adrians Tisch.

»Auch Milch und Honig sind dabei!«, freut er sich still und leise über die gelungene Bestellung.

»Das klappt heute wunderbar!«, denkt er und erinnert sich enttäuscht an seine Ankunft in Olmütz zurück. Die Empfangsdame seines Hotels begrüßt ihn, nicht weit von hier entfernt, ohne Umschweife in Englisch und fragt, ohne die Sprache zu wechseln, nach seiner Reservierung. Überrascht antwortet Adrian in gleicher Weise und erst als die Rezeptionistin seine Personalien entgegennimmt und ihn auch nicht anblickt, als sie die Frage stellt, wie lange er in Olmütz bleiben möchte, fasst er sich ein Herz und versucht, so wie er es sich bereits zu Hause vornimmt und wann immer es ihm möglich sein würde, in der Landessprache Antwort zu geben:

»Do soboty.«

Bis Samstag verbleiben noch zwei weitere Tage, den Blick der Dame hinter dem Empfangstresen wird Adrian aber auch darüber hinaus nie vergessen. Kaum vernimmt sie seinen Reiseplan, legt sie unvermittelt ihre Unterlagen aus der Hand und hält erstaunt inne. Wie um ihn einer gewissenhaften Prüfung zu unterziehen, mustert sie ihn von unten nach oben und erst nachdem sie nichts an Adrian auszusetzen findet und sich ihre Blicke treffen, lächelt sie freundlich, fast warmherzig. Gleichzeitig wiederholt sie seine Worte anerkennend und mit einem koketten Ausdruck in ihren strahlenden Augen:

»Do soboty!«

»Wenn das in Olmütz mit meinen vorbereiteten Reden nur immer so gut funktioniert hätte!«

Adrians Stimmung verdüstert sich schnell wieder. Der Gedanke an das warme Lächeln der Rezeptionistin erheitert ihn nur für einen Moment. Zu rasch kommen ihm die Worte in den Sinn, mit denen er Markéta ansprechen möchte, wenn er sie tatsächlich in jener kleinen Olmützer Galerie treffen würde. Schon in Österreich geht er vor dem Antritt seiner Reise in Gedanken das Wiedersehen und die ersten Worte, mit denen er sich an seinen schmerzhaft vermissten Seelenspiegel wenden möchte, wieder und wieder durch, nicht nur im Duktus seiner Ansprache, sondern auch unter Berücksichtigung der Überraschung, mit der Markéta konfrontiert sein wird, ihn hier wiederzusehen. Adrian möchte mit möglichst wenigen Worten alle seine Gefühle, seine Absichten und seine Freude über ihre

Zusammenkunft zum Ausdruck bringen, ohne seine Sorge um Markéta zu verhehlen – für ihn sind ihre gesundheitlichen Probleme von damals nicht vergessen und in seiner Reise sieht er vor allem eine Chance, ein neues, gegenseitiges Verständnis zu gewinnen. Trotzdem möchte er keinesfalls den Eindruck erwecken, ein wehleidiger Bittsteller oder selbstsüchtiger Egomane zu sein, der sich über ihre Gefühle und Entscheidungen hinwegsetzt, oder sie, wie die Götter der Olmützer Brunnen zu befürchten scheinen, belästigen möchte.

Während sich Adrian in Gedanken seiner Worte entsinnt, beginnt sich der gestrige Tag für ihn zu wiederholen. Er findet sich im Bezruč Park, der ersten Station seines absichtlich über Umwege führenden Weges, wieder und genießt die Sonnenstrahlen des jungen Tages. Während er dem Mühlbach folgt, prüft er seine vorbereitete Rede inhaltlich und im Tonfall. Er passiert den Übergang zur Galerie Šantovka und überquert den leergefegten Platz vor der Markthalle, auf welchem samstags auf zahllosen Ständen frische Waren, Obst und Gemüse aus der Region feilgeboten werden. Kurz darauf wechselt er auf die andere, ihm noch unbekannte Seite der Stadt und betritt den lang gezogenen Smetana Park im Südwesten der Altstadt. Am südlichen Ende des nach dem tschechischen Komponisten Bedřich Smetana benannten Parks, einen Steinwurf vom Bezruč Park entfernt, verweilt Adrian einen Moment an einem Teich mit einer künstlichen Insel. Gemeinsam mit einer Studentin beobachtet er die Wildenten und bemerkt den aufkommenden Wind. Er geht im Geiste zum achten und neunten Male jede Silbe seiner Anrede durch, die er als Zeichen der Achtung und Wertschätzung für Markéta in ihrer Muttersprache einstudiert.

In diesem Moment und als er vorbei an der Statue des Namenspatrons des Parks weiter durch die lange Parkallee Richtung Norden flaniert, sind Adrians Gedanken Gefangene ihrer selbst. Die beinahe lückenlos aneinandergereihten Beete in der Mitte der Allee zeigen noch nichts von ihrer Blütenpracht, die erst mit Fortschreiten des Frühlings ihre Besucher in den Bann des reichsten Farbenspiels der Natur ziehen wird können. Anfang April muss Adrian auf dieses Schauspiel verzichten und seine Gedanken finden keine adäquate Ablenkung. Im Gegenteil, denn nachdem die Bäume nach einem Schädlingsbefall vor wenigen Jahren gerodet und neu gepflanzt werden müssen, gibt sich der Weg vor ihm zwar keineswegs als Allee zu erkennen, zeigt sich Adrian aber wie ein Spiegelbild seiner Vergangenheit:

Erzbischof Kardinal Rudolf von Österreich übereignet vor zweihundert Jahren den Bürgern von Olmütz den Park und schafft damit das erste Erholungsgebiet der Stadt. Hochgewachsene Linden und mächtige Kastanien säumen die Rudolfsallee. Ihre dichten Kronen, die entlang des Weges glatt und einmütig wie eine hohe Wand geschnitten sind, zwingen jedem Blick und jedem Gedanken ihre Richtung auf, ohne die geringste Abweichung zu tolerieren.

Nicht anders ergeht es Adrian am zweiten Tag seiner Reise. Doch die geradlinige Schneise zwischen den Baumwänden der Vergangenheit erscheint ihm wieder nur wie eine Täuschung. Denn weder das Leben des im Park allgegenwärtigen Smetanas noch die Geschichte des Parks verlaufen ohne ihre Umwege. Der Komponist verlässt seine Heimat aus politischer Überzeugung – vor allem wegen der zentralistischen Herrschaft der Habsburger – und kehrt erst zurück, nachdem Kaiser Franz Joseph I. das ersehnte Februarpatent unterzeichnet. Gleichwohl wird der Park in Vorbereitung auf den drohenden Preußisch-österreichischen Krieg gemäß des eingeforderten Abbruchrevers erstmalig kahl geschlagen, um die Verteidigung der Stadt zu erleichtern und die Ausschau von den Festungswerken aus zu ermöglichen. Die Grünanlage, die heute inmitten von Olmütz liegt, befindet sich zur Zeit der Auseinandersetzung mit Preußen direkt vor der Stadtmauer. Als Adrian sich umblickt, findet er von der einstigen Bestfestigungsanlage im Gegensatz zu den wehrhaften Mauern im

Bezruč Park nichts mehr vor. Einzig das kunstvoll verzierte und nächtens illuminierte Theresientor auf Höhe des nördlichen Endes des Parks erinnert westlich der Altstadt völlig alleinstehend an den Status als ehrwürdige Festungsstadt.

Obwohl er also dem Zwang der Spiegelallee erliegt, sich auf das Wiedersehen mit Markéta freut und um keinen Preis von seinem Vorhaben abweichen möchte, kommt Adrian dennoch von seinem Pfad ab. Er fügt sich all den Krümmungen der Zeit, den Lebensstationen Smetanas und den Veränderungen des Parks, und wie die Wolken am Himmel gehorcht er jeder Richtungsänderung des Windes; er folgt den vielen Abzweigungen der Promenade in ihre Seitenwege und begegnet in Gedanken allen Reaktionen Markétas auf seinen überraschenden Besuch. Seine Antworten führen ihn durch den ganzen Park, zeigen ihm Gefühlswelten voller Angst, lotsen ihn vorbei an einem Pavillon, einem lange unbenutzten Musikaltan, und über einen verwaisten Spielplatz hin zu vielen beschaulichen Ruhezonen unter den großen, noch kahlen Bäumen.

Adrian nimmt auf seinen Irrwegen nichts von den fremdartigen Gewächsen wahr, die sich unter die einheimischen Pflanzen mischen, auch nichts von den Müttern, die inzwischen mit ihren Kinderwägen über die weitverzweigten Zierwege spazieren, und nichts von den alten Menschen, wie sie an diesem wechselhaften Vormittag gemächlich auf der Parkallee promenieren. Und nicht einmal die Rudolfseiche, deren Stamm nicht von drei Mann umfasst werden kann und die noch heute an den Stifter des Parks erinnert, schafft es, Adrians rastlosen Gedanken Einhalt zu gebieten. Sie drehen sich und drehen sich beständig um sich und um das Wiedersehen mit Markéta.

Als Adrian aufblickt, sind die Tische im Café gut besetzt. Viele Stadtbewohner nutzen die Mittagszeit, um in der angenehmen Atmosphäre der Gaststätte mit Kollegen oder Freunden eine Erfrischung zu sich zu nehmen. Adrian unterscheidet in dem Stimmengewirr keine einzelnen Dialoge, vielmehr vereinigen sich die Stimmen für ihn wie die Instrumente in einer

Komposition Smetanas: Eine Querflöte beginnt da eine bewegte Melodie, wie eine Quelle ein Flüsschen speist, und vermischt ihre Stimme dort mit einer zweiten Quellenflöte, um das Wasser im Verein mit ihr schneller dahinbrausen zu lassen. Aber erst mit dem Einsetzen der Streichinstrumente gibt sich der Fluss zu erkennen. Im Puls der Melodie strömt die Moldau durch die Weite Tschechiens, fließt sie vorbei an traditioneller Folklore und an tanzenden Menschen, die erst der Klang der Musik Smetanas wieder vereint und einem tschechischen Nationalgefühl zur Wiedergeburt verhilft – so oft sich die Tschechen darum bemühen und so lange sie darum kämpfen, das erhabene Gefühl einer selbstbestimmten Heimat bleibt den Böhmen und Mährern im eigenen Land über Jahrhunderte verwehrt. Das Schicksal erhöht die Tragik ihrer Auseinandersetzungen, indem es sie unter ihren Gegnern stets Landsleute erkennen lässt. Das Haus der Přemysliden verstrickt sich wiederholt in Machtkämpfe untereinander und schreckt auch vor brutalem Brudermord nicht zurück. In den vordergründig als Glaubenskämpfen geführten Kriegen der Hussiten und später den Kämpfen des Dreißigjährigen Krieges stehen sich böhmische und mährische Adelige im Wetteifer um die Macht genauso gegenüber wie im Ersten Weltkrieg Kaisertreue und die Tschechoslowakische Legion, die aufseiten der Entente für die Unabhängigkeit kämpft.

Nicht der Kriegslärm aus den Kämpfen für ihre Eigenständigkeit und nicht der zeitweise aufziehende Wind des gestrigen Tages oder das Rauschen der Äste über ihm, das er eingedenk seiner Erinnerung an den Park als Melodie der Sprache Smetanas erkennt, sondern der fremde Klang eines plötzlichen Sesselrückens am Nebentisch lässt Adrian aufschrecken. Das unangenehme Geräusch versetzt ihn direkt aus dem Park zurück ins *Jetzt* an seinen Fensterplatz. Der jungen Dame, die gerade mit ihren drei Begleitern neben ihm Platz nimmt, entgleitet ihr Halstuch.

Unbeachtet fällt es zu Boden.

Nur Adrian bemerkt es, doch von der Situation überrascht, weiß er nicht, wie er seine Tischnachbarin darauf ansprechen soll. Kurzerhand hebt er das Tuch auf und zieht es mit einer ausladenden Geste über seinen Unterarm, um es der Besitzerin mit einem Lächeln zu übergeben.

»Díky!«

»Není zač!«, erwidert Adrian und freut sich, am Ende doch noch etwas Passendes zu sagen. Zwei einfache Worte zur richtigen Zeit stimmen ihn, Schatten seiner Vergangenheit, zufrieden und zeigen allen am Fenster vorbeigehenden Passanten ein freundliches und gleichzeitig zuversichtliches Lächeln. Nur unbewusst nimmt Adrian seinen eigenen Zustand wahr; er fühlt sich wohl an seinem Platz und beginnt zu ahnen, wie sein gestriger Spaziergang durch die Parks zu seinem Wohlbefinden beiträgt. Und obwohl Adrian zeit seines Lebens dieses Gefühl fast beständig vorgeben muss und auch eine vage Erinnerung daran in Vergessenheit gerät, spürt er plötzlich eine Zuversicht in sich erwachen, die ihm die Redlichkeit seiner Absichten im Verein mit dem klaren Bewusstsein verleiht, für sein schwieriges aber nicht ausweglloses Vorhaben gut vorbereitet zu sein.

Immer enger vermischen sich Adrians Empfindungen mit dem gestrigen Tag. Er sieht sich den Smetana Park voller Hoffnung an seinem nördlichen Ende über eine schmale Fußgängerbrücke verlassen, die die beiden ältesten Parkanlagen in Olmütz miteinander verbindet. In der Mitte des Übergangs erkennt er erstmals auf seinen Streifzügen durch die Stadt, dass die Parkanlagen sich beinahe durchgängig von allen Himmelsrichtungen an das alte Zentrum Mährens schmiegen. Der Park der Přemysliden unterhalb des Wenzelsdoms, der Bezruč Park im Osten, der Smetana Park im Süden und Westen und letztendlich nördlich von diesem der Čech Park umschließen den Stadtkern fast vollständig und beschützen ihn, wie es zwei Hände tun, die einer kleinen Flamme Obdach gewähren, deren Schein noch lange nicht stark genug ist, anderen ihren Weg zu leuchten. Auf der Brücke hoch über der Straße, die das grüne Band durchschneidet, atmet Adrian befreit auf. Mit ihm gewinnt die Sonne die Oberhand über den Wind zurück und besänftigt ihn in seiner Unruhe.

»Bin ich eitel und selbstgefällig?«

Die junge Dame legt ihr Tuch um den Hals und verlässt mit ihren Begleitern das Lokal. Nicht seine Geste oder ihr *Danke-schön* lassen ihn einen Moment lang ein Glücksgefühl verspüren, sondern die Eingebung zweier bedeutungsloser Worte, dringt es Adrian ins Bewusstsein, als die kleine Tischgesellschaft neben ihm aufbricht und ihn zurückfallen lässt in das Nachsinnen der letzten Stunden. Wie am Tag zuvor fühlt er sich hin und her gerissen, erlebt er einen jähen Wechsel zwischen Hoffnung und Resignation, zwischen Zuversicht und Selbstzweifel.

Im Čech Park empfängt ihn ein sechseckiger Obelisk mit einem weithin sichtbaren roten Stern an seiner Spitze. Wenige Wochen nach Kriegsende errichtet die Stadt mit Spenden der Bevölkerung das Denkmal der Befreiung und zum Gedenken an die gefallenen Soldaten der Roten Armee. Im Großraum Olmütz toben die Kämpfe bis zur letzten Stunde vor Inkrafttreten der deutschen Kapitulation. Die Flüchtlingsströme nehmen kein Ende und Chaos begleitet das Kriegsende; und auch Adrian entfernt sich in seinen Gedanken mit jedem Schritt weiter von einer militärischen Disziplin. Der Smetana Park mit seiner Allee überträgt trotz aller Umwege, denen er folgt, eine Ordnung auf ihn, lässt in ihm ein Wohlbehagen, eine Art Sicherheit aufkommen.

Der Čech Park begrüßt ihn unzugänglich.

Im Stile eines Landschaftsparks präsentiert er sich ihm als ein Spiegelbild der Gegensätze. Der dichte Baumbewuchs und die vielen Sträucher hemmen seine Sicht und pflanzen Unruhe in sein Herz. Leise Zweifel an seinem Vorhaben beginnen an seiner Zuversicht zu nagen, je näher er seinem Ziel kommt. Erst der Anblick der Statue Božena Němcovás, die inmitten einer freien Rasenfläche im Licht der mittäglichen Sonne stolz und bescheiden zugleich dasteht, besänftigt Adrians Wankelmut ein wenig. Trotzdem durchschreitet er den Park auf kürzestem Weg – dem einzigen, dem ihm seine innere Anspannung, seine größer und größer werdende Ungeduld und sein schneller und schneller pochendes Herz noch erlauben. Dem Litovel Tor am Ende des Parks schenkt Adrian keine Beachtung; einsam wie das Theresientor steht es als letzter verbliebener Rest der Festungsanlage nordwestlich der Altstadt.

Wie er die verbleibende Wegstrecke bis zum Atelier in der alten Militärbäckerei findet, weiß Adrian nicht mehr. Nur dunkel erinnert er sich daran, wie aus einem der Häuser ein ihm bekanntes Lied leise an sein Ohr dringt, wie sich die Musik seiner bemächtigt und sie ihm zuflüstert, es sei nicht die Zeit, seinen Glauben zu verlieren, ihm Vertrauen einhaucht und wie er sich im Takt der Melodie und im Lichte der Sonne wie die Statue Božena Němcovás im Čech Park aufrichtet. Den Rest des Weges legt er wie von einer fremden Hand dirigiert zurück. Vor der Tür des Ateliers bleibt Adrian stehen und atmet auf. Zögerlich und mit seiner eigenen Unsicherheit konfrontiert, öffnet er die Eingangstür.

Überrascht schreckt er zurück.

Die Kellnerin möchte wissen, ob er einen weiteren Wunsch habe. Nicht weil er Hunger fühlt, sondern vielmehr um einer Rechtfertigung willen, noch länger an seinem Tisch verweilen zu dürfen, bestellt Adrian eine süße Spezialität der böhmischen Küche. Im Café befinden sich längst nicht mehr so viele Gäste wie vorhin; einzig der Mann mit den Mappen sitzt wie Adrian – jetzt allerdings mit einem anderen Gegenüber – am gleichen Platz. Mit ihrem Vorgänger verbindet die junge Frau nur eines: Sie wirkt sichtlich angespannt. Adrian beobachtet, wie der ältere Herr auch jetzt die Unterhaltung bestimmt und wie seine neue Gesprächspartnerin ebenfalls lediglich Rede und Antwort steht.

»Worüber sie wohl reden?«

Adrian überlässt sich seinen Vermutungen. Irgendwie erinnert ihn die Szene an ein Bewerbungsgespräch. Die systematisch gestellten Fragen, die nervösen, wohlüberlegten Antworten, die Mappen auf dem Tisch, die vielleicht die einzelnen Unterlagen der Bewerber enthalten, das alles könnte darauf hindeuten. Doch Adrian ist sich bewusst, sein Versuch hinter die Fassade zu blicken, bleibt reine Mutmaßung.

»In den Gedanken anderer sollte man Lesen können!«

Von seiner Nervosität abgelenkt und von seiner Mahlzeit gekräftigt öffnet Adrian das Tor zum Atelier. Die Strahlen der Sonne stärken ihm draußen den Rücken, beim Wechsel ins Innere der Galerie, vom Tageslicht in ein nur punktuell ausgeleuchtetes Gewölbe, fällt ihm die Lichtfülle aber in den Rücken; mühsam passen sich die Augen Adrians an die Lichtverhältnisse an und erst langsam vermag er den großen Raum mit seiner Vielzahl an Exponaten zu überblicken.

»Ahoj!«, sieht er sich orientierungslos um und schließt die Tür hinter sich. Wenige Schritte davon entfernt stehen ein Herr mit einem grauen Haarkranz und eine Frau in Adrians Alter an einem Stehtisch und unterhalten sich angeregt. Sein Eintreten und seine leise Begrüßung lassen die beiden ihre Unterhaltung mit einem Blick zur Tür unterbrechen. Eine gespenstische Stille breitet sich in dem Ausstellungsraum aus.

»Markéto, jsi to ty?«

Sie sieht verändert aus, aber sie ist es – unverkennbar! Und nach einem ersten Augenblick des Erstaunens, sie tatsächlich wiederzusehen, verzaubern ihn ihre Augen nach diesen endlosen Tagen wie in alten Zeiten. Nach mehr als drei Jahren steht sie bloß wenige Armeslängen vor ihm, regungslos, als stünde sie in einem Lichtkreis inmitten des Portals eines Tunnels, aus dem er nach langer und beschwerlicher Irrfahrt endlich heraustritt. Die nächsten Bruchteile einer Sekunde ergreifen ihn, ziehen ihn mit sich fort, schleudern ihn heraus aus seinem Tunnel und hinein in eine sagenhaft bunte Spirale, auf deren farbenfrohen Windungen sich alles aneinanderreiht, sich alles aneinanderdrängt, was ihm während seiner Reise begegnet – die Zugfahrt entlang der Donau, entlang der March und quer durch Mähren bis nach Olmütz, das kleine Hotel, der betörende Ausdruck in den Augen der Rezeptionistin, das Rathaus, der Dom auf der Wenzelsanhöhe, die Parks, die grüne Umarmung – und alle seine Gefühle der letzten Tage, Wochen und Monate nehmen in der Spirale die surrealsten Formen an:

Adrian hört ihre wirre Gestalt, fühlt ihre gellend lauten Farben, all die wilden Gedanken seiner zahllosen wie einsamen Stunden flüstern hier durcheinander, werden lauter und lauter, lassen die Spirale, lassen Adrian sich schneller und schneller um sich selber drehen – und immer vor sich sieht er sie, sieht er Markéta, sieht er, wie Markéta zu Stein erstarrt, wie die Spirale durch die er selbst rast, zu der er selbst wird, die er selbst *ist*, einen Sog entfaltet, dem kein Farbton zu entrinnen scheint, und der den Stein, das Ebenbild Markétas, zu weißem Marmor werden lässt.

So steht sie vor ihm: Markéta, leichenblass wie eine Statue.

Die Überraschung steht beiden, steht Markéta und Adrian gleichermaßen ins Gesicht geschrieben.

Markéta ist Adrian und Adrian ist Markéta ein Spiegelbild, das Spiegelbild ihrer eigenen Gedanken, ihrer eigenen Sorgen, ihrer Ängste und Befürchtungen. Entsetzen macht sich breit. Die Freunde vergangener Tage stehen sich gegenüber – bewegungslos, fassungslos, und sehen sich nur an.

Die Zeit hält den Atem an.

Der ältere Herr blickt erstaunt um sich, begreift nicht, was um ihn herum vorgeht, blickt abwechselnd auf Markéta und Adrian, ratlos, sieht keinen Grund für die aufgeladene Atmosphäre, die sich ihm so deutlich offenbart, denn beide, sowohl Markéta als auch Adrian, wirken bloß nach außen hin ruhig. Tatsächlich tritt in Adrians und in Markétas Innerem ein heftiger Widerspruch zu Tage. Adrian sieht die Funken sprühen, sieht, wie die steinerne Statue Markétas spricht – oder bildet er sich das nur ein?

Adrian weiß es nicht, er hört und versteht sie nicht – versteht sie nicht, obwohl Markéta immer lauter mit ihrer deutschen Zunge spricht. Nichts von dem, was *er* sagen will, nichts von dem, was er *ihr* sagen will, nichts von dem, was er für sie in ihrer Muttersprache zuvor einstudiert, kommt über seine Lippen. Adrian sieht nur, wie die marmorne Statue Markétas ihre Lippen bewegt, und er spürt, dass ihm in diesem einen Moment allein ein einziger Ausweg verbleibt, spürt instinktiv, dass kein Wort, selbst kein Wort des Dankes, egal wie bedacht, und kein Wort der Entschuldigung, egal wie aufrichtig es gemeint wäre, hier Gehör finden wird – und einer anderen, härteren Sprache will er sich nicht bemächtigen, nicht hier, nicht vor dem älteren Herrn.

Seitdem befindet sich Adrian auf der Flucht.

MAUERN

Jählings verlässt Adrian die Gaststätte. Er winkt gar nicht erst die Kellnerin zu sich, um zu bezahlen, sondern begibt sich selbst zum Tresen und begleicht dort seine Zeche.

Er muss hier raus, einfach weg!

Draußen empfängt ihn dieselbe kalte und klare Luft, vor der er sich nur wenige Stunden zuvor in die Wärme des Cafés flüchtet. Zumindest regnet es nicht länger. Gedankenverloren schleicht er zurück auf den menschenleeren Oberring. Seine Rückkehr scheint Herkules Anlass zu geben, seinen wasserlosen Brunnen zu verlassen und ihm auf dem regennassen Pflaster entgegenzukommen.

»Ist es Euch nicht genug, Recht zu behalten?«, schmettert Adrian dem antiken Gott ängstlich entgegen, eilt an ihm vorbei und versucht ihm keine Beachtung zu schenken. Da erstarrt auch Herkules in seinem Brunnen wieder unvermittelt zu Stein. Vor der Dreifaltigkeitssäule bleibt Adrian abrupt wie vor einer Mauer stehen. Müde wandern seine Augen entlang der Säule aufwärts, bis sein Blick fast flehend in den Himmel reicht. Eindrucksvoll heben sich die goldenen Figuren an der Spitze von den düsteren Wolken des klammen Aprilnachmittags ab. Auf halber Höhe, genau zwischen der Dreifaltigkeit Gottes und der güldenen Himmelfahrt Marias, sieht Adrian etwas, das ihm am Vormittag nicht auffällt: Eine ebenfalls goldene Kugel steckt inmitten der Säule!

»Was war das?«, meint er, den nahen Donner einer Kanone zu hören. Im Siebenjährigen Krieg belagert die preußische Armee unter Friedrich dem Großen die strategisch wichtige Festungsstadt Olmütz, über die sein Weg ins Herz des Habsburgerreiches führen soll. Der starke Beschuss der Artillerie macht selbst vor dem Kleinod der Olmützer Stadtbevölkerung nicht Halt und richtet sich auch gegen die erst wenige Jahre zuvor geweihte Dreifaltigkeitssäule. Obwohl die Mauern der Befestigungsanlage der Belagerung dieses Mal standhalten, die Ehrensäule vermögen sie nicht vor dem über sie hinwegfliegenden Kugelhagel zu schützen. Herzblut und Dankbarkeit der Bevölkerung, die der Säule erst ihre Form, ihr Ansehen verleihen und ihr innewohnen, geben hingegen den Bewohnern die Kraft und den Mut, ihrem Denkmal Schutz zu bieten.

Wie es später berichtet wird, überbringen Gesandte der Einwohnerschaft dem General des feindlichen Heeres die Bitte, ihr Heiligtum zu verschonen. Von der Bittschrift und dem Mut der Stadtbewohner überrascht und im selben Maße davon angetan, entspricht die Armee Friedrichs des Großen dem Gesuch der Stadt. Die goldene Kanonenkugel in der Mitte der Dreifaltigkeitssäule erinnert bis heute an diese Großtat der Olmützer Bürger.

»Was ist Mut?«, fragt sich Adrian, während ihm die Stadt ihre Geschichte erzählt. Irgendwie glaubt er nicht daran, Mut auch heute im Alltag ohne Weiteres als solchen erkennen zu können.

»Mutig ist nicht eine Tat an sich«, denkt er, »sondern der Weg dorthin.«

Adrian versteht unter Mut eine innere Haltung, die für einen Außenstehenden schwer wahrzunehmen ist. Vollbringen zwei Menschen die gleiche Tat, könnte er den einen als Helden bezeichnen, während er dem anderen, wenn überhaupt, bloß seine ehrliche Anerkennung zuteilwerden ließe.

Markéta, die in ihrer Kindheit nichts auslässt, keinem Wettstreit mit den Jungen der Nachbarschaft aus dem Wege geht, erzählt ihm, mit dem Heranwachsen ängstlicher zu werden. An ihrem Beispiel ergründet er seine Ansicht, forscht er nach dem Ursprung seiner Meinung und macht den Unterschied für sich letztendlich daran fest, dass die eine Person, die ältere Markéta, sich im vollem Bewusstsein einer Gefahr erst überwinden muss, sich einer realen Bedrohung aus innerer Überzeugung und ungeachtet zu erwartender Risiken stellt, oder sich jemand in gleicher Weise auf eine Reise ins Ungewisse einlässt, während die andere Person, gleich dem jüngeren Ich seiner Freundin, dieses Nachsinnen nicht anstellt, lieber dem Leichtsinn der Jugend folgt und einem drohenden Unheil nichts ahnend entgegentritt.

»Olga ist mutig!«, findet Adrian. Sie beweist für ihn darin Mut, sich ihm in ihrer Offenheit auszuliefern, ihm ihre Ängste und Sorgen anzuvertrauen und noch mehr, indem sie nach jenem Streit den Dialog mit Bärchen sucht, obwohl sie die Befürchtung in sich trägt, sich in ihrer Verletzlichkeit bloßzustellen und sich vor ihm zu erniedrigen, wenn sie ihm, tief gekränkt, ihre Gefühle und ihren Kummer offenbart. Und die mutige Olga überwindet nicht allein diese Ängste und Sorgen, sie bezwingt darüber hinaus ihre insgeheim getroffene Entscheidung, ihren Freund zu verlassen.

Adrian fühlt sich, so wie er vor der Dreifaltigkeitssäule steht und sich der Tapferkeit der anderen gewärtig wird, eingeschüchtert und entmutigt, weiß nicht, woher er die Kraft aufbringen soll, seinen Weg fortzusetzen. Wenn er sich nicht wie ein Getriebener vorkäme und wenn er nicht Herkules und den Atem der anderen antiken Götter im Nacken wahrnähme, er würde kraftlos und wie ein Häufchen Elend auf die Pflastersteine des Oberrings niedersinken.

So wankt er weiter seines Weges. Niedergeschlagen und auf sich allein gestellt wähnend, verwandelt sich Adrian, unbeachtet und wie vom Menschengeschlecht verstoßen, zu einem unnützen Spielball der Geschichte.

Die Würde der Stadt lähmt ihn.

Den Brunnen der Hygeia in einer Nische an der Westfassade des Rathauses findet Adrian nicht auf der Skizze seiner Frühstücksserviette. Er steckt sie zurück in seine Tasche. Am Morgen geht er in seinen Gedanken zu eilig an dieser Seite des Gebäudes vorbei und zu unscheinbar verrichtet Hygeia, Tochter des Asklepios und Gottheit der Gesundheit, im Gegensatz zum unüberhörbaren Gedonner Jupiters und den oft besungenen Heldentaten Herkules ihr Machwerk. Keine Arznei Hygeias wirkt gegen Adrians Lethargie, keines ihrer Heilmittel beugt dem drohenden Kontrollverlust seiner Sinne vor und trotzdem wendet er sich plötzlich hastig und wie aufgeschreckt um. Ein merkwürdig hohles Lachen, das unecht und wie in einem bizarren Anachronismus seinem eigenen Echo folgt und stetig lauter wird, dringt unversehens an sein Ohr.

»Was ist das? Woher kommt dieses Lachen?«

Niemand außer Adrian scheint das Gelächter zu hören, kein anderer horcht auf oder sieht sich wie er auf dem Stadtplatz nach der Quelle der schauerlichen Heiterkeit um. Und doch, für ihn nicht zu übersehen, lachen ihm von der Fassade des Mährischen Theaters, an dem für kurze Zeit auch der junge Gustav Mahler ein Engagement als Kapellmeister findet, die Portraits anderer großer deutscher Dichter und Musiker entgegen.

»Wie kann das sein?«

Für einen kurzen Moment sieht Adrian deutlich die markanten Reliefe Schillers, Goethes und Mozarts – und jetzt, keinen Augenblick später, ist nichts mehr von ihnen zu erkennen. Nur das Lachen tönt weiter in Adrians Ohren laut über den Oberring hinweg. Die Zeiten vermischen sich in seiner Wahrnehmung, doch die Geschichte gibt ihm recht: Die Portraits der deutschen Dichter hängen nicht länger an der Fassade des Theaters, sie werden nach dem Untergang der Monarchie unter dem ersten tschechischstämmigen Bürgermeister im Rathaus von Olmütz neben vieler anderer Hinweise auf den Einfluss der deutschen Kultur aus dem Stadtbild entfernt.

Der tschechischen Bevölkerung gilt das Theater zu lange als deutsche Institution, als eines der Symbole der deutschen Vorherrschaft in der Stadt, die erst zusammen mit dem Ersten Weltkrieg und der Unabhängigkeit für die Tschechoslowakei ihr Ende findet. Unglücklicherweise entsteht mit dem Zusammenbruch der Monarchie auf dem Boden der Tschechoslowakei nur ein anderer, ein neuer Vielvölkerstaat mit vertauschten Rollen. Die Tschechen übernehmen die Position der deutschen Oberschicht im jungen Staat und die Minderheiten der Deutschen, Slowaken, Polen, Ungarn und im Osten sogar Ukrainer bangen um ihre Rechte. Im Kleinen wiederholen die Tschechen die Fehler der Nachkommen der deutschen Siedler und Adeligen, die vor Zeiten auf Einladung der Könige Böhmens ins Land kommen und in den Städten über Jahrhunderte ihre Macht ausbauen. Die neue Führung gönnt mit ihrem Gebaren Land und Leuten keine Ruhe und versinkt bald in den Wirren ihrer Zeit, wird wie Österreich und Polen zum Spielball finsterer Mächte.

In Adrian verstärkt dieser dunkle Schatten der Geschichte ein Unbehagen, ein Unwohlsein und das Gefühl der längst vertriebenen deutschen Bevölkerung hier nicht mehr willkommen zu sein. Er fühlt sich all seiner Kräfte beraubt und dieses Lachen, dieses seltsam hohle Lachen, das aus noch fernerer Vergangenheit zu ihm dringt, bohrt unaufhörlich in seinem Inneren weiter. Er weiß nicht, wie er das grässliche Gelächter einordnen soll. Auf der einen Seite glaubt Adrian, würde jemand über ihn Lachen, würden Hohn und Spott über ihm ausgegossen, und doch meint er in derselben derben Heiterkeit einen leisen Hauch von Verzweiflung zu erkennen, fast so als würde die Vergangenheit, als würden Goethe und Schiller die Absurdität des menschlichen Lebens anfechten, als würde die Zeit ihm raten, sein Schicksal weniger schwer zu nehmen.

»Niemals!«

Nicht Selbstmitleid liegt Adrians Traurigkeit zu Grunde und seinen Schmerz können die Qualen anderer, die Verzweiflung vieler nicht lindern und niemals relativieren. Im Gegenteil, denn wie Adrian eine Bürde auf sich Lasten fühlt, sie als Wirklichkeit erkennt, nimmt er in gleichem Maße die Trübsal und die Mühen seiner Mitmenschen ernst. Niemals möchte er einer um sich greifenden Gleichgültigkeit Vorschub leisten. Allen Sorgen und Nöten achtsam zu begegnen, sie zu verstehen versuchen, gegen sie anzukämpfen und aus ihnen zu lernen, beschriebe er seine eigene Gesinnung, wenn er denn danach gefragt werden würde.

Doch niemand stellt diese Frage.

»Warum tust Du das? Warum hörst Du mir zu?«, fragt ihn Anastasia stattdessen. Für Adrian klingt ihre Frage fremd wie das Leben – wendet sie sich nicht nach Hilfe suchend an ihn? An einen Freund? Welche andere Reaktion hätte Anastasia erwartet? Adrian kennt die andere, die bittere Seite, weiß, wie es sich anfühlt, in einer Notlage allein gelassen zu werden. Aber gerade weil ihm solche Situationen nicht fremd sind, könnte er nie anders handeln, verpflichtet er sich in diesen Momenten, für einen Freund da zu sein. Er möchte niemals Teil einer Welt sein, keine Wirklichkeit erschaffen oder mitgestalten, in der Freundschaft zu einem sinnentleertem Wort verkommt.

Darum fühlt sich Adrian von den großen deutschen Dichtern, wie sie von der Fassade des Mährischen Theaters lachen, genauso wie von Markéta missverstanden, wähnt er sich weggestoßen und verfolgt zugleich. Wieder einmal schlägt er einen Haken, entwindet sich dem schallenden Hohngelächter des Schicksals, wendet er sich der entgegengesetzten Richtung zu und hört gerade noch, wie Arion, der griechische Sänger und Dichter des Altertums, seinen Gesang beendet, bevor er auf dem Rücken eines Delphins von einem Schiff entflieht, auf dem er während seiner Heimreise seiner Schätze beraubt werden soll. Gemäß der Sage widerfährt Arion nach seiner Rettung vor dem Verderben auf hoher See im nächsten Hafen seiner Heimat Gerechtigkeit.

»Ja, Gerechtigkeit!«, seufzt Adrian.

Der ursprüngliche Plan für den Arionbrunnen reicht weit zurück ins achtzehnte Jahrhundert. Umgesetzt wird das Motiv, das auf die Verwüstungen des Dreißigjährigen Krieges und den gleichzeitigen Verlust des Titels der mährischen Hauptstadt Bezug nimmt, erst nach der Jahrtausendwende und erklärt sich als Zeichen der Erneuerung der Stadt und als späte Replik auf die Repressalien der kommunistischen Ära Tschechiens.

»Ein Delphin!«, erinnert sich Adrian.

Vor seinen Augen erwacht der Delphin im Brunnen zum Leben, schwimmt vor ihm durch den Zeitenstrom und zeichnet seine zarten Konturen auf Markétas Rücken, verwandelt sich in eine Tätowierung auf ihrem rechtem Schulterblatt. Nie erzählt sie Adrian, wovor ihr Delphin, das Tier der Götter, sie beschützt, und vor welcher Gefahr ihr Delphin, der Retter in der Not, sie vormals bewahrt. Nur eines weiß Adrian: Heute könnte Markéta zu einem Delphin, zu einem Retter aus tiefster Not werden und ihm Gerechtigkeit zuteilwerden lassen!

Die Bedeutung der anderen Figuren im Arionbrunnen versteht er nicht. Die beiden auf Meerestieren, auf einem Fisch und einer Muschel, musizierenden Kinder und die große Schildkröte mit einem obskuren Obelisken auf ihrem Panzer muten ihm im Arrangement des Brunnens wie Fremdkörper an. Davor kriecht eine weitere Schildkröte auf dem Pflaster des Oberrings ihres Weges. Entzückt reiten die kleinsten Besucher der Stadt auf ihrem Rücken.

»In ihrer Unbekümmertheit verstehen die Kinder am besten, wozu die Schildkröten da sind!«, denkt Adrian und vermutlich könnten sie ihm leichthin erklären, warum er auf der Flucht ist und wovor er eigentlich flieht, lässt er seinen Gedanken wie Gertraud damals unvollendet:

»Ich will nicht über das nachdenken, was Du sagst, denn ansonsten muss ich vielleicht feststellen, dass Du recht hast – aber das will ich nicht!«, offenbart sie ihm ein Jahr nach ihrer Trennung.

Trotzdem schickt Adrian ihr noch heute Grußkarten an ihrem Geburtstag. Vor etwa zehn Jahren bittet er Gertraud um ihre Verschwiegenheit, doch sie entgegnet ihm nur, er solle endlich sein infantiles Verhalten sein lassen, denn wenn sie von jemanden gefragt werden würde, sei es doch eine Selbstverständlichkeit, über diese Dinge zu reden!

»Aber es fragt sowieso niemand nach Dir!«, fährt Gertraud nahtlos fort und schmettert Adrian damit vollends zu Boden.

»Das tut weh!«, erwidert er ihr und bringt seinen Schmerz zum Ausdruck, indem er erklärt:

»Und es tut mir noch mehr weh, wenn ich daran denke, dass Du gar nichts hättest tun müssen, um meiner Bitte nachzukommen, wenn sich, so wie Du sagst, ohnehin niemand für mich interessiert.«

Wenn Anastasia die Wunden ähnlich bitterer Erfahrungen in sich trägt, Freundschaften kennt, in denen *Nichts zu tun* bereits zu viel Beistand, zu viel Unterstützung für einen Freund ist, erhält ihre Frage Sinn und darüber hinaus einen ausgesprochen fahlen Beigeschmack. Erst jetzt, erst jetzt auf seinem langen Irrweg durch Olmütz wird Adrian bewusst, dass nicht er den Kontaktabbruch verantworten muss, sondern dass Gertraud einen Schutzwall um sich aufbaut und in eine Maskerade schlüpft, um ihrem eigenen Spiegelbild zu entfliehen. Den Schmerz, den er bei ihren Worten und dem Verlust ihrer Freundschaft empfindet, kann diese Erkenntnis jedoch nicht lindern. Denn Gertrauds Mauer, die Monate standhält und über Jahre hinweg ihren Schatten wirft, ragt wie eine gefühlte Unendlichkeit vor ihm auf. Und seine Erkenntnis ändert nichts daran, dass die Freundschaft damals zerbricht, dass diese Erfahrung lebt, wie Geschichte atmet und seine Gedanken diese Vergangenheit nicht verwandeln können.

Gertraud wehrt jeden Kontaktversuch Adrians ab.

Erst bei einem zufälligen Treffer ein Jahr später beginnt ihre Fassade zu bröckeln. Niemand unterstellt Adrian nachtragend zu sein, im Gegenteil, er freut sich, Gertraud unvermutet über den Weg zu laufen und sich nach langer Zeit bei einer Tasse Tee mit ihr unterhalten zu können. Keine Vorwürfe kommen über seine Lippen und seine deutlich ältere Freundin ist es selbst, die ihm spontan Einblicke in ihre Gedankenwelt und in ihr eigenes Wertesystem gewährt. Ihre Beziehung gleicht einer schiefen Ebene, die Gertraud auf Adrian hinabblicken lässt. Kaum dass sie ihm aber ins Angesicht sagt und sie ihre eigene Wahrheit endlich hört, nicht damit umgehen zu können, wenn er recht behielte, sieht sie ihn mit völlig anderen Augen an. Sie starrt ihn an, fahl wie der Tod, und obwohl beide, unfähig sich zu bewegen, am Tisch sitzen bleiben, entfernt sie sich plötzlich wie rasend von ihm. Gertrauds Eingeständnis verstört Adrian, heute fliegen seine Gedanken weiter, eilen sie an der länger werdenden Tischkante dahin, immer entlang der Linie seiner Lebensgeschichte, in der er Gertraud irgendwann vollständig aus den Augen verliert und auf Olga trifft.

»Bis jetzt präsentierst Du Dich perfekt!«, sieht Olga Adrian bei ihrem ersten gemeinsamen Frühstück aus strahlenden Augen von der anderen Seite des Tisches an – von dem gleichen Platz, an dem gerade vorhin noch Gertraud verweilt. Doch ohne Atem zu holen, erstickt Olga den Glanz ihrer Augen, der Fenster zu ihrem Herzen, mit den nächsten Worten selbst gleich wieder.

»Was stimmt nicht mit Dir?«, fragt sie ihn leiser werdend.

Adrian sieht den Vorhang fallen, muss ohnmächtig zusehen, wie Olga mit ihrer Frage, die in ihrem Unverständnis wurzelt, warum er nicht verheiratet sei, warum er nicht in einer Beziehung lebe, eine Saat vernichtet, noch bevor diese keimen kann. Denn in dem Augenblick, in dem die Worte Laut um Laut und Silbe für Silbe aus ihrem Mund kommen, wächst unbewusst und ohne dass Olga es beabsichtigt, um ihr Herz eine Mauer empor, die sich auch ihr selbst erst offenbart, als sie in voller Höhe vor ihr steht. Keine Geste, kein Wort, kein Scherz Adrians schafft es, diese so schnell erstarkte Mauer wieder einzureißen.

Aber die beiden schaffen es zumindest, aus dem nun eben vorhandenen Mauerwerk das Fundament einer Freundschaft werden zu lassen.

»Mauern, überall Mauern!«

Adrian ist der Verzweiflung nah, steht plötzlich wieder an der Scheide des Judentors und sieht die stark befestigte Stadtmauer im Bezruč Park vor sich. Er betrachtet die Mauer, die gleichsam Schutz vor einer gefühlten wie vor einer realen Bedrohung bieten, die Sicherheit geben und die Ängste der Bevölkerung besänftigen soll. Doch da schwirrt eine goldene Kugel an ihm vorbei, nimmt ihn mit zum Oberring, verdeutlicht ihm, dass eine Mauer nicht allen Gefahren Einhalt gebietet, dass ein offenes Wort, eine vorgebrachte Bitte manchmal größere Wirkung entfalten kann, als es die höchsten und dicksten Mauern vermögen. Adrian muss an Olga denken, erfreut sich daran, wie sie ihre schon getroffene Entscheidung überwindet, eine Mauer niederreißt und ihre Beziehung zu Bärchen rettet.

»Nur Menschen bauen Mauern. Und Menschen können diese Mauern wieder niederreißen!«, konstatiert Adrian, unter dessen Füßen sich die Stadt rasant weiterdreht, seinen Standort verschiebt bis er beobachten kann, wie die Stadtmauer im Westen von Olmütz abgetragen wird und im Laufe der Zeit die unbebauten Flächen davor überall in die schönsten Parks und in einen wahren Schutzmantel rund um die Stadt verwandelt werden.

»Nein, keine Mauer ist unumstößlich, keine Mauer dieser Welt ist gottgegeben. Und könnten andernfalls nicht auch Götter irren? Sind Götter denn etwas anderes als unsere Gedankengebäude?«

Adrian schöpft in seinem Taumel traurig Hoffnung, während die Stadt weiter zu ihm zu sprechen scheint, ihn erneut zum Oberring zurückführt und mit ihm auf dem Weg dorthin am Merkurbrunnen Halt macht. Merkur, der Götterbote und Gott des Handels und der Diebe, hält weiterhin seinen Hermesstab erhoben, den Adrian als Zeichen für die Verbindung der Gegensätze und als Zustimmung der Götter zur Moderni-sierung der Altstadt deutet. Was Adrian zu seinem Bedauern nicht weiß, ihm niemand außer der Stadt sagen möchte, ist, Merkur steht bereits an dieser Stelle, als noch nicht der glä-serne Spiegel der Galerie Moritz der Altstadt huldigt, sondern der umstrittene Betonsarkophag des Kaufhauses Prior, des Vorgängerhauses der heutigen Galerie, das Stadtbild verun-staltet.

»Ja, auch Götter können irren!«, flüstert die Stadt Adrian wie am Ende eines Schlafliedes ins Ohr und bringt ihn behut-sam auf den Oberring zurück, um ihn nicht aus seinem Wach-traum zu rütteln.

SPIEGEL

Adrian erwacht trotzdem aus seinem Traum. Die Stadt liegt ruhig vor ihm. Fünf Stufen führen hinauf zum größten und kunstvollsten Brunnen der Olmützer Altstadt: Der Cäsarbrunnen versperrt ihm den Weg. Aufmerksam geht er rund um den Brunnen herum, dessen Becken einer Blume gleicht, zwischen deren Blütenblätter er spitze Dornen herausragen sieht. Die scharfen Konturen des Bassins formen die Stufen zur Plattform des Brunnens, die wie eine sanfte Brandung des Ozeans verebben, je näher sie dem Kopfsteinpflaster des Oberrings kommen, und dort aus den Dornen weiche, fast kreisförmige Rundungen werden lassen. Aus der Mitte des leeren Beckens ragt ein Fels empor, auf dem die Reiterstatue Cäsars wacht und mit Stolz verkündet, die nördliche Grenze des römischen Imperiums erstrecke sich entlang der Donau, seine Handelswege jedoch sollen weiter in den Norden führen. An der March entlang, einem Nebenfluss der Dorau, dringen die Römer vor und erreichen das heutige Olmütz. Die Flüsse, die Cäsars Wegweiser sind, liegen ihm im Brunnen in persona bärtiger Männer zu Füßen und halten in ihren Händen die Wappen der Länder, durch die sie fließen. Lange Zeit gilt die Stadtgründung durch die Römer als Legende, deren Wahrheitsgehalt selbst eine Urkunde Georgs von Podiebrad, des ersten nicht katholischen Königs von Böhmen, welcher gar den Namen der Stadt auf Cäsar zurückführt, nicht zweifelsfrei klären kann.

Der Sage nach errichtet der große Feldherr auf der Anhöhe, auf die er jetzt seinen Blick richtet und die ihm zu Ehren vormals den Namen Juliusberg trägt, sein Feldlager. Ob Cäsar an Ort und Stelle sein Haupt niederbettet, bleibt dem Reich der Mythen überlassen, die Reste des nördlichsten Römerlagers in Mitteleuropa belegen indes archäologische Funde im Stadtgebiet. Die Hügel der Olmützer Altstadt nahe einer Furt an der March bieten in der flachen Ebene der Hanna und dem weiten Schwemmland der nahen Flüsse strategische Vorteile, welche schon die ersten Siedler und nach den Römern die alten Mährer, die Přemysliden und die Habsburger Festungsherren für sich nutzen.

»Bruno!«

Im Rücken der Figuren entdeckt Adrian im Brunnen einen wachsamen Hund, der als Zeichen der Treue der Stadt zu ihrem Herrscher an den Hängen des Felsens liegt und ihn unvermittelt an Markétas ständigen Begleiter erinnert.

Adrian presst die Lippen zusammen.

Anders würden ihn die bitteren Tränen überwältigen, die Markéta zwei Jahre vor dem Ende ihrer Freundschaft tatsächlich an Brunos Grab vergießt. Aus dem Munde Cäsars hört er Markéta berichten, wie sie Bruno gerade kennenlernt, wie er sich wie wild gebärdet und sie anfangs nicht an sich herankommen lässt, wie er nach ihr beißt und nur schwer Vertrauen zu ihr fasst. Die beiden Charakterköpfe raufen sich freilich zusammen und der Hund wird zu Markétas bestem Freund – zu einem Freund, dessen Tod ihr so nahe geht, wie es derjenige eines jeden anderen Mitglieds der Familie täte. Die Müdigkeit und Leere, die damals ihre Traurigkeit begleiten, kennt Adrian zur Genüge. Er fühlt sie in Angesicht des Brunnens Cäsars und seines Hundes wiedererwachen und fast möchte er meinen, sie sind seit dem gleichzeitigen Bruch mit Markéta und Olga seine einzig verbliebenen Freunde.

Markéta bereitet Bruno ein Grab, beweint seinen Tod und nimmt an seiner letzten Ruhestätte Abschied von ihm. Sie begeht wie selbstverständlich ein Ritual, das Adrian am Ende ihrer gemeinsamen Zeit verwehrt bleibt, und macht eine Erfahrung, die er nicht kennt: Abschiednehmen.

Alle seine Freundschaften und alle seine Beziehungen enden abrupt, werden einseitig oder mit Vorwürfen beendet, ohne dass ihm je die Chance eingeräumt wird, etwas auf die oft nur vagen Anschuldigungen entgegnen oder sich wenigstens persönlich verabschieden zu können. Adrian legt großen Wert auf Traditionen, folgt gerne den Gebräuchen der Zeit und bewahrt sie in Form eigener Riten. Trotzdem kennt er den wehmütigen, süßen Geschmack des Johannistrunks nicht. Ihn begleitet nur ein Schmetterling auf seiner Reise, der im hellen Licht der Sonne in Markétas Lieblingsfarbe schimmert und ihr ein Abschiedsgeschenk werden soll.

Leider zeigt sich heute kein Sonnenschein und der kristallene Schmetterling findet zu Adrians Bedauern keine einzige Blüte des Lavendels, die den Flügeln Glanz und Farbe verleihen könnte.

Trostlosigkeit legt sich über den Stadtplatz.

»Mit Dir kann man nicht streiten!«, schließt Markéta Adrian in seinem Hotelzimmer in ihre Arme. Er verbringt ein paar Tage in Wien und sie nutzen die Möglichkeit, sich nach Monaten der Trennung gegenseitig etwas Aufmerksamkeit zu widmen.

Fast möchte er absagen.

Er hält sich augenblicklich für keine gute Gesellschaft, weil seine Gedanken einzig und alleine um Anastasia kreisen, mit der er sich ebenfalls gerne verabredet hätte, die jedoch nach sieben Jahren ihre Freundschaft für beendet erklärt. Nachdem er in Wien ankommt, unternimmt er alles, um zu retten, was zu retten ist – vergebens lässt ihr am Ende eine Nachricht überbringen.

»Hör auf sie zu belästigen oder es passiert etwas!«

Adrian erzählt Markéta nichts von der anonymen Drohung, die er als Antwort erhält.

Er beschränkt sich darauf, ihr anzuvertrauen, wie sehr ihn der Bruch mit Anastasia überrascht, wie ihn der Verlust dieser Freundschaft schmerzt, wie gerne er sich von ihr verabschiedet hätte und was er ihr zum Abschied hätte sagen wollen.

Markéta legt ihren Arm um ihn.

Ihre sanfte Berührung spendet ihm Trost, zeigt von Verständnis und bestärkt ihn in seiner Überzeugung, sein Anliegen und seine Worte sind nicht nur frei von böser Absicht, sondern geradezu verständlich.

»Danke, Markéta!«

Adrian lässt seinen Freunden ihre Meinung, zwingt niemanden seine Gesellschaft oder seinen Willen auf, er bringt lediglich seine Gefühle zum Ausdruck und versucht, mit Argumenten seine Ansichten darzulegen, sich verständlich zu machen und nicht minder *um* einen Freund zu kämpfen, wie er es auch *für* einen Freund tun würde. Wenn Adrian eine Diskussion führt, einen Kampf mit Worten ausficht, sieht er das nicht als Wettstreit an, den es zu gewinnen gilt. Von vielen wird sein Verhalten als Schwäche abgetan, da er sich selten durchsetzt. Oft merken aber seine Gesprächspartner nur nicht, wie sie von ihrer ursprünglichen Meinung abweichen und Tage oder erst Wochen später die seine annehmen. Das Unrecht, das sie Adrian damit antun, verdrängen sie wie Gertraud und wie sie viele Freundschaften zerbrechen lassen würden, weil es einfacher ist, jemanden einen Fehler zu verzeihen, als sich selbst einen solchen einzugestehen.

»Zu einer Freundschaft gehören immer zwei!«, hört Adrian ein Pochen in seinem Kopf und wird nicht müde, seine Hand zum Zeichen der Freundschaft oder als Einladung zur Versöhnung anzubieten. Er versteht das Unrecht daran nicht und begreift nicht, wie eine offene Hand als Übergriff gewertet werden kann.

»Jemanden Hilfe anzubieten, würde niemals verurteilt werden!«, denkt Adrian. Eine Hilfestellung anzunehmen unterscheidet sich für ihn jedoch nicht von der Entscheidung, eine zur Freundschaft oder zur Versöhnung gereichte Hand zu ergreifen. Und wie Hilfe abgelehnt werden kann, bleibt es dem freien Willen überlassen, Freundschaften auszuschlagen oder zu beenden.

Weisheit entspringt der Erkenntnis, über das eigene Selbst hinaus eine Verantwortung zu tragen. Eine Meinung zu haben hingegen ist ein Grundrecht, das jedem zusteht. Sie zu äußern und eine Entscheidung zu fällen, bringt aber gleichfalls eine Verantwortung mit sich und erst in einen Dialog zu treten, über unterschiedliche Ansichten zu reden und beizeiten darüber zu streiten, zeigt von Respekt und Wertschätzung, von Anstand und Größe – von Menschsein! Alles andere, die bloße Äußerung einer Meinung, fällt ein Urteil der Willkür und versperrt den Pfad der Gerechtigkeit.

Der Umstand, beständig vor vollendete Tatsachen gestellt zu werden, vor dem Freundschaftsgericht nur das über ihn gesprochene Urteil in Empfang nehmen zu können, selbst aber nicht gehört, nicht wahrgenommen und respektiert zu werden, prägt Adrian zutiefst. Ein Verbrecher erhält die Möglichkeit, sich vor einem Richter zu verteidigen, er nicht. Er lernt, jeden Augenblick seines Lebens zu achten, die Gesellschaft eines Freundes zu schätzen – insbesondere weil er zu oft am eigenen Leib erfährt, dass ein einmal geschehenes Ereignis nicht mehr zu ändern ist und ein einmal gesprochenes Wort nicht zurückgenommen werden kann.

Adrian wird nie ein Fehler verziehen, kein Umstand, egal wie gerechtfertigt er sein möge, lindert seine Schuld und selten leistet ihm jemand, so wie Markéta mit ihrer Umarmung, Beistand. Er möchte weder von der Gnade anderer abhängig sein, noch redet Adrian sich seine Mängel schön. Er kennt seine Fehler, erfährt, sich auf niemanden verlassen zu dürfen, und prüft stets den Hergang der Geschehnisse, möchte daraus lernen und hinterfragt scheinbar unverrückbare Rahmenbedingungen. Manches gibt er seinem eigenen Unvermögen geschuldet aus der Hand, anderes entzieht sich seiner Anstrengungen.

Kurz bevor Markéta ihre Freundschaft ohne Worte beendet, schickt sie ihm eines ihrer Bilder. Ein Bild, das tatsächlich niemals bei Adrian ankommt. Erst in einer Nachbetrachtung wird ihm bewusst, wie diese Situation seine Freundin womöglich brüskiert: Ein Bild, das sie für ihn heraussucht, vielleicht eigens für ihn anfertigt, ihm als Anerkennung seiner Freundschaft und zum Zeichen ihrer Wertschätzung überreichen will, nimmt er ohne ein einziges Wort des Dankes und ohne Rücksicht auf ihre Bemühungen entgegen – zumindest könnte es für Markéta einige Tage so aussehen.

»Wieder zu spät!«, gesteht Adrian sich ein, nachdem er es schafft, die Umstände für sich aufzuklären. Die Saat aber ist gesät. Einer Enttäuschung genügen Bruchteile einer Sekunde, um sich in ein Herz zu schleichen.

Die vielen unbeantworteten und laut schreienden Fragen, die sich ihm vor dem Cäsarbrunnen aufdrängen und nach einer Antwort verlangen, ermüden ihn wie die Rückschlüsse, denen er sich nicht entziehen kann. Am frühen Nachmittag spürt Adrian unbarmherzig die Nachwirkungen einer schlaflosen Nacht, der schmerzhaften Erfahrungen seines heutigen Irrweges und seiner ewig rastlosen Gedanken. Das ständige Hin und Her seiner Überlegungen, die vielen Umwege auf die er gelangt, entfremden ihn dem Ziel seiner Reise. Er spürt, wie sich Hoffnungslosigkeit und Enttäuschung in ihm ausbreiten.

»Wohin soll ich nur?«, wendet sich Adrian ratlos und beinahe unterwürfig an den großen Cäsaren, der vor ihm stolz, die Selbstsicherheit in Person, hoch zu Rosse sitzt – und der Römer gibt ihm Antwort, weist ihm die Richtung, indem er stumm die nahe Michaelsanhöhe hinaufblickt. Für jeden Rat empfänglich lenkt Adrian seine Schritte in die kleine Michalská Straße. Mehr noch als dem Wink Cäsars folgt er einem inneren Drang, sich zu bewegen, ohne seinen Gedanken freien Lauf zu lassen; er ahnt, wie sein Nachsinnen ihn sonst weiter in die Enge triebe.

Es liegt alleine an ihm.

Die enge Gasse führt ihn, kaum dass er den Oberring verlässt, nach ein paar Schritten steil die Kuppel des Michaelsberges hinauf und endet auf einem überschaubaren, viereckigen Platz vor der Kirche des Heiligen Michaels. Richtung Süden erkennt Adrian den Žerotín Platz, über den er am Vormittag in die verzauberte Školní Gasse gelangt und auf dessen nördlichen Ausläufer er sich jetzt befindet.

Er blickt um sich.

Der kleine Stadtplatz gleicht mit seinen zwei Bäumen und einer Statue einem düsteren Hinterhof. Über dem Kopfsteinpflaster ziehen Wolken dahin, und die wenigen durchbrechenden Sonnenstrahlen werfen im Verein mit den noch kahlen Baumgerippen gespenstische Schatten an die Wände der Häuser. Zwischen den Bäumen steht die Statue des Heiligen Florians, eines christlichen Märtyrers, der in Adrians Heimat seinen Tod findet, weil er zur Zeit der Christenverfolgung inhaftierten Glaubensbrüdern beisteht, selbst festgesetzt wird und er allen Drohungen zum Trotz seinem Glauben nicht abschwört.

»Ein wahrer Freund!«, denkt Adrian und wendet sich beschämt ab.

Die Kirche des Heiligen Michaels ragt hoch vor ihm auf.

Ihre drei Kuppeln, Sinnbild für die Dreifaltigkeit Gottes, prägen wie die Türme des Doms auf der Wenzelsanhöhe, des Rathauses und der Moritzkirche die Silhouette der Stadt. Von der Straße wirkt der sakrale Bau unscheinbar und bescheiden; lediglich die Statue *Salvator munais*, des Erlösers der Welt, und das Bildnis der Jungfrau Maria zu beiden Seiten des Eingangs lassen erahnen, welche Pracht sich hinter der blassgelben, fast fensterlosen Fassade verbirgt.

Die Dominikaner errichten nach ihrer Ankunft in Olmütz ein Kloster und eine gotische Kirche auf der Michaelsanhöhe. Die Folgen des Dreißigjährigen Krieges sind für ihr Gotteshaus verheerend. Die Maria Schnee Kirche am Platz der Republik, ebenfalls ein Meisterwerk des Barocks, strahlt freundlich und hell, die Kirche der Dominikaner am Žerotín Platz steht ihr, nun barock restauriert, in Prunk und Ausdruckskraft in nichts nach. Der rote Marmor ihrer Säulen verleiht ihr jedoch ein erhaberenes Aussehen und zwingt Adrian, seinen weit in den Nacken gelegten Kopf von der verschwenderischen Zierde der Fresken auf den Unterseiten der Kuppeln abzuwenden. Wie das Rathaus und die Kirche des Heiligen Moritz öffnet auch die einschiffige Basilika jeden Tag ihre Türme von der Morgen- bis zur Abenddämmerung für Besucher, die den Ausblick über die Stadt genießen möchten.

Adrian sucht den Weg hinauf in den Turm nicht; ihm fehlt die Kraft dazu. Er liest nur von den Glocken der Türme, die im Zweiten Weltkrieg eingeschmolzen werden, und wie erst nach dem Zusammenfall des Kommunismus Spenden der Bürger einen Neuguss ermöglichen.

Ehrfürchtig verlässt Adrian das Gotteshaus und kehrt auf den Vorplatz mit der Statue des Heiligen Florians zurück. Ein letzter Rest des ursprünglichen Klosters der Dominikaner, das wie viele andere in Mähren den Reformen Josephs II. zum Opfer fällt, versteckt sich neben der Pfarrkirche. Von der Straße beinahe nicht zu erkennen steht die Kapelle des Heiligen Alexius zwischen der Michaelskirche und dem Priesterseminar, das nunmehr in den Klostergebäuden Platz findet, und mit seinem Säulengang unverändert die östliche Seite des Žerotín Platzes dominiert. Nahe der nördlichen Ecke, nicht weit vom Eingangsportal der Kirche des Heiligen Michaels, steht hinter einem gusseisernen Zaun eine Statue, die Adrian beim Betreten der Basilika übersieht.

Auf einem hohen Podest schleppt Jesus sein Kreuz.

Der Sockel der Statue zeigt Stationen aus dem Kreuzweg, dem Adrian bedächtig Richtung Stadtmauer folgt.

Da spricht ihn ein Mann mit ergrautem Vollbart an.

Von der leisen, fast ängstlichen Anrede überrascht, sieht Adrian dem Alten verwirrt in die Augen. Routiniert lenkt der Adrians Blick auf seine Hände und bittet ihn in einem leicht gebrochenen Englisch um Kleingeld.

Ohne weiter nachzudenken, nimmt Adrian sein Portemonnaie aus der Tasche und entleert das Münzfach in die offene Hand des Bettlers.

»Děkuji.«

In Österreich bekäme der Mann für die wenigen Münzen kein vollwertiges Essen, hier in Olmütz kann er sich in einem Gasthaus wohl ein ganzes Menü schmecken lassen, ist Adrian überzeugt. Vor der Nordmauer der Michaelskirche findet er drei weitere Statuen mit anderen Stationen des Kreuzweges; neben der Geißelung Jesu Christi erkennt er, wie Jesus in der Nacht vor seiner Kreuzigung am Ölberg betet. Wie auf Geleisen folgt Adrian den Stationen Christus', während seine Gedanken zu dem alten Bettler zurückkehren.

»Hätte es das zur Zeit des Kommunismus auch gegeben?«, stellt Adrian die Frage, aber Markéta wehrt jedes Mal ab, wenn er an diesem Kapitel ihrer Heimat Interesse zeigt. Sie spricht lediglich von den Einschränkungen beim Einkauf, den langen Schlangen an den Kassen und den Restriktionen bei Reisen. Heute findet Adrian im Sortiment der Kaufhäuser keinen Unterschied zu Österreich und doch fühlen sich vor allem ältere Tschechen ärmer als früher:

»Heute sind die Läden zwar voll, aber nicht alles ist für jeden erschwinglich!«, sprechen die Alten aus, was ihm Markéta verschweigen möchte. Der Kapitalismus ist ein Segen für viele und einen Mangel kennt niemand in der Mitte der Gesellschaft, in deren Schatten von Türmen aus Geld aber hungrige Menschen zusehen müssen, wie Nahrungsmittel weggeworfen werden, und wie Obdachlose im Winter frieren, während Leerstände in den Städten der Rendite einheizen. Das Tauwetter andererseits verliert wie der Frühling in Prag sein menschliches Antlitz und Ineffizienz und die Abgabe von Verantwortung übernehmen die Rolle der Habsucht und teilen im Staatssozialismus den gleichen Mangel unter allen auf.

In der Tschechoslowakei gibt es unter der Führung der kommunistischen Partei offiziell keine Arbeitslosigkeit, die

Unterschiede in den Einkommen sind gering und trotzdem bekommt niemand das, was er möchte. Zwar verschafft der Kommunismus jedem Bürger einen Arbeitsplatz und niemand sorgt sich um seine wirtschaftliche Lage, sicher fühlen sich dennoch nur wenige: In den vier Jahrzehnten der Kollektivierung, einer Zeit ständiger Überwachung, werden über zweihundert Todesurteile vollstreckt, sterben Tausende in Gefängnissen und die Flucht aus dem kommunistischen Herrschaftsbereich kostet weiterer dreihundert Menschen das Leben. Die Zahl derer, die wegen ihrer religiösen oder politischen Ansichten diskriminiert werden oder das Land verlassen, geht in die Hunderttausende.

Nach der Samtenen Revolution erhalten alle Einwohner Tschechiens Einsicht in ihre Akte bei der Staatssicherheit, der Geheimpolizei der Tschechoslowakei. Nur wenige Anfragen führen zu einem Ergebnis. Es gibt bedeutend weniger Akten als vermutet. Aber ungeachtet davon, dass die Überwachung weniger Tschechen betrifft als befürchtet, genügt über Jahre hinweg das Wissen um die Staatskontrolle, das Gefühl, nicht sicher sein zu können, wer ins Vertrauen gezogen werden kann, und die Angst vor weitreichenden Konsequenzen beim geringsten Verdacht auf eine abweichende Meinung, um die Bevölkerung in einem vorauseilenden Gehorsam zu lähmen.

»Hat Markéta nicht etwas von Polizei gesagt, als ich sie im Atelier aufgesucht habe?«, schreckt Adrian plötzlich auf und blickt unsicher um sich. Wer würde ihm helfen, wenn er in Probleme stolpern sollte? Ist er in Tschechien nicht völlig auf sich alleine gestellt?

Angst überkommt ihn.

Mit der Polizei möchte er nirgends aneinandergeraten und keinesfalls in einem Land wie Tschechien, in dessen Sprache er sich nur schwer verständlich machen könnte; und obwohl er gegen kein Gesetz dieser Welt verstößt und niemals jemanden zu nahe treten würde, formt seine Angst eine Wirklichkeit, die viele Tschechen von früher kennen.

»Markéta, lass uns bitte miteinander reden!«

Seit dem Zusammenbruch des Kommunismus wandelt sich die Sicht der Tschechen auf die Errungenschaften der neu gewonnenen Demokratie. Anfangs legen die Menschen Wert auf ihren materiellen Wohlstand, denn Böhmen und Mähren, die in ihrer langen Geschichte stets zu den reichsten und fortschrittlichsten Ländern zählen, verlieren unter der Planwirtschaft ihren Vorsprung gegenüber den benachbarten Regionen und laufen Gefahr, an der Befriedigung der Grundbedürfnisse ihrer Bürger und an der Instandhaltung ihrer Wohnhäuser zu scheitern.

Aus der Chronik seines Hotels weiß Adrian, wie sich in den letzten Jahren der kommunistischen Herrschaft die Beschwerden der Bewohner bei der staatlichen Hausverwaltung über den schlechten Zustand des Hauses häufen. Eine Sanierung erfolgt oberflächlich und nach dem Ende der Samtenen Revolution stehen einige Wohnungen aufgrund der Missstände bereits leer. Kein Einzelfall, wie Adrian erfährt, denn am Vormittag bestätigen die verwahrlosten und fast baufällig wirkenden Häuser in der Nähe des Henkertors alle Berichte.

Der Kommunismus nimmt in Olmütz der barocken Altstadt ihren Glanz, um nicht in ihrem Schatten stehen zu müssen, und viele der Baustellen, denen Adrian auf seinem Weg durch die Stadt begegnet, versuchen unermüdlich das Erbe der Vernachlässigung im Namen des Staatssozialismus zu bereinigen.

Mit dem Aufschwung des Landes nach dem Fall des Eisernen Vorhangs und der neu gewonnen materiellen Sicherheit verändert sich mit den Jahren die Einstellung der Tschechen. Während sich manche darum sorgen, wie Freiheit und Demokratie einer anderen Macht, dem Kapitalismus, zu viel Platz einräumen, und ihre nationale Unabhängigkeit von dieser Seite bedroht sehen, verstehen die meisten ihre Selbstbestimmung heutigentags als die größte Errungenschaft. Sie fühlen sich in ihrer Demokratie vor allem eines: sicher und frei!

Aber wie überall gibt es eine Rangordnung im Leben, stehen sich da Gewinner und dort Verlierer gegenüber. Und während Adrian an der letzten Statue des Kreuzweges vorbeikommt, fühlt er sich an den alten Bettler erinnert, ohne zu erkennen, was sie miteinander verbindet.

ERLEUCHTUNG

Die letzte Station des Kreuzweges führt Adrian vorbei an der Villa Primavesi und am Michaelsvorsprung durch die Theresianische Stadtmauer hinunter in den Bezruč Park. Bereits diese kurze Strecke seines Irrweges versetzt ihn hinein in eine andere Welt. Jeder seiner Schritte führt ihn auf eine kleine Reise in die Vergangenheit. Er erkennt im Vorübergehen in der neu erbauten Villa Gustav Klimt, wie er die junge, neunjährige Tochter des Bankiers und Kunstmäzen Otto Primavesi malt. Einen Schritt weiter arbeiten Kunstschaffende der Wiener Werkstätte an der Verbindung von Kunst und Handwerk und erschaffen mit der Villa eine neuartige Symbiose aus Architektur, Malerei und Bildhauerkunst. Das eine ergänzt und verstärkt auf einer elitären Ebene das andere. Ein Stück abwärts im Zeitenstrom entwerfen die bekannten Architekten der Wiener Volksoper eine schnörkellose Jugendstilvilla mit zahlreichen Türmchen und Erkern. Das Erdgeschoß lädt die zeitgenössische Boheme ein, die große englische Wohnhalle im Zentrum des Hauses zu verzieren, von der eine hölzerne Treppe ins Obergeschoß zu einer offenen Galerie führt. Dort gedenkt die Familie selbst zu residieren. Das Mansardendach hingegen schafft Raum für die geladenen Gäste und das Dienstpersonal. Der neben der Eingangshalle ans Esszimmer angeschlossene Wintergarten gibt den Blick frei auf eine sonnige Terrasse und auf einen Garten, der allein das Gebäude von der historischen

Stadtmauer trennt. Beim Durchschreiten derselben nehmen die Selbstzweifel in Adrian überhand und ein letzter Schritt katapultiert ihn Dekaden zurück in die Vergangenheit.

Ein eigenartiges Gefühl bemächtigt sich Adrians. Ihm wird übel. Er fühlt sich elend und er spürt plötzlich eine fremde Last auf seinen Schultern. Die Stimmen Olgas und Anastasias klingen durch das Rauschen der Zeit. Vor seinen Augen erwacht die Geschichte der Stadt zum Leben und berichtet ihm, wie vor dem Ausbau der Kanalisation das Abwasser der Altstadt direkt vor die Stadtmauern hinunter auf das brachliegende Areal zwischen Schutzwall und Mühlbach gelangt und der Unrat für katastrophale hygienische Bedingungen sorgt. Erst mit der planmäßigen Entwässerung, die Adrian auf seinem Weg die Treppe hinab zur Grünanlage und langsam in die Gegenwart zurückkehrend beobachtet, wird entlang des Mühlbachs ein Promenadenweg angelegt, der kurz vor Baubeginn der Villa Primavesi zum jüngsten der großen Parks in Olmütz ausgebaut und später nach dem Dichter Petr Bezruč benannt werden wird – nach einem Mann, der seinen Blick nicht vor dem sozialen Elend und der nationalen Bedrückung unter den Habsburgern und den einwandernden polnischen Arbeitern im Grenzgebiet abwendet, sondern seine bildgewaltige Stimme für seine mährischen Landsleute im tschechischen Teil Schlesiens erhebt. Und doch hat es diesen großartigen Mann nie gegeben. Sein Name, Bezruč, ist bloß ein Pseudonym, spielt auf das Schicksal eines armseligen tschechisch-schlesischen Kohlearbeiters an – *ein Kohlenklotz schlug mir die Linke vom Leibe!* –, dem er wie dessen Schicksalsgenossen in seinen Schlesischen Liedern Gehör verschafft.

Ein Gefühl des *Nicht-gehört-Werdens* und des *Ausgegrenzt-Seins* erfährt auch Adrian in Olmütz. Einzig dieses Empfinden lenkt seit Tagen seine Schritte, führt ihn an einen Ort, an dem er hofft, sich sammeln und Verständnis für sich selbst finden zu können. Nachdem er den Michaelsausfall hinter sich lässt, beginnt die Stille des Bezruč Parks zu wirken, eine Stille, die eine unterdrückte Stimme der Vernunft in ihm hörbar werden lässt, wie schon ein Lufthauch ein Windspiel zum Erklingen bringt. In keiner Adrian bekannten Stadt ist der Weg aus dem urbanen Zentrum hinaus in die Ruhe der Natur so kurz wie in der Perle der Hanna.

»Dobrý den! Mate čas, prosím?«, sprechen zwei junge Damen ihn unverhofft an und fragen ihn, ob er einen Augenblick Zeit für ein Gespräch habe.

»Ano!«, antwortet er und umgehend richten die beiden eine Frage an ihn, die er leider nicht versteht. Anstatt zu antworten, lächelt er verlegen und erwidert:

»Pardon, nerozumím. Mluvíte německy nebo anglicky?«

Seine Gegenfrage bringt die zwei Frauen gleichfalls zum Lachen. Sie stellen sich als Schwester Megan und Schwester Mary von der *Kirche Jesu Christi der Heiligen der Letzten Tage* vor und möchten wissen, ob er an Gott glaube.

»Nein, Gott ist bloß eine Ausrede für uns Menschen!«, antwortet Adrian in englischer Sprache. Schwester Megan und Schwester Mary kommen aus den Vereinigten Staaten von Amerika und befinden sich erst seit kurzer Zeit in Tschechien. Megan, die Wortführerin, zeigt ein strahlend freundliches Lächeln und wirkt auf Anhieb offenherzig und lebendig. Sie ist bereits ein Jahr in Olmütz. Ihre *Glaubensschwester* Mary scheint schüchtern zu sein und wahrt mit einer ihr innewohnenden Zurückhaltung deutlich mehr Distanz. Ihr kindlich anmutendes Antlitz zeigt eine Verunsicherung, die sich wie von selbst erklärt, nachdem Adrian erfährt, dass der Tag ihrer Ankunft in Europa noch nicht lange zurückliegt.

Bevor sie ihre Mission beginnen, werden die beiden Glaubensschwestern in einer Missionarsschule der Mormonen unterrichtet, nicht nur in der Landessprache, sondern ebenso darin, wie sie ihre Botschaft richtig und verständlich auslegen können. Alle jungen Mormonen werden, sobald sie ihr neunzehntes Lebensjahr erreichen, dazu angehalten, sich für ein und ein halbes oder Jungmänner für zwei Jahre der Mission anzuschließen, um Erfahrungen zu sammeln und ihren Glauben zu festigen. Sie leisten während dieser Zeit Bekehrungsarbeit und stellen ihre Dienste gleichermaßen humanitären Zwecken zur Verfügung. So wie Megan und Mary haben Missionare keinen Einfluss darauf, in welchem Gebiet oder in welchem Land sie ihre Mission erfüllen müssen.

»Tschechien ist für uns Missionare, die den Menschen das Buch *Mormon* und unseren Glauben näher bringen möchten, ein schwieriger Boden!«, erzählt Megan.

Nach langen Jahren des Kommunismus, in denen die Kirche unterdrückt und enteignet, der Klerus zum Teil liquidiert oder umerzogen wird, und nach einer kurzen Phase der Euphorie, in der nach Zusammenbruch des Staatssozialismus Religion den Menschen Halt und Hoffnung hätte geben können, macht sich in der Bevölkerung Ernüchterung breit. Die Kirche kann, wie in anderen postkommunistischen Staaten, auch in Tschechien die in sie gesetzten Erwartungen auf Kosten des Glaubens nicht erfüllen. Viele Tschechen sind seitdem überzeugte Atheisten. Zwar gibt es in Mähren und im Erzbistum Olmütz mehr Gläubige oder zählt zumindest die römisch-katholische Kirche an der Wirkungsstätte Schwester Megans und Schwester Marys viele Angehörige, für die Missionarinnen ist es trotzdem schwierig, mit der Bevölkerung in Kontakt zu kommen und eine Verbindung aufzubauen, die es ihnen erlaubt, den Menschen ihre Kunde zu vermitteln.

»Nein, danke.«

»Nein, ich muss zur Arbeit.«

»Nein, keine Zeit.«

Wenn die beiden Missionarinnen in der Stadt Menschen ansprechen, hören sie oft diese höflichen und dennoch bestimmt klingenden Antworten.

»Ein ehrliches *Nein* ist uns jedenfalls lieber als ein stummes Vorübergehen oder gar Wegschauen!«, bringt sich Mary endlich ins Gespräch ein. Über ihre eigenen Erfahrungen zu sprechen, fällt ihr deutlich einfacher.

»Ja, wenigstens ein wortloses Kopfschütteln als Reaktion wäre manchmal schön!«, stimmt Megan ihrer jüngeren Begleiterin zu. Die zwei Frauen wirken sympathisch und Adrian hat nicht das Gefühl, bedrängt zu werden. Das Gespräch mit den Missionarinnen entwickelt sich in der gleichen Weise, wie ihre Begegnung beginnt: freundlich und ungezwungen.

Megan und Mary erwecken keinesfalls den Eindruck, Menschen vordergründig von ihrem eigenen Glauben überzeugen zu wollen. Wie alle Mormonen respektieren die beiden Amerikanerinnen die Haltung Andersgläubiger. Was sie dennoch tun wollen, ist, sich in der Mitte der Gesellschaft zu zeigen und das Gespräch zu suchen.

»Jeder Mensch empfindet Freude daran, wenn sich ihm jemand zuwendet und sich dafür interessiert, was er gerne hat oder was ihn gerade beschäftigt.«

Die Menschen einladen, von sich zu erzählen, ihnen zuhören und ihnen Hilfe anbieten, das versuchen Megan und Mary Tag für Tag von früh morgens bis spät abends. Neben ihrem persönlichen Schriftstudium, den Gebeten und Gottesdiensten, die zum Alltag eines jeden Mormonen auf Mission gehören, nehmen ihre Bemühungen, für Hilfsbedürftige da zu sein, die meiste Zeit in Anspruch. Während ihrer Entsendung sind die beiden stets gemeinsam unterwegs.

»Wenn für Gott jede Seele wertvoll ist, ist das ein sehr guter Grund, anderen zu helfen. Es kommt gar nicht darauf an, *welche* Hilfe Menschen brauchen, unsere Aufgabe ist es schlicht, für sie da zu sein!«, erklären die Glaubensschwestern einstimmig. Menschen, die sich ins Abseits gedrängt fühlen, Raum zu geben, finden sie wichtig, einen Raum, den jeder auf der Suche nach sich selbst, seinem eigenen Weg zu Gott, mit seiner Individualität füllen kann.

Die Suche nach Raum für seine Gedanken, nach Raum für *andere* Gedanken und nach einem Ort für etwas Ablenkung führt Adrian nach seinem Irrweg und dem Fingerzeig Cäsars zurück in den Park. Gerne nimmt er die ihm unerwartet angetragene Unterhaltung mit den beiden Amerikanerinnen an. Er erzählt von einem Schulkameraden, der ebenfalls Mormone sei, zu dem er mittlerweile allerdings keinen Kontakt mehr pflege. Megan und Mary ergreifen dieses zarte Band und spinnen den Gesprächsfaden weiter. Sie nehmen Adrians Verbitterung und seine Suche nach Orientierung wahr.

»Gott ist unser geliebter Himmelsvater. Sie können sich ihm anvertrauen. Er ist immer für uns da!«, lenkt Megan das Gespräch auf ihre Eingangsfrage zurück. Sie fühlt sich nicht vor schwierigen Momenten gefeit. Ihr Vertrauen in Gott gebe ihr jedoch jeden Morgen die Kraft, aus dem Bett aufzustehen, sich auf die Füße zu stellen und die Herausforderungen des Lebens zu meistern. Als Familienmensch sei ihr der Anfang ihrer Missionstätigkeit sehr schwergefallen. Der Kontakt zu ihren Familien unterliegt während der Mission harten Auflagen, zeichnet Megan ihren Schmerz nach, lediglich Briefe und ein persönliches Gespräch zu besonderen Anlässen wie an Weihnachten seien den Schwestern erlaubt. Gott sei gedankt, sie habe diese schwere Zeit gestärkt hinter sich lassen können!

»Gott hat für jeden Menschen einen Plan. Das Leben ist ein Bewährungszustand, in dem jeder erprobt und geprüft werden soll!«, erklärt sie.

»Ist Gott ein Zyniker?«, erwidert Adrian nüchtern.

Marys Blick wandert verstört zu Boden, während Megans Lächeln ebenso schnell zu Stein erstarrt. Keine der beiden kann einordnen, was Adrian mit seiner in ihren Ohren abscheulich nachklingenden Frage sagen möchte.

»Ich meine, wie bösartig muss ein Geschöpf sein, das so viel Elend als seinen Plan bezeichnet?«

Stille Unruhe drängt sich zwischen Adrian und die beiden Missionarinnen.

»Das viele Elend auf unserer Welt ist schlimm genug; es erschwerend als Teil eines Plans hinzustellen, also als etwas, das so gewollt ist, finde ich dreist, ja, menschenverachtend. Denkt an all die Kriege oder an all die unschuldigen Kinder, die von ihren Eltern geschlagen oder missbraucht werden, an all die Menschen, die unverhofft bei einem Unfall getötet werden. Ist das alles Teil von Gottes Plan? Und ist es in seinem Plan wirklich notwendig, für die Prüfung eines einzelnen Menschen einen anderen zu quälen oder gar zu töten?«, erläutert Adrian niedergeschlagen seinen Gedankengang.

»Ja, eine Prüfung mag das Leben für Kranke sein oder für Angehörige, die einen lieben Menschen verlieren, einen Sohn im Krieg, für eine Mutter, deren geschändetes Kind sich von der Familie abwendet, einen Bruder, dessen Schwester bei einem Unfall als Unbeteiligte ihr Leben lassen muss. Ja, für diese Menschen mag diese Zeit der Trauer, des Verlusts und der Schmerzen eine Prüfung sein. Aber was ist mit dem Kind, das geschlagen wird, mit der Schwester, die sterben muss? Was ist mit all den unscheinbaren, oft zartfühlenden Menschen, die als schwach abgetan rücksichtslos an den Rand der Gesellschaft oder gar in einen Abgrund gedrängt werden, ohne jemals beachtet worden zu sein? Was ist mit den zahllosen Menschen, die nie eine andere Welt als die des Hungers, der Armut, der Angst, der Tyrannei oder eines Krieges kennenlernen?«

»Als Mormonen helfen wir auch Kriegsflüchtlingen!«, wirft Megan in der Hoffnung ein, dem Gespräch eine andere Wendung zu geben.

»Sind Mormonen politisch aktiv?«, entgegnet Adrian für die beiden Glaubensschwestern wieder scheinbar zusammenhangslos. Und obwohl Megan nicht ahnt, worauf er mit seiner Frage hinauswill, betont sie, ihr Glaube untersage ihnen nicht die Ausübung eines politischen Amtes und sie erzählt, wie einer von ihnen bei einem der letzten Volksentscheide zur Wahl des Präsidenten der Vereinigten Staaten nur knapp unterliegt. Adrian weiß um diesen Politiker, erinnert sich daran, wie Mitt Romney, ein Mormone, wie er jetzt erfährt, fordert, in einem Krisengebiet im Nahen Osten eine Kriegspartei mit schweren Waffen zu unterstützen und ein anderes Land mit einem Präventivschlag anzugreifen.

Enttäuscht senkt er den Kopf und richtet mit tief gefurchter Stirn und mit leerer Stimme eine neue Frage an die zwei Missionarinnen:

»Warum, glaubt ihr, treffen heute so viele Kriegsflüchtlinge in Europa ein?«

»Das wissen wir nicht. Wir verfolgen das politische Geschehen nicht. Wir versuchen bloß, allen Menschen zu helfen, die unsere Hilfe benötigen.«

Tatsächlich ist die Kirche Jesu Christi der Heiligen der Letzten Tage, wie Megan und Mary schildern, in der Flüchtlingshilfe seit Jahrzehnten engagiert, unterstützt andere Organisationen nicht nur finanziell, sondern bemüht sich vor Ort nicht weniger um Vertriebene. Ihre Missionare helfen lokalen Einrichtungen bei der Betreuung von Flüchtlingen und sind den Schutzsuchenden beim Erlernen der Sprache behilflich, zeigen ihnen, sich in der neuen Umgebung zurechtzufinden und die weitestgehend unbekannten Bräuche und Gepflogenheiten zu verstehen. Die Mormonen handeln dabei getreu dem Evangelium nach Matthäus, in dem es heißt, *ich war hungrig und ihr habt mir zu essen gegeben; ich war durstig und ihr habt mir zu trinken gegeben; ich war fremd und obdachlos und ihr habt mich aufgenommen.*

Adrian erzählt indessen von dem Obdachlosen, dem er sein Wechselgeld überlässt und fragt seine Gesprächspartner, ob sie glauben, diese Geste sei diesem Menschen eine Hilfe.

»Ich glaube nicht, dass ich ihm tatsächlich geholfen habe!«, beantwortet Adrian seine Frage jedoch selbst, bevor Megan etwas erwidern kann.

»Es ist wie mit den Flüchtlingen eines Krieges: Die richtige Zeit zu helfen wäre, bevor ein Krieg ausbricht. Einen Krieg zu verhindern hilft mehr Menschen, als es danach mit den allergrößten Anstrengungen möglich ist. Eine warme Mahlzeit und hin und wieder ein wenig Aufmerksamkeit sind dem alten Obdachlosen von vorhin vielleicht kurzzeitig ein Trost. Aber eine Hilfe?«, wiederholt er seine Frage.

»Nein. Die richtige Zeit zu helfer, wäre gewesen, bevor dieser Mann den Boden unter seinen Füßen verloren hat und bevor er auf der Straße gelandet ist. Wo war damals seine Familie? Wo waren seine Freunde? Seine Nachbarn?«

Adrians Gedanken schweifen während seiner emotionalen, fast anklagenden Ansprache zurück in die Vergangenheit und er trifft Anastasia wieder. Sie wendet sich in größter Verzweiflung an ihn: Ihr Freund setzt sie, obwohl sie gesundheitlich angeschlagen keine Arbeit findet, ohne jegliche finanzielle Mittel vor die Tür, und das justament zu einer Zeit, da sie sich auch von ihren Eltern verstoßen und im Stich gelassen fühlt. Ohne zu zögern bricht Adrian damals nach Wien auf, finanziert ihr für mehrere Wochen eine Bleibe und sucht Kontakt zu ihrem Freund und ihren Eltern. In langwierigen Gesprächen gelingt es ihm, an den Wochenenden zwischen seinem Wohnort und Wien pendelnd, Brücken zu bauen und die Wogen zwischen Anastasia und ihrem Freund zu glätten. Sogar ihre Eltern entwickeln durch Adrians Bemühungen ein neues Verständnis für ihre gebrechliche Tochter und versöhnen sich alsdann mit ihr.

»Wie einfach wäre es manchmal für einen Freund, eine Tür zu öffnen, einen Streit zu schlichten oder zwischen Streitenden zumindest einen respektvollen Umgang zu wahren und damit eine weitere Spirale der Eskalation zu verhindern? Und wie selten nimmt in unserer Gesellschaft ein Freund diese Verantwortung heute noch wahr?«

»Ja, Freunde sind wichtig. Ich könnte mir ein Leben ohne Freunde nicht vorstellen. Mary ist meine beste Freundin. Sie weiß alles von mir und wir sind immer da, wenn der andere jemanden braucht.«

»Wie lange kennt Ihr Euch schon?«

»Seit Mary in Europa angekommen ist. Fast zwei Monate.«

»Und Ihr wisst bereits alles voneinander?«

»Ja.«

»Das ist bewundernswert!«, denkt Adrian laut.

Für ihn ist Freundschaft eine langsam wachsende Pflanze, die nur behutsam Wurzeln schlägt und zu einer nachhaltigen Verbindung reift. Zumindest kennt er es nicht anders.

»Und wie würdest du die Missionarin bezeichnen, die vor Mary mit dir in Olmütz zusammen gewesen ist?«, fragt er neugierig weiter.

»Sie war meine beste Freundin!«

»Aber … kann nicht immer nur … *ein* Freund … *der beste* Freund sein?«

Megans Lächeln wird unsicher und beginnt an den Mundwinkeln zu zittern, indem sie verlegen antwortet:

»Eigentlich ist ja meine Mutter meine beste Freundin.«

»Und Mary?«

»Mary? – Mary ist eine gute Freundin.«

»Mary, wie fühlt sich das an, so austauschbar zu sein? Vor einer Minute bist Du noch ihre beste Freundin gewesen und jetzt bist Du nur noch eine *gute* Freundin?«

Mary verfolgt den Wortwechsel zwischen Megan und Adrian ruhig und interessiert. Schlagartig von ihrer anfänglichen Unsicherheit befreit, sieht sie ihm, bevor sie ihm antwortet, lange in die Augen und bemerkt wohl überlegt und mit leiser, milder Stimme:

»Ich bin froh, Megan hier getroffen zu haben. Sie ist wie eine Schwester für mich – und dafür danke ich Gott! Ich werde Megan stets als guten und verlässlichen Freund in meinem Herzen bewahren und mich auch noch so an sie erinnern, wenn sich unsere Wege längst getrennt haben.«

Die Augen Megans beginnen sanft zu glänzen, sie ergreift die Hand ihrer Freundin und drückt sie fest an ihre Brust.

»Danke!«, würdigt Adrian nach einem Moment der Stille Marys Gedanken. Die unscheinbare und zurückhaltende Mary bringt Megans Herz zum Blühen und für Adrian alles das zum Ausdruck, was ihn so lange vor seiner Reise beschäftigt. Eine Reise, mit der er Abschied von Markéta nehmen möchte, um all die schönen und guten Seiten seiner Freundschaft mit ihr zu bewahren und zu konservieren, genauso wie es Mary jetzt mit diesen wenigen Worten so treffend zusammenfasst. Anerkennend entschuldigt sich Adrian bei den beiden Missionarinnen für seine hoffärtige und ihre Freundschaft in Zweifel ziehende Frage und fügt mit einem schelmischen und zugleich versöhnlichen Augenzwinkern hinzu:

»Ob ich mit meiner Frage wohl gerade ein Werkzeug Gottes gewesen bin, um eure Freundschaft zu prüfen?«

Megan und Mary stimmen in das Lachen ein und bedanken sich für das Gespräch. Nicht viele Menschen seien zu einer Unterhaltung bereit, wie sie nicht aufhören zu betonen, und noch weniger stellen Fragen oder geben Inspiration zum Nachdenken. Sie versprechen für Adrian zu beten und über ihren Gedankenaustausch nachzudenken:

»Gott, unser Vater, wird uns den richtigen Weg weisen!«

Adrian blickt den Missionarinnen noch lange und wehmütig nach, während sie gemessenen Schrittes dem Promenadenweg entlang dem ruhig dahinfließenden Mühlbach aufwärts folgen. Erst spät wendet er sich gedankenverloren der entgegengesetzten Richtung zu. Auf dem anderen Ufer des Mühlbachs entdeckt er neben dem Rosengarten die Kronenfestung aus der Zeit der Schlesischen Kriege.

Im ruhigen Bezruč Park, wo er seine Gedanken ordnen und seine Kräfte sammeln will, trifft er wie in einem Ausfallhof des alten Forts auf Verstärkung. Noch immer wirkt in ihm die Eingebung Marys weiter, die den Wert ihrer Freundschaft zu Megan so präzise zu bezeichnen versteht. Seine ihn an sich selbst zweifeln lassenden Ahnungen, die Irrsinnigkeit seiner Reise, deren Ziel er beinahe verloren glaubt, diese in ihm Fahrt aufgenommene Abwärtsspirale sieht er durch Marys letzte Worte besiegt, fühlt er sich damit doch gewappnet, einen letzten Ausfall zu wagen. Adrian wähnt sich in seinem Ethos bestärkt, wie wichtig und wertvoll es sei, das Andenken an eine Freundschaft zu bewahren und sich darum zu bemühen, es auch zu erhalten.

»Warum überdauern manche Freundschaften eine Trennung auf Lebenszeit und verkehren sich andere von einem Tag auf den anderen ins Gegenteil?«

Auf dem Weg zurück in sein Hotel lässt Adrian diese Frage nicht mehr los und seine Überlegungen kreisen noch lange um Marys Worte, um das Ende von Freundschaften und um seine eigene Freundschaft zu Markéta: Freundschaft und Vertrauen wissen nichts von Zeit, sie sind ihre Gaben.

NACHRICHT

Adrians letzter Aufenthaltstag in Olmütz rückt unaufhaltsam näher. Übermorgen fährt sein Zug am frühen Vormittag zurück nach Österreich.

Die Zeit drängt.

Adrian kennt diese Situation – und er verabscheut sie zutiefst. Er betritt das Hotel und wieder beginnen sich seine Gedanken rasant im Kreis zu drehen.

»Ach, Mary!«, ergreift er seinen Anker.

Der kleine Funke an Zuversicht, den er aus der Begegnung mit den beiden Missionarinnen schöpft, wirkt wie Balsam auf ihn und er fängt an, seine Reise nach Olmütz, deren einziges Ziel er endlich darin erkennt, sich von Markéta zu verabschieden, in neu geordneten Bahnen zu reflektieren.

»Warum willst Du Dich verabschieden?«, hört er die Frage Olgas nachklingen, die sie ihm postwendend stellt, als er versucht, mit seiner Freundin über die Leere zu sprechen, die der Verlust Markétas in ihm hinterlässt. Adrian versteht die Fragestellung schon damals nicht und sie ist ihm bis heute fremd. Seit seiner Begegnung mit Mary weiß er auch warum. Freundschaft kann jeden Abschied überwinden und wahre Freundschaft beschränkt sich nicht auf Raum und Zeit.

Begegnen sich zwei Menschen, denkt er, begrüßen sie sich, richten sie nette und wohlwollende Worte aneinander, reichen sie sich die Hände, und wenn sie sich nahestehen, umarmen sie sich oder tauschen gar weitere Zärtlichkeiten aus. Wenn ein Augenpaar zu leuchten beginnt, ein sanfter freudiger Glanz sie zum Strahlen bringt, sich diese Freude ausbreitet und ein Lächeln hervorzuzaubert, oder sich Arme zu einer Umarmung öffnen, empfindet Adrian selbst als unbeteiligter, stiller Beobachter ein Gefühl der Geborgenheit. Momenten eines zufälligen Wiedersehens alter oder lange Zeit getrennter Freunde, eines Wiedererkennens, wohnt oft eine Magie inne, die ihm lebhaft in Erinnerung bleibt.

Halb im Bett liegend, die Füße auf dem Boden überkreuzt und seine Augen zur dunklen Holzdecke gerichtet, erinnert sich Adrian plötzlich an seine erste Begegnung mit Markéta. Und obwohl dieser eine bestimmte, dieser eine unvergessliche Augenblick beinahe ein ganzes Jahrzehnt zurückliegt, erkennt er gegenwärtig, Jahre später in seiner Rückblende, entdeckt er hier in Olmütz, in ihren Augen die gleiche Herzlichkeit, die jeder aufrichtigen Begrüßung innewohnt.

Träumerisch überlässt er sich diesem Gefühl, erlebt er erneut, wie Markéta in sein Leben tritt, schwelgt er in seiner Vergangenheit und sieht, wie sie sich von ihm verabschiedet und sich nach ein paar Schritten wieder zu ihm umwendet – und es verwundert ihn keineswegs, dass sich ihre Blicke in den Bildern auf der Zimmerdecke mit derselben Intensität treffen wie ehedem.

Dieser Lidschlag des Schicksals öffnet ihm die Augen und seitdem versteht er eine Begrüßung wie einen Abschied auf Zeit vor allem als eines: als ein Versprechen!

»Danke, Markéta!«

Wahrhaftig erfährt Adrian erst durch Markéta, das Versprechen bleibt dasselbe, egal ob sich jemand kurzzeitig oder für immer verabschiedet.

Oftmals vergehen Monate, in denen sie sich nicht sehen.

Aber seitdem er sie kennt, verändert sich sein Verständnis von Freundschaft. Ihr Bündnis beweist ihm, Freundschaft ist das schlichte Versprechen, eine gemeinsam empfundene und aus freien Willen gelebte Aufrichtigkeit, eine in sich selbst ruhende gegenseitige Wertschätzung in die Welt zu tragen und auf ihr Weiterbestehen zu vertrauen.

Eines Tages hilft er ihr am Bahnhof beim Einsteigen, verlässt den Bahnsteig jedoch, bevor ihr Zug abfährt. Bei ihrem nächsten Treffen weckt Markéta in Adrian Schuldgefühle. Sie erzählt ihm von ihrer Enttäuschung, ihn von ihrem Platz nicht mehr am Bahnsteig zu sehen, und sie nimmt ihm das Versprechen ab, sich zukünftig niemals ohne ein letztes Lebwohl ihrer Blicke zu verabschieden.

Monate später setzt sich am gleichen Bahnhof abermals ein Zug in Bewegung. Am Bahnsteig sucht ein Augenpaar ein anderes. Es hält nach einem Augenpaar Ausschau, das ihm aus einem der Zugfenster entgegenblickt: die Freude in Markétas Augen, dieses Strahlen, dieses Lächeln! Dieser Moment prägt sich unvergesslich in Adrians Gedächtnis ein und er erlebt dieses Gefühl von da an in allen Variationen!

Er wächst an seiner Freundschaft zu Markéta und wann immer sich die beiden seitdem begegnen oder verabschieden, die dunklen und tiefgründigen Augen Markétas umgibt jedes Mal der gleiche sanfte und makellose Glanz einer Lotusblüte, den er auch in ihrer Kunst entdeckt. Ihre Augen und ihr Schaffen, ihr ganzes Wesen sind ihm ein Spiegel, aus dem ihm sein schöneres *Ich* entgegenblickt.

Trotz dieser Erfahrungen oder vielleicht gerade ihretwegen bedeutet für Adrian heute jedes *Lebwohl* einen großen Verlust. Der Wert einer Freundschaft ist ihm alles andere als eine Unbekannte. Mit jedem Freund, den er verliert, wächst die Ödnis in seinem Herzen. Ein Wort des Abschieds, diese bloße Erinnerung an ein Versprechen, verwandelt aber seine Einsamkeit in Hoffnung, erweckt das ungetrübte Bewusstsein, ein Mensch unter Menschen zu sein. Lange Zeit muss Adrian dieses Wissen vorgeben und diese bitteren Stunden lehren ihm den Wert von Freundschaft und Liebe. Er lernt, wenn er es auch niemals erlebt, wie sehr es sich doch lohnt, sich um einen Menschen zu bemühen, für eine Beziehung zu kämpfen, daran zu arbeiten und daran zu wachsen. Seine Einsamkeit gibt ihm die Gewissheit, niemanden zu brauchen, und pflanzt gleichzeitig die seltene Hoffnung in sein Herz, wie seelenvoll es sein müsste, jemanden an seiner Seite zu wissen. Diese Sehnsucht lässt jeden Augenblick, den er mit einem Freund verbringt, zu einem Geschenk werden.

»Dankeschön!«, sagt er.

»Wofür bedankst Du Dich?«, fragt ihn Markéta.

»Für diesen Moment!«, antwortet ihr Adrian, den schon das Strahlen ihrer Augen wie eine flüchtige Umarmung oder jede selbstlose Gabe mit einer ansteckenden Freude erfüllt.

»Das Besondere an einer Oase ist nicht ihre Fruchtbarkeit, sondern ihr Dasein inmitten einer Wüstenei«, denkt er und spürt die Erleichterung, die ein Verdurstender im Angesicht eines Wassertümpels empfinden und welche Freude ihm diese unscheinbare Entdeckung bereiten kann.

In seinem Nachsinnen vergisst Adrian auf die Zeit.

Er fällt zurück in seine Vergangenheit und mit ihrer Last auf seinen Schultern erhebt er sich behäbig von seinem Bett. Gemeinsam mit der Unvergänglichkeit seiner Gedanken geht er die wenigen Schritte zum Fenster und drückt die schweren Vorhänge zur Seite. Er kann nicht anders, seine Erinnerung zwingt ihn dazu.

Über Olmütz ist die Dämmerung hereingebrochen.

Die Tore der Theologischen Fakultät der Palacký Universität auf der anderen Straßenseite sind längst verschlossen und ihre Fenster sind dunkle Schatten auf den Mauern. Einzig der schwache Lichtschein um die Kapelle des Heiligen Johannes Sarkander erhellt die Straße schemenhaft. Im Spiegel des Fensters seines hell erleuchteten Hotelzimmers sieht er hinter sich wieder den Verdurstenden, wie er Wasser aus seinem Tümpel trinkt. Eine Gruppe von Menschen steht um ihn herum und Adrian beobachtet, wie sie untereinander ungläubige Blicke austauschen oder sich voller Verachtung abwenden.

»Ihre Geringschätzung wurzelt in ihrem Unwissen!«, versteht er, denn er weiß wie kein anderer, niemand sähe dem Opfer ihres Spotts seine Not an, wenn ihm jemand ein Glas Wasser zum Trinken reichen würde.

Er wäre einer von ihnen.

Mit einem Kopfschütteln schließt Adrian die Vorhänge des Hotelfensters und versperrt der Nacht und mit ihr der Absurdität der Wirklichkeit den Weg in sein Zimmer, bevor sich im Spiegel der Verachtung eine Gleichgültigkeit heranbildet und sich ihm ein Tor zur Unmenschlichkeit öffnet.

Lieber lenkt er seine Gedanken auf Markéta.

Er sieht sie vor sich, wie sie eine ihrer Vernissagen eröffnet. Sie rückt weder sich noch ihre Kunst in den Mittelpunkt, sondern lässt jeden einzelnen Besucher zum Nabel ihrer Ausstellung werden. Mit ihrem Schaffen erzeugt sie Illusionen, formt sie Träume, stellt sie eine unvergleichliche Atmosphäre, eine Beziehung zu den Bewunderern ihrer Künste her, die zusammen erst sie selbst ins Zentrum geleiten.

»Ja, so ist sie, das ist Markéta!«, entfährt es Adrian.

Ohne in dieser Anekdote Ruhe zu finden, wandelt er in seinem Zimmer von einer Seite zur anderen. Er spürt einen jähen Schmerz, der ihm vor Augen führt, wie entschieden Markétas Präsenz im Kontrast zu seinem eigenen Wirken steht und wie sie trotzdem seinen Traum zum Leben erweckt! Nach einem dritten Besuch in ihrer Galerie lädt sie ihn ein, sich abseits ihrer Geschäfte und fern ihrer Ausstellung kennenzulernen.

Zwei Fremde verabreden sich.

Markéta ist fremd im Land und fremd in der Stadt, Adrian dem Leben entfremdet. Doch nie klagt er ihr seine Einsamkeit. Sie versteht ihn, ohne dass er sich erklären muss, nimmt auch die Geschichten wahr, die er nicht über Freunde und Familie erzählt, und zieht daraus die richtigen Schlüsse.

»Markéta würde mir meine Einsamkeit niemals vorwerfen!«, ist er sich seiner Isolation bewusst, aus der ihn verstörende Bilder verfolgen: Er fällt in ein bodenloses Loch, in dem sich ein weiterer Abgrund auftut; erblindet, ängstigt ihn die Schwärze um ihn, während ihm der Vorwurf seiner Vereinsamung selbst noch die Erinnerung an einen Lichtschein raubt; der Schmerz erdrückt ihn und er kann doch nicht verhindern, wie seine Qualen zu Knospen reifen, aufbrechen und sich ins Unermessliche steigern.

Seine Pein entreißt ihm sein menschliches Antlitz.

Das Stigmata, das ihn umgibt, gleicht einer Halle, in der er sein Leben fristet, und in deren Innerem ein Echo erklingt, das sich von allen Seiten selbst verstärkt.

Ihr Vorwurf wäre sein Todesurteil.

Aber wie Markéta seine Zwischentöne hört, spürt er in ähnlicher Weise, wie sie sich mit einem Geheimnis umhüllt, etwas verschweigt und einen Grenzzaun hochzieht. Obwohl sie in unterschiedlichen Städten leben, verbringen sie, wann immer möglich, seitdem ganze Tage zusammen. Sie respektieren die Grenzen des anderen und nehmen sich gegenseitig so, wie sie sind, mit all ihren Fehlern und Schwächen; sie bewerten sich zu keiner Zeit, schätzen einander und erkennen sich im anderen wieder. Keiner von beiden muss sich für das, was er denkt, für das, was er fühlt, schämen. Ihnen ist bewusst, wie ihr bisheriges Leben sie zu dem macht, was sie heute sind, wie erst ihre Vergangenheit sie sein lässt, was ihnen aneinander gefällt. Wenn sie zusammen sind, verschwindet der einsame Adrian von der Bildfläche und tritt die wahre Markéta aus ihrer Kunstfigur hervor.

»Wenn ein einsamer Mensch einen Freund findet, ist er dann noch einsam?«, drängt sich Adrian in seinem Hotelzimmer eine fast vergessene Frage auf. Er findet in Markéta einen Freund, ohne dass er davon sprechen muss, und sie lernt in ihm etwas anderes erkennen: Ihre Kunst muss keine Einbahnstraße sein!

Adrian nimmt sie nicht allein als Künstlerin wahr, sondern sieht bald die Person hinter ihren Kunstwerken. In ihren Bildern und ihrem Schaffen steckt ihre Leidenschaft, ihr ganzes

Herzblut, hinter den unzähligen Farbschichten spürt er ihre ungeteilte Persönlichkeit. Aber alles das muss sie zur Schau stellen und veräußern; sie muss sich von Kritikern und selbst ernannten Experten vereinnahmen lassen, um sich in der Kunstszene zu etablieren und ihr Leben bestreiten zu können. Markéta befürchtet, die Deutungshoheit über ihr Sein zu verlieren, und ihre Erfolge entfachen Kämpfe mit ihrem eigenen Selbstverständnis.

»Sie gibt so viel und hat verlernt, etwas anzunehmen!«

Wenn Markéta ihn besucht, vergisst sie immer öfter auf ihre Kunstfigur. In seiner Gesellschaft findet sie Erholung; die Verhandlungen über den Erwerb eines ihrer Bilder gestalten sich entspannt wie ein tägliches Ritual. Sie weiß um seine Vorlieben und er um den Wert ihrer Kunst.

Adrian mimt den ruhigen Gegenpol zu ihrem Temperament. Er lässt sie ihre Maske ablegen und sie enthüllt ihm ihre Sorgen. Alleine mit seiner leisen Stimme schafft er es, sie zu beruhigen, wenn sie am Monatsende zweifelt, ihre nächste Miete bezahlen zu können. Er spendet ihr Trost und Zuversicht, erwirbt eines ihrer Bilder früher als zunächst geplant. Aber nicht aus Mitleid, vielmehr erkennt er hinter ihren Selbstzweifeln ihre wahre Stärke – und dafür schätzt er sie über alle Maßen!

Seine Freundschaft zu Markéta schlägt Wurzeln, wie er glaubt, und um dieser Freundschaft, um Markétas Willen reist Adrian nach Olmütz. Er fährt in ihre Heimatstadt, einzig um sich von diesem Menschen, von ihr, von Markéta, zu verabschieden und er begibt sich hierher, um ihr zu zeigen, wie viel von ihrer Freundschaft in ihm weiterlebt und wie viel er dieser Freundschaft – *wie viel er ihr!* – verdankt. Mit seiner Reise und seinem Abschied möchte er all das bewahren.

Er möchte in Olmütz ein Versprechen einlösen.

Adrian setzt sich an den Tisch in seinem Zimmer und beginnt, seine Gedanken niederzuschreiben. Seine Nachricht an Markéta klingt wie eine letzte Bitte: Lassen wir unsere Blicke sich wie an jenem Tag am Bahnhof mit einem letzten Lebewohl voneinander verabschieden!

An der Rezeption übergibt er seinen Brief dem Nachtportier, um ihn durch einen Boten zustellen zu lassen. Morgen, am letzten Tag vor seiner Abreise, wird es sich entscheiden. Sein Wunsch, der Freundschaft mit Markéta Bestand zu verleihen, selbst wenn sie getrennte Wege gehen werden, erfüllt ihn mit Hoffnung – mit einer Hoffnung, wie sie gerade Markétas jahrelange Freundschaft nährt!

»Vergiss nicht auf mich!«, hört er Markéta die Worte sagen, mit sie ihren ersten Brief an ihn beschließt, und schläft mit dem Klang ihrer Stimme ein.

SCHATTEN

Bis zum heutigen Morgen schenkt Adrian der Kapelle neben seinem Hotel keine Aufmerksamkeit. Jetzt wirft ihm die Statue des Heiligen Johannes Sarkander aus ihrer Nische in der Fassade des kreisrunden Altarraumes jedoch einen milden Blick zu. Er spürt ihre sanfte Berührung auf sich ruhen und bleibt wenige Schritte vor ihr stehen. Der Eingang des Gotteshauses befindet sich auf der anderen Seite, seine Rückseite mit dem Presbyterium spaltet die Straße vor ihm in zwei Bänder auf: Das rechte führt hinunter auf den Oberring, das linke hinauf zur Michaelsanhöhe. Eine der drei Kuppeln der Kirche des Heiligen Michaels sieht Adrian sogar von dort, wo er stehen bleibt, in den trüben Himmel aufragen und fast meint er, die mächtige Basilika möchte ihren Schatten auf das spitz zulaufende Dach der zierlichen Kapelle vor ihm werfen. Trotzdem üben der Heilige Johannes Sarkander und sein kleines Gebetshaus heute eine größere Anziehungskraft auf ihn aus als die hoch über die Stadt thronende Michaelskirche.

Gleich hinter dem Kreuz des Altarraumdaches schließt sich die von einem zweiten Kuppeldach überspannte Bethalle an. Die aus dem Mauerwerk der innen ovalen Kapelle herausragenden Ecken dienen vier Heiligenfiguren mit ihren Gefährten als Podest. Nur die Fenster im Türmchen des Kuppeldaches leiten das Tageslicht in das Innere des neubarocken Gebäudes. Dort, in der Stille der Bethalle, setzt das gleiche Licht schlichte

Fresken in Szene, die das Leben des Heiligen Johannes Sarkander nachzeichnen: Wie er als Pfarrer mit einer Prozession gläubiger Katholiken dem polnischen Heer entgegenzieht und damit die Plünderung seiner Gemeinde verhindert, wie er in den Wirren des Dreißigjährigen Krieges in Gefangenschaft der Protestanten gerät und wie er im Olmützer Kerker der Folter unterworfen wird, um die Beichtgeheimnisse seines kaisertreuen Herren zu verraten.

Aber Johannes Sarkander schweigt.

»Und alle deine Geheimnisse, Markéta, sind ebenso sicher in meiner Brust verwahrt!«, beschwört sich Adrian und bemerkt im gleichen Atemzug, wie ein dunkler Schatten in ihm aufsteigt und leise Zweifel in ihm sät.

»Aber warum solltest Du mir noch vertrauen?«, entziffert er eine der Fragen auf den Nebelschwaden seiner Unruhe und richtet sie in Gedanken an Markéta. Gleichzeitig lässt ihn der milde Ausdruck in den Augen der Statue des Heiligen Johannes Sarkander in sich gehen und es kommt ihm fast so vor, als ob der Heilige ihn auf der Suche nach einer Antwort begleiten und unterstützen möchte.

Nachdem Markéta damals plötzlich für ihn unerreichbar ist und sie auf keine seiner Nachrichten mehr reagiert, wendet er sich verzweifelt und notgedrungen an Zuzana.

Er sieht keinen anderen Weg und die Zeit drängt ihn dazu.

Am Ende der Woche verlässt Markétas Ausstellung seine Heimatstadt und mit ihr endet für ihn, wie er annehmen muss, die letzte Möglichkeit, sich persönlich von ihr zu verabschieden. Adrian kennt Zuzana nicht, er weiß nur aus den Erzählungen Markétas von ihren besten Freundinnen in Wien: Die beiden Zwillingsschwestern, Zuzana und Ramona, die wie Markéta aus Tschechien stammen, arbeiten über Jahre mit ihr an gemeinsamen Projekten. Was Adrian nicht weiß und erst in den folgenden Unterhaltungen erfährt, lässt ihn erschaudern. Auch zwischen Markéta und den Zwillingen tobt ein heftiger Streit.

Ramona beschuldigt Markéta, sie und ihre Schwester auszunutzen, ihren Mietanteil nicht zu bezahlen und, was in Adrians Ermessen viel schwerer wiegt, sie bezichtigt Markéta, undankbar zu sein. Adrian hört Ramona zu und nimmt alles in sich auf, er vernimmt die Worte, die an sein Ohr dringen, ohne sie einordnen zu können, und er lauscht ihren Ausführungen, ohne sie zu bewerten, denn das, was er hört, möchte er nicht glauben, widerspricht es doch dem Bild, das er von Markéta in sich trägt. Laut Ramona lebt Markéta in Wien auf einem Berg von Schulden, der mittlerweile eine Höhe erreicht, für die in ihrer Heimat ein Arbeiter mehrere Jahre seinem Beruf nachgehen muss. Die Schulden, die sie nicht nur bei Freunden anhäuft, wachsen zudem, weil sie ihre Steuern in Österreich nicht begleicht. Sie treibt mit den Steuerfahndern gar ein Versteckspiel, bei dem die Zwillinge sie unterstützen und sie vor der Steuerpolizei verbergen, wenn Hausdurchsuchungen drohen.

Trotz dieser Freundschaftsdienste und der selbstlosen Hilfe bricht Markéta den Kontakt zu den beiden Schwestern ab. Erbost schimpft Ramona über Markéta, die ruhigere Zuzana hingegen wirkt traurig und hält ihren Unmut, falls sie einen solchen verspürt, zurück. Auch Adrian kommentiert die Darstellungen Ramonas nicht. Er appelliert an die Zwillinge, obwohl er sich selbst zuvor hilfesuchend an Zuzana wendet, darauf Rücksicht zu nehmen, dass ihre Freundin wohl nicht grundlos so handelt, der Rückzug für sie bestimmt seine Notwendigkeit habe und sie ihr einfach Zeit geben sollen. Adrian versucht, Ramona zu beschwichtigen, und erntet damit ihren Verdruss, denn Markéta hätte schließlich genauso ihn, den naiven Idioten, nur ausnutzen und ihm ihre Bilder verkaufen wollen.

»Wahre Freunde können verzeihen!«, antwortet Adrian.

In der Mitte der Bethalle, wo sonst das Tageslicht aus der Kuppel auf den Boden träfe, gewährt eine Öffnung einen noch tieferen Blick bis hinab in das Kellergewölbe. In den Anfangswirren des Dreißigjährigen Krieges wird der Pfarrer Johannes Sarkander vor vierhundert Jahren dort zu Tode gefoltert.

Die Streckbank, auf die das Licht aus der Kuppel schließlich fällt, lässt die Qualen erahnen, die der Geistliche im Stadtgefängnis erleidet. Trotz der ihm zugefügten Pein schweigt Johannes Sarkander und schützt das Beichtgeheimnis mit seinem Leben. Die Nachricht seines Todes verbreitet sich rasch in den böhmischen Ländern, schon bald wird er seliggesprochen und seine Gebeine in den Olmützer Kirchen gebettet: seit der neugotischen Umgestaltung des Wenzelsdoms in einem aufwändigen Reliquienschrein in der Olmützer Burg und unweit der eigenen Kapelle in der Michaelskirche. Das ihm geweihte Gebetshaus wird in der ersten Hälfte des achtzehnten Jahrhunderts an der Stelle des einstigen Kerkers, dem Ort seiner Qual, errichtet, und endlich, kurz vor der Jahrtausendwende, spricht Papst Johannes Paul II. den Pfarrer aus Mähren heilig und beehrt seine Kapelle bei einem Besuch in Olmütz.

»Aber würdest Du mir das glauben, Markéta? Würdest Du mir glauben, dass ich Dir immer den Rücken freizuhalten versuche und niemanden schlecht über Dich reden lasse?«, rätselt Adrian und vergisst seinen stillen Begleiter, während er am Gebetshaus vorbei die abschüssige Gasse Richtung Oberring hinuntergeht. Doch er kommt nicht weit.

»Und Du möchtest mich vermutlich an Pavel erinnern?«

An der Stelle, an der die Balustrade der zweiseitigen Treppe zusammentrifft, die zum Eingang der Kapelle hinaufführt, erkennt Adrian in der Statue, die ihn mit zärtlicher Zurückhaltung anspricht, einen weiteren Patron des Beichtgeheimnisses: den Heiligen Johannes Nepomuk. Der Märtyrer des Christentums wird im Spätmittelalter in Prag von der Karlsbrücke gestoßen und ertrinkt.

Johannes Sarkander bleibt beklommen zurück.

»Du hörst mir nicht zu!«, vernimmt Adrian eine Stimme in seinem Rücken, die wie aus der Vergangenheit mit ihm schilt. Er versteht die Welt nicht mehr, begreift die Worte nicht, die damals gesprochen werden und die jetzt wieder an sein Ohr dringen.

In jenem Sommer wogen die Gefühle in seinem Herzen hin und her, unablässig, und gleichzeitig fühlt er diese Leichtigkeit, dieses unbeschwerte Glücksgefühl einer berauschenden Melodie in sich, die sich wie im Sommer Italiens in einem heftigen, einem virtuosen Gewitter entlädt und kurz darauf in sich zusammenbricht. Während Adrian in einem Buch liest, plötzlich aufblickt und sich gezwungen sieht, laut ihren Namen in die Welt hinauszurufen, verweilt Markéta leider fern von ihm in Wien. Seine Erleichterung, endlich einen Namen – zu dieser Stunde den schönsten aller Namen! – für seine Gefühle zu finden, wird nur getrübt durch den Umstand, nicht umgehend in die Hauptstadt Österreichs aufbrechen zu können. Seine Liebe bahnt sich trotzdem ihren Weg, unaufhaltsam drängt sie aus Adrian heraus, findet sich im selben Augenblick, in dem sie in sein Bewusstsein dringt, offenbart sich just in dem Moment, in dem sie sich ihm selbst erstmals zu erkennen gibt, in einem leidenschaftlichen Brief an seine Freundin wieder.

Liebe duldet keinen Aufschub.

Doch Markéta schweigt.

Monate später und nach Wochen der Ungewissheit, in denen Adrian schwer betrübt mit dem Todesurteil des Schweigens kämpft, schreibt er einen weiteren Brief an Markéta. Er versucht nachzuzeichnen, wie überraschend sein Liebesgeständnis für sie wohl sei und wie überfallsartig er vermutlich in ihre Welt eindringe. Zwar entschuldigt er sich für den unerwarteten Vorstoß, erinnert sich jedoch über Seiten hinweg daran, wie der Quell seiner Leidenschaft, wie sie selbst ihn in vielen kleinen, manchmal fast unscheinbaren Augenblicken – mit einem verstohlenen Blick, einer zufälligen Berührung, einer zärtlichen Geste, mit der Selbstverständlichkeit, mit der sie seinen Arm nimmt und sich unterhakt, mit ihrer schlichten Offenherzigkeit! – in ihren Bann zieht und in seinem Herzen das Gefühl eines Zuhauses einziehen lässt, das nicht ihm alleine, sondern ihnen beiden Zuflucht bieten solle, und in das er sie mit seinem Brief endlich einladen hätte müssen. Auf seine Zeilen, mit denen er seine Einladung zu erneuern versucht, antwortet Markéta schlicht: Seine Briefe hätten sie erst jetzt erreicht, sie sei schwer krank gewesen und noch immer etwas angeschlagen, aber sie hätte ohnehin jemand anderen in Prag und würde Österreich schließlich auch bald endgültig verlassen.

Adrians Sommergewitter lässt alle Dämme brechen.

Zusammen mit ihrer Antwort überstellt Markéta einzelne ausgewählte Werke für ihre letzte Ausstellung in seiner Heimatstadt.

»Du weißt, das wird unser letztes Treffen sein, Adrian, und alles zwischen uns bleibt dabei wie immer!«, fordert Markéta eindringlich vor ihrem Wiedersehen. Aber wie immer, wenn sie in der Stadt ist, verbringen sie den ganzen Tag zusammen. Und wie so oft wird aus dem Tag eine ganze Nacht.

Der Wintereinbruch kann ihrer Freundschaft nichts anhaben. Adrian und Markéta liegen vorm Einschlafen gemeinsam im Bett. Er sieht ihr tief in ihre Augen und streicht dabei zärtlich über ihre Brüste.

»Wir sind zu verschieden!«, antwortet sie ihm.

Adrian trägt die Abweisung seiner Gefühle, die nicht Erwiderung seiner Liebe mit Fassung, obwohl er sie, unmöglich zu vergessen, in den Fluten jenes Sommergewitters davontreiben sieht. Jetzt aber folgen seine Blicke der Naturgewalt hinauf zur Zimmerdecke, die ihm augenblicklich auf den Kopf zu fallen droht. Bis zu Markétas Worten versucht Adrian die wenige Zeit, die ihm mit ihr verbleibt, einfach zu genießen, für sich und für sie unvergesslich zu machen. Er überrascht Markéta mit einem Geschenk, aber jetzt erprobt sie seine Gefühle und macht sie ihre eigenen Empfindungen und sogar eine gemeinsame Zukunft zum Thema!

»Alles bleibt wie immer: Meinen Brief, ein *uns* gibt es nicht! Das war doch unsere Abmachung!«, seufzt Adrian und sieht den Heiligen Johannes Nepomuk um Rat bittend an.

Sein Geschenk möchte Markéta nicht annehmen – wenigstens so lange nicht, bis nicht auch sie ein Abschiedsgeschenk für ihn habe. Sie schlägt eine weitere Verabredung vor:

»Samstag Morgen bin ich in der Stadt. Treffen wir uns da?«

»Unbedingt!«

Am Samstag meldet sich Markéta erst kurz vor Mittag:

»Ich bin jetzt da!«

»Markéta, ich kann gerade nicht weg, können wir uns in einer Stunde treffen?«

»Nein, ich muss zurück in die Galerie.«

»Verschieben wir unser Treffen auf morgen? Selbe Zeit?«

»Einverstanden!«, vereinbaren sie, ihr Abschiedstreffen ein letztes Mal, aber bloß auf Sonntag zu verschieben.

Doch der nächste Tag kommt nicht.

Irgendwie scheint dieser eine, dieser für Adrian so wichtige Tag auf seinem Kalenderblatt zu fehlen: Das Abschiedstreffen findet niemals statt. Nie erfährt er, welches Geschenk sie ihm hätte machen wollen, und sein eigenes Geschenk, der Schmetterling, kann seiner Bestimmung nicht folgen und fliegt bis heute ziellos durch die Schatten seiner Erinnerung.

»Nein, ich habe Dir immer zugehört, Markéta. Immer! Und ich habe mich immer an deine Regeln gehalten, Markéta. Immer!«, versichert sich Adrian und versucht über das tiefe Loch seines Zweifelns zu springen, das ihn unaufhörlich daran erinnert, die Worte Markétas damals vielleicht falsch zu verstehen. Um ihr und sich zu beweisen, wie aufmerksam er ihr stets zuhört, schreibt er Monate später an Pavel.

Adrian stellt Markéta keine Fragen, er lädt sie mit seiner Ruhe und seinem sanftmütigen Schweigen ein, von sich zu erzählen. Gerne nimmt sie diese Einladung mit jedem Wiedersehen aufs Neue an. Jedes Mal geht sie einen Schritt weiter und drängt ihre eigene Kunstfigur bald vollständig in den Hintergrund. Sie beginnt abseits ihrer Arbeit, ihres Schaffens von sich, von ihrer Familie und von ihrem Bruder – von Pavel! – zu erzählen.

Trotzdem spürt Adrian, wie Markéta behutsam eine Grenze zwischen ihrem Künstlerleben in Österreich und ihrem Zuhause in Tschechien zieht und sich an einen eisernen Vorhang erinnert. Auf unbestimmte Weise bleibt sie für ihn über all die Jahre hinweg Künstlerin, geheimnisumwoben und vage, aber er akzeptiert ihre Regeln und sie vertraut ihm mehr an, als ihr bewusst ist. Adrian hängt an ihren Lippen, nimmt jede Anekdote, jede Anspielung auf ihr wahres Ich dankbar an und er lässt ihr den Raum, den sie einnehmen möchte, lässt ihr den Raum, den sie mehr und mehr füllt, und dazu den Raum, den sie von sich aus immer weiter ausdehnt. Sie erzählt von Wien, berichtet von Brünn, von Prag, aber nie von Olmütz. Nur wenige ihre seltenen Briefe tragen von Zeit zu Zeit den Poststempel der alten Hauptstadt Mährens.

So wie Markéta sich außerhalb Tschechiens einen Namen macht, ist auch ihr Bruder über die Landesgrenzen hinweg bekannt. Aber so schemenhaft sie bei den Erzählungen über Pavel bleibt, Fakten ausspart und ebenso nur seinen Vornamen erwähnt, wie sie in Österreich nur ihren Künstlernamen verwendet, erzählt sie sonst doch alles über ihren kleinen Bruder: Wie er ihr über den Kopf wächst, wie seine Publikationen in Tschechien Anerkennung finden, erste Artikel auch bald in Deutschland bekannt werden und er trotzdem in der Familie das Nesthäkchen spielt, sich von Mutter und Schwester umsorgen lässt und zu Hause keinen Finger rührt. Markéta ist stolz auf ihren Pavel, erledigt Einkäufe für ihn, wenn sie in Wien ist, und gleichzeitig beneidet sie ihn, der sich im Gegensatz zu ihr nur auf sein Talent verlässt, mit einer ihr unerklärlichen Leichtigkeit auf der Schaumkrone seines Lebens dahingleitet und wie er, der kleine, faule Bruder, ohne etwas anderes tun zu müssen, als er selbst zu sein, von allen, einschließlich ihr, geradezu umhegt und gepflegt wird.

Obschon Adrian nie nachfragt, fügen sich die Erzählungen Markétas zu einem Bild, zu einem wahrhaft schönen Gemälde, in das er sich verliebt und als dessen Teil er sich fühlt.

Nachdem er Markéta nicht mehr erreicht, ist es ihm als stets aufmerksamer Zuhörer ein Leichtes, Pavels Kontaktadresse in Erfahrung zu bringen. Und genauso, wie er sich nur an Zuzana wendet, um einen Fürsprecher zu finden, jemanden, der eine Tür öffnen und zwischen Markéta und ihm vermitteln könnte, weil er merkt, dass sie für ihn persönlich einerseits unerreichbar ist, und ihm andererseits die Zeit davon läuft, wendet er sich Monate später nur mit der einen Absicht an Pavel, ihn darum zu bitten, gerade jetzt für seine Schwester da zu sein, ihr den Rückhalt zu geben, den sie in dieser Lebensphase, in der sie um ihre Gesundheit kämpft, viele ihrer Freunde im Streit verliert und zudem in Österreich mit einem großen Schuldenberg ringt, bestimmt brauchen kann. Doch Adrian verrät ihrem Bruder nichts von ihren Sorgen, nichts von ihren Streitigkeiten oder Geheimnissen, er appelliert nur an sein liebendes Bruderherz, besonders jetzt auf seine Schwester achtzugeben. Mehr schreibt er nicht an Pavel, denn niemals würde er das Vertrauen Markétas wissentlich missbrauchen. Niemals gäbe er eines ihrer Geheimnisse preis!

»Wo ist ihr Schmetterling?«

Die Tasche an seiner Seite fühlt sich leer an und als er sie öffnet, findet er sein Geschenk, den unruhig zwischen seinen Gedanken umherfliegenden Schmetterling, nicht darin.

»Where is my mind?«, zuckt Adrian mit seinen Schultern, um der Rezeptionistin nach seiner raschen Rückkehr auf ihren fragenden Blick Antwort zu geben. Er erntet ihr bekannt mildes Lächeln. Nur wenige Stunden zuvor bestätigt ihm ein Bote im Frühstücksraum des Hotels die Zustellung seiner Nachricht. Und obwohl er kein Antwortschreiben erhält, erwacht seine Zuversicht wie nach dem Gespräch mit den beiden Missionarinnen. In seinem Hotelzimmer findet er rasch das Paket mit Markétas Geschenk, das er vorhin, übermütig und gut gelaunt wie ihn der Bote verlässt, bei seinem Aufbruch aus dem Hotel vergisst.

Jetzt verhindert nichts mehr sein Wiedersehen mit Markéta!

»Du bist so naiv!«, hört Adrian Markéta rufen, kaum dass er mit dem Schmetterling aus dem Hotel heraustritt. Die Stadt, *ihre* Stadt, spricht weiter mit ihm – oder ist es Markéta selbst, die durch die Stadt mit ihm spricht?

Sein Blick folgt der Richtung, aus der die ihm so vertraute Stimme ertönt; sie scheint aus der Theologischen Fakultät auf der anderen Straßenseite zu kommen und mischt sich unter die Stimmen der Seminaristen, deren Rufe drei Jahrhunderte durch die Straßen der Zeit dringen. Die mittellosen Studenten finden unter der Schirmherrschaft des Heiligen Franz Xavers Aufnahme im neu errichteten Gebäude der Jesuiten.

Plötzlich wird es ruhig.

Adrian beobachtet, wie die Habsburger mit der Aufhebung des Jesuitenordens die Universität der Staatshoheit einordnen und sie vorübergehend mitsamt der Studierenden nach Brünn verlegen.

Doch wie so oft in den letzten Tagen hält die Ruhe um ihn nicht lange an. Ein Schild über dem Eingang bezeugt die Rückkehr der Universität unter Joseph II., der bei einem persönlichen Besuch das heutige Gebäude der Theologischen Fakultät zum neuen Standort der Hochschule erklärt.

Der Lauf der Geschichte überrascht die Habsburger nicht weniger als Adrian und bevor der Kaiserhof nach Olmütz flieht, gehen die Studenten im Frühling des Revolutionsjahres auch in Mähren auf die Straße. In Ungnade gefallen, sinkt die Zahl der Studierenden nach den Unruhen auf Druck der Monarchie und einzig die Theologische Fakultät in der Univerzitní Gasse bleibt bestehen, ohne ihrem Schicksal entkommen zu können.

Die deutschen Besatzer schließen Jahrzehnte später die Olmützer Hochschule endgültig und die Hitlerjugend nimmt das Gebäude in Beschlag. Erst nachdem der Zweite Weltkrieg endet und die Deutschen vertrieben sind, erfolgt die Wiederherstellung der Hochschule als Palacký Universität.

»Von František Palacký habe ich gehört!«

František Palacký, ein in Mähren unweit von Olmütz geborener Historiker und Politiker, widmet sein Leben der Wiedergeburt der tschechischen Nation, schreibt – zuerst in deutscher Sprache und erst später in Tschechisch – wissenschaftliche Abhandlungen über die Geschichte der Böhmen und Mährer, fördert das Entstehen des Nationaltheaters in Prag und tritt uneingeschränkt für die Gleichstellung der Tschechen innerhalb der Monarchie ein. Obwohl er nach dem *Prager Pfingstaufstand*, der im Anschluss an den von ihm geleiteten ersten *Prager Slawenkongress* ausbricht, vermittelt, findet er sich flugs auf einer Liste von kompromittierten und zu überwachenden Personen wieder. František Palacký zieht sich zunächst aus der Politik zurück, prägt später aber erneut die Diskussionen über die Gleichstellung der Slawen mit den Österreichern und Ungarn. Den Ausgleich zwischen Österreich und Ungarn, der die Stellung der Tschechen unberücksichtigt lässt, versetzt ihm einen Nackenschlag, bestärkt ihn jedoch weiter in seinem Glauben an eine selbstverantwortliche Zukunft der tschechischen Nation.

»Wir haben vor Österreich existiert und werden auch sein Ende überleben!«, proklamiert František Palacký und enteilt damit dem Atem der Zukunft. Seinen Ehrentitel als Vater der Nation verleiht ihm die tschechische Presse für seine Aufarbeitung der böhmisch-mährischen Geschichte – und er bleibt ihm auch erhalten, nachdem bekannt wird, dass Teile seiner Arbeit auf gefälschten Dokumenten wie den Grünberger und den Königinhofer Handschriften aus dem Prager Nationalmuseum beruhen.

»Jemand, der einer vertraulichen Quelle oder gar einem seiner Freunde Glauben schenkt, ist nicht naiv!«, schlussfolgert Adrian und erinnert sich daran, wie all die Anschuldigungen Ramonas in sich zusammenbrechen, nachdem er mit Olga darüber spricht. Olga ist neben Markéta Adrians einzige Verbindung zur Kunstszene in Wien und sie bestätigt die Zwistigkeiten zwischen Markéta und den Zwillingen.

Aber sie eröffnet ihm einen anderen Blickwinkel darauf, sie berichtet, wie Ramona und Zuzana seine Freundin über Jahre hinweg unter Druck setzen, sie finanziell bedrängen und hinter ihrem Rücken kein gutes Haar an Markéta lassen.

»Aber müsste ein Freund die Worte seiner engsten Vertrauten nicht doch ständig anzweifeln? Oder bin ich wirklich schon naiv, weil ich es eben nicht tue?«, prüft Adrian trotzdem seine Schlussfolgerung.

Der Vorwurf Markétas, den sie ihm aus längst vergangenen Tagen entgegenschmettert, hinterlässt seine Spuren.

»Nein, ich bin lieber naiv als ein schlechter Freund!«, beschließt Adrian.

Seine Vorfreude auf das Abschiedstreffen fesselt ihn viel zu sehr und lässt ihn nicht länger darüber nachdenken. Doch ihm wird bewusst, in welchem Umfeld sich Markéta bewegt und wie sie ihre besten Freunde hintergehen. Auf seinem Weg zum Oberring beginnt Adrian darüber nachzudenken, wie weit das Misstrauen zwischen Markéta und ihren Freunden und wie das herbe Klima in ihrer österreichischen Parallelwelt einen Schatten auf ihn, den Österreicher, werfen könnte.

»Danke, Olga!«

ZWIESPALT

»Wo wir uns nicht wohlfühlen, können wir nicht glücklich sein!«, erinnert sich Adrian an einen Satz aus einem Buch, das er kurz vor seiner Reise nach Olmütz liest. Der Treffpunkt für das Wiedersehen, um das er Markéta in seiner Nachricht bittet, bereitet ihm gestern Kopfzerbrechen. Einerseits möchte er sich nicht dem Aprilwetter ausliefern – seinen ersten Einfall, mit Markéta durch die Parks rund um die Olmützer Altstadt zu spazieren und das Gespräch ihren Schritten, ihrer Bewegung zu überlassen, muss er daher aufgeben –, andererseits weiß er in der Stadt nicht halb so gut Bescheid: Keinesfalls in Frage kommt für ihn das Atelier Markétas, denn er möchte sich nicht weiter aufdrängen und dort für Unruhe sorgen, wo sie für ihre Kreativität tagtäglich eine unbeschwerte und sorgenfreie Atmosphäre benötigt.

Unterdessen betritt Adrian das Café unweit des Oberrings, in dem am Vortag seine Bestellung so gut klappt, er ein nettes Wort des Dankes erhält und die Geborgenheit der grünen Umarmung der Parks erfährt. Eine vertraute Umgebung, ein Ort, den er kennt, mit dem er gar angenehme Erinnerungen verbindet, gibt ihm ein Gefühl von Sicherheit und Rückhalt.

Heute möchte er nichts dem Zufall überlassen.

Das Café ist vormittags wieder fast leer. An einem Tisch sitzt eine Großmutter mit ihrer Tochter und zwei Enkelkindern, von denen das Kleinere noch im Kinderwagen liegt; und neben der Spiegelwand gegenüber der Eingangstür unterhalten sich zwei ältere Damen bei einer Tasse Kaffee. Auch das Tischchen etwas abseits in der Ecke der Gaststätte ist frei und Adrian setzt sich wie am Vortag an den Fensterplatz, der während seines Aufenthalts in Olmütz wie für ihn reserviert zu sein scheint.

»Hier werden wir uns also *Lebwohl* sagen, Markéta!«, versucht er sich davon zu überzeugen, dass sie seine Einladung annimmt. Trotzdem er vorhin auf sein Geschenk vergisst, bestellt er seinen Tee eine ganze Stunde vor dem Zeitpunkt, den er für ihr Abschiedstreffen vorschlägt. Während er auf sie wartet, beobachtet er gedankenversunken die Passanten, die am Fenster vorbeiflanieren, und überlegt, aus welcher Richtung Markéta wohl kommen wird.

»Aber, Markéta, wer bist Du eigentlich?«

Obschon er bis heute nicht versteht, was zwischen ihnen damals vorgeht, und der Stachel der Ungewissheit wie das Flattern des Schmetterlings ihn nicht zur Ruhe kommen lässt, sind alle seine Erinnerungen an Markéta so lebendig und nah, wie nur ein Mensch dem anderen sein kann. Adrian weiß es nicht, allein der Quell seiner Pein nennt sich Wertschätzung.

»Ja, nur Menschen, die sich schätzen und vertrauen, können einander enttäuschen!«, hört sich Adrian mit fremder Stimme sagen. Unvermittelt fällt ihm ein, wie er Olga auf der Suche nach Trost erzählt, dass er das Abschiedstreffen mit Markéta verschieben muss. Doch anders als er erhofft oder erwartet, genügen Olga die wenigen Worte seiner Schilderung, die bloße Wiedergabe dieses unverfänglichen Zwiegesprächs mit seiner Freundin, um einen Pfeil abzuschießen, der ihn einem Todesstoß gleich zu Boden stürzt:

»Eine Frau lässt man nicht warten!«

Auch sie, Olga, würde nach so einer Enttäuschung den Kontakt zu ihm abbrechen. Anstatt für diese Erkenntnis dankbar zu sein, verirrt sich Adrian im Soge ihrer Antwort in den Niederungen seiner Empfindungen. Unsanft stößt er an eine

Wand aus Unverständnis und schnell spinnen seine Gedanken aus den Worten Olgas einen Faden, der ihre Unterhaltung eine andere Richtung nehmen lässt.

»Du bist ein komischer Vogel! Willst Du jetzt mir die Schuld in die Schuhe schieben?«, weist ihn Olga zurecht.

Adrian versteht die Unterstellung nicht.

So dankbar er ihr immer ist, wenn ihre direkte Art ihm die Augen öffnet, so sehr verletzt ihn ihre Eigenart in dieser Situation. Er spricht keine Schuldzuweisung aus; ihre Worte erhalten bloß ein Echo in seiner Vergangenheit und er stellt mehr sich selbst als ihr die Frage, ob das auch ihr Rat an Markéta sei, wenn diese sie um einen solchen bitten würde.

Obwohl in beiden ein Künstlerherz schlägt, fällt Adrian, so lange er zurückdenken kann, nicht ein, dass Markéta und Olga jemals ein gemeinsames Projekt verwirklichen. Sie kennen einander, bewegen sich in ähnlichen Kreisen, befreundet sind sie jedoch nicht und auch er erzählt Olga erst von seiner Freundschaft und seinen Gefühlen für Markéta, als diese längst nicht mehr in Österreich weilt. Nie käme Adrian daher auf den Gedanken, ihr eine Mitschuld an seinem Verlust zu geben. *Nein!* Mit seiner Frage versucht er lediglich ihrem Sinn von Freundschaft auf den Grund zu gehen.

Was er nicht wahrhaben und aus ihrem Munde verneint hören möchte, ist, dass sie bereit sei, eine Freundschaft zu beenden, bloß weil jemand – nein, nicht irgendjemand, weil er, weil Adrian! – vorschlägt, eine Verabredung um einen Tag oder sogar nur um eine einzige Stunde zu verschieben.

Doch Olga verharrt in ihrer Meinung: Wenn ein Mann eine Verabredung mit ihr verschiebe, sei ihm etwas anderes wichtiger – und das könne und wolle sie nicht hinnehmen!

Zum Kampf mit seinem Abschiedsschmerz gesellt sich plötzlich die Sorge um seine Freundschaft zu Olga, von der er sich eigentlich Beistand erhofft.

Markéta hätte ihn an ihrer Stelle in den Arm genommen.

Olga lässt ihn ohne Trost zurück.

»Das kann doch nicht alles sein!«, ringt Adrian mit sich und entschuldigt sich, ihr Streitthema nicht ruhen lassen zu können. Insgeheim spürt er, wie wenig Olga und er gemein haben, wenn sich Wolken vor das helle Lachen der Sonne schieben. Anders als er, der versucht, ihr zu helfen, die Reaktion ihres Freundes besser zu verstehen, und der sie darin bestärkt, sie ermutigt und beinahe überredet, mit Bärchen über ihre Ängste und Sorgen zu sprechen und den Dialog aufrecht zu erhalten, anders als er, der für Anastasia weite Wege auf sich nimmt und zu vermitteln versucht, verschließt Olga eine Tür, wie sie keine Türen öffnen möchte, durch die sie nicht selbst gehen muss. Aber warum sollte sie auch, denkt er, wenn sie es gewohnt ist, dass ihr alle Türen aufgehalten werden, und es ihr, im Gegensatz zu ihm, dank ihres umgänglichen und geselligen Wesens beschieden ist, schnell, unkompliziert und wie von allein neue Freundschaften zu knüpfen.

»Olga liebt es, im warmen Sommerregen zu tanzen!«

Diese unübersehbaren Unterschiede, seine enttäuschten Erwartungen und unerfüllten Hoffnungen lassen Adrian, so niedergeschlagen und leer, wie er sich fühlt, seine Freundschaft zu Olga, seinem letzten Anker, überdenken. Er zieht sich in dem Wissen zurück, für sie nur eine von vielen Sprossen zu sein, auf dem ihr Weg nach oben, Richtung Glück, nicht wieder vorbeiführen wird.

»Alles Gute für Dich, Olga!«, wünscht er ihr und sie weiß sofort, selbst wenn Adrian sich jetzt mit diesen Erklärungen von ihr abwendet, wenn sie ihn irgendwann in ferner Zukunft brauchen sollte, wird er für sie da sein. Sie weiß, Familie ist ein Ort, zu dem eine Rückkehr stets möglich ist – und sie weiß, dass seine Freunde, dass sie und Markéta für ihn die einzige Familie sind. Eine Familie, für die er seine Tür zeitlebens offen halten wird. Diese Gewissheit stärkt ihr Selbstverständnis und verleiht ihr eine Sicherheit, die Adrian nicht kennt oder die er immer nur für Augenblicke erahnt, ohne dieses Geschenk jemals festhalten zu können.

Am ersten Tag seiner Reise erreicht Adrian Olmütz am späten Nachmittag. Nach einem kurzen Rundgang hinunter zum Oberring und weiter zum Niederring genießt er wie viele Einheimische im Bezruč Park die Stille der Natur. Die Frühjahrssonne macht sich langsam auf, sich über die Stadt zu senken und sendet ihre letzten wärmenden Strahlen auf das satte Grün des Rasens. Der Park erstreckt sich östlich der Altstadt und fügt sich sanft ein in das Landschaftsbild der Hanna, den Felsen der Olmützer Hügel und dem gemächlich dahinfließenden Mühlbach. Am gegenüberliegenden Ufer untermalen tausende Rosensträucher im Botanischen Garten die Bedeutung von Olmütz als Stadt der Blumen; seit fast fünf Jahrzehnten lädt sie Jahr für Jahr zu ihrer traditionellen Blumenmesse ein. Auf der Stadtseite des Parks überstrahlen die ersten Frühlingsblüten der Sträucher am Fuße der Stadtmauer die mächtigen Bäume, deren jüngste Triebe erst ein zartes Grün andeuten. Dazwischen führen Treppenaufgänge hinauf in die Stadt, die mit ihren Türmen gemeinsam mit einem kleinen, auffällig roten Türmchen aus Ziegelstein, einem ehemaligen Gartenpavillon, die Befestigungsanlage in unregelmäßigen Abständen unterbrechen. Neben der Treppe des Michaelsausfalls zieht ein hölzerner Glockenturm, etwas verwittert und am Dach mit Moos überwachsen, Adrians Blicke besonders auf sich – der Park, nur einen Steinwurf von seinem Hotel entfernt, verzaubert ihn mit seinem Atem der Geschichte, seiner nostalgischen Ruhe und seiner Nähe zur Natur.

»Hier bin ich richtig!«, fühlt er sich auf Anhieb wohl und beginnt seine Ahnung, Markéta hier in Olmütz wiederzufinden, bereits als Gewissheit anzusehen. Eine Reise, deren Anfang sich so wunderbar anfühlt, muss in Wohlgefallen enden!

Ein leises Quengeln im Kinderwagen reißt ihn aus seiner Glückseligkeit und die Schritte der großen Schwester um den Tisch herum lenken seine Aufmerksamkeit endgültig auf die Familienversammlung ein paar Stühle weiter.

»Markéta liebt das Getrappel kleiner Kinderfüße!«

Wenn sie hier wäre, würde sie am liebsten selbst nach dem Kleinkind sehen, denkt Adrian, denn erzählt sie nicht immer mit Begeisterung davon und imitiert sie dann nicht gleichzeitig mit ihren Händen das Tapsen der kleinen Füße, während ihre strahlenden Augen hell aufleuchten? – genau diese Momente ihrer Hingabe, die sie nicht nur in ihrer Kunst zeigt, sondern in jedem Augenblick lebt, sind es, die Markéta für Adrian zu etwas Besonderem machen und ihn, sobald sie bei ihm ist und er ihre Aura spürt, mit einem Glücksgefühl umhüllen und ihn, egal wo er sich gerade befindet, nach Hause kommen lassen.

Adrian blickt aus dem Fenster des Cafés und sieht, wie im Bezruč Park ein kleines, etwa fünf Jahre altes Mädchen auf einem Fahrrad auf ihn zukommt. Nach der langen Anreise ruht er sich in der Sonne auf einer Parkbank aus, während in seinem Rücken der Mühlbach dahinplätschert und vor ihm im Hintergrund der stillen Parkanlage die Stadtmauer wie in einem Märchen emporragt. Das Mädchen fährt seinen Eltern ein Stück voraus und tritt tapfer in die Pedale. Bevor es an Adrian vorbeifährt, schaut es auf und ihre Blicke treffen sich. Er zwinkert dem Mädchen, das dabei aus dem Tritt kommt, fröhlich zu. Abrupt bleibt es vor ihm stehen.

Die Eltern fahren langsam weiter.

Noch sieht ihn das kleine Fräulein erwartungsvoll an. Als er es mit einem freundlichen Kopfnicken begrüßt, lächelt es schüchtern zurück, wird aber gleichzeitig unsicher und sieht sich nach seinen Eltern um. Ein letzter Blick auf Adrian, ein Lächeln für die Ewigkeit, und das Mädchen eilt Vater und Mutter hinterher.

»Gebraucht zu werden, ist ein schönes Gefühl!«, erklingen die Worte Markétas wie aus dem Nichts. Adrian, der dieses Gefühl nicht kennt, vertraut ihrem Empfinden und erhebt sich von seiner Parkbank, um den Radfahrern und der Stimme aus seiner Vergangenheit zu folgen. Mit ihrer Wesensart, ihrem Familiensinn und ihren Anekdoten über Familienfeste, bei denen sie mithilft, das Essen für die vielen hungrigen Mäuler zu bereiten, pflanzt Markéta eine Sehnsucht in sein Herz, die bald beginnt, ihn mit Fragen zu quälen: Wie soll er jemals einem Menschen ein Gefühl vermitteln können, das ihm fremd ist? Und wäre es eine Lüge, wenn er Markéta sagen würde, er brauche sie, wenn er doch schon viel zu lange jeglichen Beistands beraubt alleine seines Weges ins Abseits wandelt?

»Aber nein, Markéta, Dich anlügen, das könnte ich nicht, dazu bedeutest Du mir zu viel! Und ist das Gefühl gewollt, begehrt, geliebt zu werden nicht ohnehin schöner als der Zwang eines Brauchens?«

An der nächsten Biegung des Mühlbachs schränkt ein niedriger Bauzaun sein Blickfeld ein. Der Zaun aus losen Brettern verdeckt ein Mausoleum.

Adrian ist entsetzt.

Das Denkmal erhebt sich auf einer sanften Erhöhung unterhalb des Judentors und erinnert an südslawische Soldaten, die im Ersten Weltkrieg auf dem Boden Mährens und Schlesiens sterben. In der Zwischenkriegszeit schenkt die Stadt Olmütz dem *Königreich der Serben, Kroaten und Slowene*n in Anerkennung seiner Verdienste das Stück Boden, auf dem ein Denkmal mitsamt einer Gruft errichtet und so zur Heimaterde für die Soldaten des Königreiches werden soll. Durch den Bretterzaun hindurch erkennt Adrian aber Graffiti, die das Mahnmal verunstalten und die, wie er vermutet, gemeinsam mit der Renovierung beseitigt werden sollen.

Nach dem Rathaus am Oberring ist das Mausoleum bereits die zweite Baustelle, die Adrian gleich zu Beginn seiner Reise auffällt. Die Stadt scheint wie er im Umbruch zu sein und wie ihm geht es Olmütz nicht allein um eine Beseitigung von Missständen, sondern um die Bewahrung der eigenen Geschichte, um den Respekt vor ihr und um die Ehrerbietung für treue Wegbegleiter. Adrian fühlt sich im Gleichschritt mit der Stadt, glaubt sich in der Fremde verstanden und wähnt sich am ersten Tag seiner Reise hier bei Markéta bereits wie Zuhause.

So wenig Wasser fließt den Mühlbach abwärts, seitdem er diese Stimmung spürt, diese Atmosphäre von Heimat und Zuversicht atmet. Nur wenige Tage verstreichen und doch gleicht seine Gefühlslage seither einer Berg- und Talfahrt auf den Hügeln der Olmützer Altstadt.

Wieder schafft er es nicht, die Höhe zu halten.

Mit jedem Auf und Ab wächst seine Verzweiflung, wie sich seine Ungeduld mit jedem Sprung des Zeigers von einer Minute zur nächsten spannt. Diese eine Stunde, die er zu früh am Treffpunkt erscheint, neigt sich ihrem Ende zu. Immer öfter blickt Adrian ungeduldig und voller Sehnsucht aus dem Fenster, sieht er verzagt und hoffnungsvoll zugleich hinaus auf die Straße – und jedes Mal, wenn sich die Tür öffnet und jemand das Café betritt, geschieht etwas mit ihm, setzt sein Atem aus und richtet er sich mit jedem Gast ein Stück weiter auf, bis sein Herz irgendwann fast stehen bleibt.

Eine dunkelhaarige Frau betritt die Gaststätte.

Adrian zuckt zusammen, rückt mit seinem Sessel nach hinten, als ob er sich erheben wollte, und vergisst dabei ganz auf die Tasse, die er in Händen hält. Heiß schwappt der Tee über seine Finger und weckt ihn aus seinem Traum.

Es ist nicht Markéta, die zwei Tische weiter Platz nimmt.

Wie Adrian bestellt die Dame Tee und wie er scheint sie auf jemanden zu warten – im Gegensatz zu ihm aber nur kurz: Die Sonne zeigt sich flüchtig am Himmel und ihre Strahlen erhellen alle Tische am Fenster, heften sich an die Fersen des jungen Mannes, der ihr Leuchten durch die Tür mit ins Café hereinnimmt. Er muss sich nicht umsehen, denn seine Augen bleiben wie von alleine auf die beinahe schwarzhaarige Frau fixiert; ihre Blicke finden sich wie selbstverständlich im Lichtschein ihrer Erwartungen.

»Er ist der Richtige, auf ihn hat sie gewartet!«

Im Glanz ihres Funkenregens taucht Adrian hinab in ferne Gefühlswelten. Inmitten von Freude und Wehmut blitzen die dunklen Augen Markétas auf wie bei ihrer ersten Begegnung oder wenn sie sich nach Wochen, oft Monaten endlich wiedersehen, sich lieben und wieder verabschieden. Immerzu verzaubern ihn ihre strahlenden Augen. Aber niemals wartet sie auf ihn – keinen Tag und nicht eine einzige Stunde!

»Du bist kein richtiger Mann für mich!«, sagt Markéta.

Adrian erlebt ein Wechselbad der Gefühle, im Hier, im Jetzt und im steten Wandel der Zeit. Er weiß, Markéta schätzt seine freundliche und ruhige, zuvorkommende Art. Sie mag, wie er schüchtern und umständlich nach einem Wort für ein Kompliment sucht. Sie neckt ihn damit, findet Ausreden für ihn, warum er so ist – und es verunsichert sie, verstört sie manchmal sogar: Adrian ist anders als die Männer, die sie kennt, anders als die Herren der Schöpfung zu Hause, ist niemand, der sich nimmt, was er will, der sie mit Souveränität oder Ignoranz – nur ihre eigene Wahrnehmung benennt den Unterschied! – bestimmt, sondern jemand, der auf sein Gegenüber eingeht, der ihr mit einer Begeisterung zuhört, ihr seine gesamte Aufmerksamkeit widmet und sie mit seiner bloßen Anwesenheit spüren lässt, sie sei die Einzige! Adrian ist sich seiner Unsicherheiten bewusst und spricht sie offen an. Er steht zu ihnen und versucht nicht darüber hinwegzutäuschen. Und im Gegensatz zu anderen fühlt sie bei ihm, dass er ihr zuhört, anstatt sie reden zu lassen. Und er beruhigt sie mit seiner leisen Stimme, wartet in dieser Stille oft Monate auf sie.

»Wenn Markéta pünktlich wäre, müsste sie bald kommen!«

Doch die Straße, auf die Adrian blickt, ist leer, so menschenleer und trostlos wie er sich nicht an sie erinnern kann. Das Lokal hingegen ist mittlerweile gut besucht und an Adrians Ohr dringt wieder diese weiche, ihm nunmehr vertraute und dennoch unverständliche Melodie einer fremden Sprache. Ein Widerspruch den Adrian nicht nur fühlt, sondern der seine Stimmung – nach außen hin gelassen, nach innen voller Aufruhr – kennzeichnet, und ein Gegensatz, den er plötzlich auch an Markéta ausmacht: Wie sie Gelassenheit und Ruhe ausstrahlt und vielleicht schon im nächsten Augenblick von einer

Nervosität ergriffen hektisch wird. Wie sie ihre Heimat liebt, stolz Bilder von den Tänzen und Trachten der Hanna zeigt, von ihrem Brauchtum erzählt und doch davor flüchtet, und sich trotzdem nie einen Mann an ihrer Seite vorstellen kann, der diese zugleich geliebten und verhassten Traditionen nicht pflegt oder – so wie er – nicht kennt!

»Sie verspätet sich.«

Wenn sie aus den Schranken Tschechiens ausbrechen muss, weil der Druck zu Hause unerträglich wird, kommt sie in ihr Atelier nach Österreich.

»Markéta trägt eine unglaubliche Last!«, denkt Adrian, baut sie sich doch gleichzeitig zwei Existenzen auf. Sie lebt zwei Leben in einem. Wie viele zerbrechen an der Bürde eines einzigen Lebens, während ihr Stern am Himmel über Tschechien und Österreich erstrahlt? – Adrian bewundert ihre Kraft und Ausdauer; aber obwohl sie über Jahre hinweg in Österreich lebt, fühlt sie sich dort nie wie zu Hause. Nach den Erzählungen Olgas, Ramonas und Zuzanas beginnt Adrian, während er im Café über sie nachdenkt, zu verstehen, warum.

Andererseits kann er mit Bestimmtheit erzählen, wie behaglich sie sich an seiner Seite fühlt, wie sie seine Wohnung als ihr Zuhause betrachtet, wie sie ihn euphorisch berät, wo welche Bilder am besten zur Geltung kommen würden – nicht nur ihre eigenen! Wie sie Möbel und Dekorationen für seine Wohnung aussucht und ihm Veränderungen vorschlägt. Wie sie mit ihm schimpft, wenn er in seinem Appartement die Straßenschuhe nicht an der Garderobe auszieht, sondern auf dem Teppichläufer bis in die Wohnräume schreitet, um dort wie immer seine Tasche auf dem Sekretär abzulegen.

»Ach, Markéta, genau deswegen liegt der Teppich ja dort!«

Adrian versteht weder ihre Ratschläge noch ihre Zurechtweisungen als Übergriffe, vielmehr sind sie für ihn ein Zeichen, wie wohl sie sich bei ihm fühlt, wie sehr sie sein Zuhause als das ihre betrachtet. Markéta zeigt sich in seiner Gegenwart anders als im Atelier oder bei ihren Ausstellungen und entblößt ihre Kunstfigur in Momenten der Zweisamkeit vollständig. Bei ihm Zuhause strahlt sie ungeschminkt einen Glanz aus, in dem er zu erkennen glaubt, sie mag sich allenfalls nicht in Österreich, aber doch bei ihm wohlfühlen!

Die Magie in der Begrüßung des Liebespaares lässt Adrian von der gleichen Zuversicht kosten wie der Empfang der Stadt im Bezruč Park am ersten Tag seiner Reise: Ein stückweit hinter dem Mausoleum folgt er im Bezruč Park den Spazierwegen entlang der Stadtmauer, geht vorbei an einem kleinen Pavillon, der im Frühjahr auf einen neuen Anstrich hofft, und übersieht zwischen den Bäumen beinahe das Denkmal zu Ehren des Dichters und Namensgebers des Parks, bevor er sich wenig später bei den vier Statuen des Herkules aus dem Park verabschiedet – in seinem Gedächtnis gewinnen diese Eindrücke mit jedem Herzschlag an Wärme!

Das Ziel seiner Reise vor sich, denkt er nicht an ihr Ende.

Adrian möchte dem morgigen Tag nicht vorgreifen, nicht wie Markéta bei ihrem letzten Treffen, von einer Zukunft reden, von der sie ihn doch zuvor schon wissen lässt, dass es sie nicht gibt.

»Was erwartest Du von mir, Markéta?«, fühlt Adrian, wie sich eine Enttäuschung in sein Herz schleicht, die die gleiche Frage auch an ihn richtet. Eine Antwort findet er rasch darauf, denn seine Erwartungen reichen nicht über den Horizont seiner Erfahrungen hinaus – und dank Mary, der schüchternen Missionarin, weiß er sie mittlerweile in Worte zu fassen: Seine Freundschaft ist eine ausgestreckte Hand, die anzunehmen allein Markéta obliegt. Er wünscht sich bloß, sie möge sich zu ihm an den Tisch setzen – und alles andre würde sich ergeben. Sie könnten miteinander reden, sich gegenseitig anhören, sie würden gemeinsam versuchen, zu verstehen, was mit ihnen passiert und warum sie sich erst heute gegenüberstehen. In Gedanken reicht Adrian ihr die Hand und überreicht ihr sein Geschenk, den Schmetterling, drückt sie an sich und verabschiedet sich von ihr – für immer!

Aber dazu müsste Markéta hier sein, müsste sie zu ihm an den Tisch kommen und zuvor durch die gleiche Tür gehen, die er seit unzähligen Minuten nicht mehr aus den Augen lassen kann, die er unaufhörlich anstarrt und von der es ihm unmöglich scheint, seinen Blick abzuwenden.

Aber er wartet vergebens.

Die Tür öffnet sich nicht.

Markéta kommt nicht und Adrian vergisst seine letzte Zuversicht. Seine Hoffnungen auf einen persönlichen Abschied erfüllen sich wieder nicht. Die Stunde, die er zu früh am Treffpunkt anlangt, sitzt er bereits länger an seinem Platz und selbst von den lauten Stimmen, die das Lokal durchdringen, bemerkt Adrian mittlerweile nichts mehr. Er trägt einen stillen Kampf mit sich aus – einen Streit, den er lieber mit Markéta ausfechten wollte:

»Nur Menschen, die streiten, können sich versöhnen!«

Doch er streitet sich nie mit Markéta, sie trennen sich wortlos voneinander und seine Gedanken, einem Streit liegen Gefühle zu Grunde, die bezeugen könnten, dass er ihr nicht egal sei, dass es sie nicht kalt lasse, wie er sich fühlt, verläuft sich in der weiten Ebene seiner Ernüchterung und untergraben dort den Rest seines Selbstwertgefühls.

Adrian spürt, wie es im Café unversehens abkühlt.

Irgendwo erlischt ein Feuer in ihm und er verlässt die kleine Gaststätte enttäuscht Richtung Oberring.

VERWANDLUNG

Am Oberring ersetzt ein anderes Gefühl die plötzliche Kälte in seinem Herzen. Auf seinem Rückweg aus dem kleinen Café zerbricht etwas in Adrian. Leichter Hunger beginnt an ihm zu nagen, Mittag naht, mehr noch setzt ihm aber ein unbestimmtes Drängen zu.

Das Flattern des Schmetterlings wird ihm zu viel.

Er erträgt es nicht länger.

All die Gedanken, Erinnerungen und Schmerzen, die sich in den Flügelschlägen seines Schmetterlings, in den davon ausgelösten Strömungen in der kalten Aprilluft manifestieren und dunkle Wolken heraufbeschwören, ihn aus dem Licht in einen fernen Schatten drängen und ihn nichts anderes mehr fühlen lassen – sie alle müssen endlich ihr Ende finden! Der Schmetterling muss endlich ankommen, muss sich niederlassen und in der Stadt der Blumen seine Blüte finden, muss in Olmütz, der Perle der Hanna, muss in ihrer Heimatstadt zurückbleiben. Er muss zu ihr – zu Markéta! – finden, er muss zu ihr finden, damit in Adrian die Ruhe einkehren kann, die Markéta ihm nicht gönnt oder die sie, gedankenlos, für sich alleine behalten möchte.

Düstere Wolken ziehen mit Adrian über den Oberring hinweg. Da versperrt ihm ein goldener Hirsch den Weg, ermahnt ihn, seine alten Pfade zu verlassen, wenn der Schmetterling irgendwann seine ihm bestimmte Blüte im Licht der Sonne, hier in seinem Revier, entdecken soll. Der Hirsch blickt stolz von seinem Podest oberhalb des Erkers am Eckhaus auf Adrian herab und weist ihm mit seinem Vorderhuf den Weg. Der Hals des trichterförmigen Niederrings mündet justament vor dem Haus *Zum Goldenen Hirsch* in den Oberring und der alte Platzhirsch zählt es zu seinen Aufgaben, Adrian auf einen anderen, noch nie zuvor von ihm betretenen Weg zu lotsen.

Adrian weiß zu schätzen, dass wenigstens die Stadt noch mit ihm spricht. Sie verleiht ihm mit ihren Wortspenden den Anschein einer menschlichen Würde; seine scharfen wie feinfühligen Sinne nehmen gleich den Fühlern seines Schmetterlings jede Erschütterung wahr und lenken seine Schritte. Seit die Stadt ihn während seines Wachtraumes in Angesicht des Cäsarbrunnens an die Fehlbarkeit der Götter erinnert, verändert sich seine Wahrnehmung und er empfindet ihr Flüstern nicht länger als Bedrohung. Er hört ihr stattdessen aufmerksam zu, liest ihre Geschichten von den Fassaden der Häuser und Kirchen, von ihren Straßen, den Parks und all den anderen Bauwerken. Und nach den vielen Brunnen und Statuen sprechen jetzt die mannigfach an den Gebäuden am Niederring angebrachten Hauszeichen zu ihm.

Alle diese Tiere und Symbole bewahren den Stolz der wohlhabenden Bürger der Stadt, die anders als der Adel in ferner Vergangenheit kein Anrecht auf ein eigenes Wappen besitzen. In dieser Welt der Schatten und des Flüsterns, die nur für Adrian zur Wirklichkeit erwacht und in der scheinbar leblose Gebilde sprechen können, fühlt er keine Angst mehr, ist sein Schmerz nicht länger unantastbar.

Indessen folgt er demütig dem Fingerzeig des Hirsches und begibt er sich auf den Niederring, dem ältesten Marktplatz der Stadt. Er bestaunt das Leben der Bürgerhäuser, lässt das Haus des goldenen Hirsches bald hinter sich und geht zu seiner Linken am Haus *Zum Grünen Kranz* vorbei. Vormals ziert ein schlichter Kranz aus Blech mitsamt einer zweisprachigen Inschrift, Tschechisch und Deutsch vereint, die Fassade.

Das ursprüngliche Hauszeichen befindet sich heute im Heimatkundemuseum der Stadt und an seiner Stelle prangt eine kranzförmige Verzierung aus Stuck von der Hauswand. Die Häuser am nördlichen Ende des Niederrings, von dort, wo er in den Oberring mündet, bis dorthin, wo sich das Dreieck des Marktplatzes weit öffnet und die Marienpestsäule ein Zeichen setzt, zeigen Adrian, der seine Blicke in alle Richtungen schweifen lässt und sich mehrmals um seine eigene Achse dreht, um kein Wort der Stadt zu überhören, in einem vielseitigen wie dezenten Farbenspiel ihre reich verzierten Fassaden.

Ein Stück weiter dringt Hufschlag an sein Ohr.

Anders als ein paar Tage zuvor, kommt das Getrappel nicht aus dem Neptunbrunnen, sondern hört er im Haus rechts vor sich ein Pferd eine Reitertreppe hinaufstürmen.

Adrian schaut auf.

Ein Schrei weist ihm die Richtung, und er muss entsetzt mit ansehen, wie eine mittelalterlich gekleidete Zofe aus einem schmalen Fenster im Oberstock eines Hauses springt und sich im Fallen in ein Nichts auflöst. Das Pferd, das ihr folgt und dessen Hufschlag über den Niederring tönt, erleidet ein anderes Schicksal: Es bleibt halb im Fenster stecken!

Kopf und Vorderleib ragen seitdem als steinernes Hauszeichen aus der Mauer. Die Legende erzählt, die Zofe habe den Haushofmeister mithilfe eines Liebestrunks für sich gewinnen wollen, durch eine Verkettung unglücklicher Umstände und durch die Unachtsamkeit des Stallknechts trinkt jedoch der Hengst an Stelle des eigentlichen Objektes der Begierde den Trank und der liebestolle Rappe treibt die Magd in den Tod. In den alten Erzählungen trägt die Zofe den Namen Markéta.

»Sie heißt wie meine Freundin!«, denkt Adrian, dem schlagartig bewusst wird, wie die Geschichte zwar ihre Rollen neu vergibt, aber ihre Wiederholung Gewissheit bleibt; und da Magie nur für einen Augenblick ohne Wiederkehr wirkt, führt ihn die dunkle Seite des Zaubers schnell zurück auf die triste Bahn seines Selbstzweifels.

Unmittelbar vor dem Haus *Zum Schwarzen Rösslein* erzählt ihm der Neptunbrunnen die Geschichte seiner eigenen überhasteten Flucht, die vor zwei Tagen ihren Anfang nimmt. Anders als im Dämmerlicht verliert Neptun, so trüb sich der Tag bislang auch zeigt, seinen Schrecken, und ebenso wenig hört er heute ein Meer im Brunnen tosen. Zur Mittagsstunde unterscheiden sich seine Gedanken von denen, die Adrian am Theaterabend bei seiner Rückkehr aus der Galerie Šantovka verfolgen. Indem er um Neptun herumgeht und ihn von allen Seiten betrachtet, beobachtet er sich plötzlich dabei, wie er sich selbst umkreist.

Adrian sieht sich aus Markétas Atelier treten und muss mitverfolgen, wie er am Fuße der Wenzelsanhöhe seine bitteren Tränen vergießt, wie er willenlos durch die Stadt streift, wie die Gehwege sich unter den großen Bäumen aufschaukeln und ihn gleich einer stürmischen See von ihrem unebenen Pflaster spülen möchten, wie er einsam und alleine im hellen Licht des Theaters erwacht und wie er aus dem gläsernen Palast der Galerie Šantovka wie ein gedemütigter Hund über die Brücke in die Altstadt und auf den Niederring zurückkehrt, wo ihn die Blitze Jupiters bedrohen und sich dessen Vollstrecker, der Adler, aufmacht, sich auf ihn zu stürzen und wo letztendlich Neptun gerade hier vor ihm seinen Dreizack erhebt.

Adrian sieht den Hieb voraus.

Im Gegensatz zu den Ereignissen vor zwei Tagen bleibt er in seiner Zeitschleife stehen: Nicht er stolpert die kleine Seitenstraße Panská hinauf auf die Michaelsanhöhe, sondern ein Schmetterling fliegt ihm voraus, nicht er ist auf der Flucht, sondern der Schmetterling setzt seine Suche für ihn fort!

Adrians Gedanken drehen sich nicht länger um ihn selbst, seine Blicke folgen den Flügelschlägen und er, Adrian, bleibt zurück. Er kämpft nicht mehr für sich, sondern versucht einen Weg für den Schmetterling zu finden und ihn nach Hause zu bringen.

Spürbar fällt eine Last von seinen Schultern.

Er versteht, dass sie getrennt voneinander, Adrian und sein Schmetterling, ein gemeinsames Ziel verfolgen, er weiß, wenn er sich für andere einsetzt, kann er mehr erreichen, als wenn er es für sich allein tun müsste, und er begreift, seine Stimme erhält mehr Nachdruck, eine neue Glaubwürdigkeit, wenn er sie für andere erhebt.

Während der Schmetterling den Hügel hinauf weiterfliegt, bleibt Adrian vor dem Neptunbrunnen stehen und blickt hilfesuchend in das bärtige Gesicht des antiken Gott des Meeres. Zusammen betrachten sie nüchtern die Ereignisse des vergangenen Tages. Von seinem Boten weiß er, dass seine Nachricht Markéta erreicht.

»Aber liest Markéta meine Zeilen?«

Die Ungewissheit vertieft seine Sorgenfalten.

Und auch Neptun schweigt dazu, hält ihm stattdessen seinen Dreizack entgegen, mit dem er die See zu besänftigen versteht und mit dem er die Stadt und ihre Bewohner – mit dem er Markéta! – vor Unheil bewahrt. Wieder versteht Adrian das Zeichen nicht, erfasst er nicht, wovor der Gott des Meeres Markéta beschützen möchte.

Wie aus dem Nichts, in das sich die in die Tiefe stürzende Magd auflöst, mahnt ihn jäh die sanfte Berührung einer vertrauten Stimme. Sie ermahnt ihn, so wie es wenige Stunden zuvor der Heilige Johannes Sarkander ebenfalls versucht, genau hinzuhören und seine Achtsamkeit zu konzentrieren.

Adrian erkennt die Stimme.

An sein inneres Ohr dringt die schlichte Frage, warum *Ich*, warum sie, warum Markéta seine Zeilen eigentlich lesen solle. Sie weiß, wie gewandt er seine Feder führt, wie die Worte, die anders nur schwer über seine Lippen stolpern, nachgerade seiner Feder entschweben und wie sie Markéta mühelos verführen könnten, wie seine Worte es im Nu schaffen würden, ihr seine Sicht der Dinge zu erklären, und seine Gedanken geradewegs zu den ihren werden zu lassen!

Fürwahr, Neptun beschützt Markéta vor sich selbst!

Er hält ihre eigenen Ängste und Erinnerungen von ihr fern, deren Ursprung sie in ihrer gemeinsamen Vergangenheit befürchtet! Denn was immer in den Zeilen Adrians stehen mag, so lange sie seine Worte nicht liest, sich durch sie nicht in Überlegungen verstricken lässt, sie ihn auf Distanz hält, besteht für sie keinerlei Gefahr, sich mit den Problemen längst ins Abseits gedrängter Tage auseinandersetzen zu müssen.

Die Macht der Verdrängung bereitet ihr ein Ruhekissen.

Adrian hingegen spürt, wie sich die Spirale am Ende seines Tunnels erneut zu drehen beginnt, wie sie wieder einen Sog entfaltet und wie sie enger und enger wird, wie sich ihm aber plötzlich auch andere, ihm fremde und doch vertraute Bilder – der Domplatz auf der Wenzelsanhöhe, darunter der Park der Přemysliden, das Zigeunermädchen, ein Sandkasten und eine Glasfassade und viele andere – auf den dicht an dicht liegenden Windungen inmitten seines Gedankenwirbels zeigen. Vor dem Antritt seiner Reise bleiben seine Gedanken vage. Unter den Argusaugen Neptuns und in den Bildern, die wirr um ihn kreisen, werden sie Gewissheit:

Ja, könnte er selbst, Adrian, mit seinen Zeilen, seinem Besuch in Olmütz nicht einen Schmerz zum Leben erwecken, an den sie nicht mehr denken möchte? – einen Schmerz, an den Markéta nicht erinnert werden will, weil er an ein dunkles Geheimnis rührt?

Adrian, der sie, wodurch auch immer, enttäuscht, der ihr Bild, ihr Geschenk ohne ein Wort des Dankes annimmt, der sie warten lässt und sie versetzt, sofort mit Zuzana und Ramona, ihren ehemals besten Freundinnen spricht, der sich mit ihnen gegen sie, seine Freundin verbündet, kaum dass sie ihm ihren Rücken zukehrt, er, Adrian, der von ihren Streitigkeiten in seiner Heimat und jetzt vermutlich ebenso von ihren Schulden weiß – warum können die Zwillinge nicht schweigen, warum müssen sie ständig diesen Druck auf sie ausüben? –, er, dem sie alle ihre Ängsten und Sorgen, gar alles von ihrer Familie anvertraut, er, der sogar ihren Bruder kontaktiert, Pavel womöglich alles erzählt, was sie doch in Österreich zurückgelassen wissen möchte, ja, er, Adrian, der ihr bis nach Tschechien folgt, bedroht er mit alledem nicht ihren Alltag, gefährdet er mit seinem Verhalten nicht ihren unantastbaren Seelenfrieden? – wie könnte sie ihn hier in Olmütz, hier in ihrer Heimat, in ihrem eigenen Zuhause dulden, wie könnte sie seine Nachrichten lesen, mit ihm reden oder ihm gar von Angesicht zu Angesicht gegenübertreten?

Diese klare Sprache einer fremden Stimme in seinem Kopf hätte Adrian vermutlich daran gehindert, nach Olmütz zu reisen, wenn sie vor einer Woche so unverhohlen zu ihm spräche. Doch die vielen Irrwege durch die Stadt, ihre Hinweise und Mahnungen, die Begegnung mit den beiden Missionarinnen, der Schmetterling, der aus ihm herausbricht und den er endlich vor sich herfliegen sieht, zeigen ihm die weite Ebene einer anderen Wahrheit und lassen ihn an einer Offenbarung teilhaben.

Die Worte der unscheinbaren Mary beschreiben – und davon ist er überzeugt! – eine große Sehnsucht Markétas, ein Ziel, das Adrian und Markéta miteinander teilen, einen Wunsch, den sie niemals verneinen möchte, wenn er, ohne mit ihm in Verbindung zu stehen, in ihr Ohr gehaucht werden würde.

Aber niemand spricht mit ihr darüber.

Das Flüstern der Stadt bekümmert ihre Sinne nicht.

Die Stimme von Olmütz ist ihr zu vertraut und bringt sie nicht auf andere Gedanken. Und sie hört die Worte nicht, die seit Adrians Begegnung mit Mary in ihm nachklingen, ihm Hoffnung geben und ihn auf die Bedeutung wahrer Freundschaft hinweisen – einer Freundschaft, die selbst dann nicht endet, wenn sich ihre Wege trennen!

Ein Freund ist Spiegel, Wegweiser und Türöffner zugleich. Nur kann niemand eine Tür öffnen, die er nicht sieht. Adrian erwartet das aber gar nicht von Markéta, die ihrerseits seine Sichtweise nachhaltig beeinflusst.

Anders als sie sieht er in Pavel nicht den faulen Bruder, der keinen Finger rührt und sich von seiner Schwester und seiner Mutter umsorgen, der seine Besorgungen besser von anderen erledigen lässt, anstatt sein Leben in die eigene Hand zu nehmen. Adrian richtet seine Aufmerksamkeit lieber auf die Gesten Markétas, schätzt ihren Sinn für Familie, ihr großes Herz, das Pavel in ein anderes, vielleicht erst sein rechtes Licht rückt, und ihn zu einem Bruder werden lässt, für den sie gerne da ist und für den sie gerne einkaufen geht.

Die Künstlerin in ihr würde Adrian zustimmen.

Wie der unbefangene Blick eines Malers die Essenz erkennt, erhöht das Wort eines Freundes das Ansehen eines Gefährten und verleiht seiner Vielfältigkeit Potential.

Sein Kunstverständnis bewahrt Adrian, ein Urteil über Pavel zu fällen, und behütet ihn davor, es Markéta übel zu nehmen, die Decke eines eisernen Schweigens über ihn zu hüllen, und ihn, den niemand in ein anderes Licht rückt, darunter zu ersticken, oder ihn, für den niemand seine Stimme erhebt, lebendig und ohne Zeichen der Erinnerung, ohne einen Grabstein zu verscharren, und ihn, den Einsamen, im Treibsand seines Lebens versinken zu lassen.

»Wahre Freunde können verzeihen!«

Obschon er einen tiefen Schmerz in sich spürt, wird Adrian nicht müde, seine magische Formel zu wiederholen, seine Hand auszustrecken. Denn es ist eben sein alleiniger Schmerz und er weiß jetzt, nicht das, was er denkt, nicht das, was er beabsichtigt, nicht das, was er tut oder was er bewirken möchte, ist für Markéta entscheidend, sondern bloß die Bilder ihrer eigenen Gedanken. Die Bilder ihrer eigenen Spirale gestalten ihre persönliche Wirklichkeit. Für Markéta sind nur ihre Anschauungen von Belang, die im Angesicht Neptuns beginnen, sich unter die Wirrungen seines Gedankenwirbels zu mischen und die ihn auf seiner Flucht durch die Olmützer Straßen, auf der anderen Seite der Wahrheit, vom Wild zum Jäger und zu einer Bedrohung für sie werden lassen.

»Eigentlich sollte Markéta wissen, wie unwirklich diese Bedrohung ist!«, hofft Adrian und muss gleichzeitig feststellen, wie sie größer wird, je länger Markéta ihre Ängste alleine umkreist. Siegt Wahrheit, rätselt er und stellt sich laut die Frage:

»Olga, wo bist Du?«

Markéta versteht Adrians Sehnsucht, sie kennt seine Grenzen, und weiß, was seine Reise nach Olmütz, diese Reise ins Ungewisse, die er nur einer unbestätigten Ahnung wegen antritt, für ihn bedeutet, welche Hemmschwellen er dabei überwinden muss – und weil sie in ihm wie in einem offenen Buch lesen kann, müsste sie sich in Adrians Ermessen auch bewusst sein, wie sicher sie vor ihm ist. Er akzeptiert und respektiert ihre Grenzen. Ihr *Nein* ist ihm ein *Nein* – selbst dann, wenn es nur ein höfliches *Ja* hätte sein sollen. Bevor er eine ihrer Linien überschreiten möchte, weil er sie nicht versteht, sie ihn respektive vor den Kopf stößt, spricht er mit ihr darüber, fordert er sie auf unterschiedlichen Wegen heraus, ihn einzuladen, diese Schranke allein zu überschreiten: Adrian besucht ihre Heimatstadt und zeigt sich in ihrem Atelier, zieht sich jedoch zurück, sobald sein Instinkt und das Aufwallen ihrer Emotionen ihm zur Flucht raten. Er spricht eine Einladung aus, die anzunehmen sein Herzenswunsch, aber ihre Entscheidung bleibt. Seine zurückhaltende, in seiner eigenen Lesart respektvolle Art, lässt Markéta früher an seiner Männlichkeit zweifeln, heute müsste sie ihr hingegen Sicherheit einflößen. Doch Markéta bringt weiterhin nicht den Mut auf, mit ihm zu reden.

»Wenn sie doch die Stimme ihres Olmütz hören könnte!«, denkt Adrian, während in ihm Marys Worte wie ein Echo erklingen.

Seine Verzweiflung nährt eine Sehnsucht und seinen Hunger. Am Niederring entdeckt er eine Vielzahl an Gaststätten. Der rote Kopf eines Ochsen kennzeichnet ein altes Einkehrhaus, das seine Tore seit Jahrhunderten zum Ausschank offen hält und nur zur Zeit des Kommunismus anderweitige Verwendung findet.

Im Gewölbe des Erdgeschosses befindet sich heute wieder ein Restaurant, das Adrian nach einem kurzen Blick ins Maßhaus aber hurtig verlässt; der Lärm in der gut besuchten Gaststube würde ihn bei seinen Überlegungen zu sehr stören. Neben dem Gasthaus *Zum roten Ochsen* lädt ihn gleich ein weiteres Wirtshaus, das vormals den Namen *Zum Schwarzen Adler* trägt, mit traditioneller hannakischer Küche ein. Das Eckhaus, ein Prachtbau einer reichen Bürgerfamilie im Stile der Renaissance, ist untrennbarer Teil der Stadtgeschichte. Am Eingangsportal prangt das Wappen der Erbauer, daneben erinnert an der Hausecke eine Gedenktafel an den Besuch des jungen Mozarts, der hier Unterschlupf findet, bevor die Familie auf der Flucht vor den Pocken den Rest ihres Aufenthalts im Kapiteldekanat verbringt. Berühmtheit erlangt das Haus nicht erst durch den Besuch der Musikerfamilie, denn nachdem Preußen im Ersten Schlesischen Krieg Olmütz einnimmt, wohnt im Palais Hauenschild, das seit jeher mit seiner prunkvollen Fassade prahlt, der preußische König Friedrich der Große. Die Fenster zum Niederring sind bis heute reich verziert und werden doch von Ovids Metamorphosen überstrahlt, deren Geschichte der aufwändig gestaltete Erker erzählt.

Im Eingangsgewölbe des Gasthauses herrscht reges Treiben. Wie der rote Ochse treibt der schwarze Adler Adrian zurück auf den Niederring. Er beschließt, in eine der vielen Nebenstraßen auszuweichen. Die kleinen, engen Straßen südlich des Oberrings und westlich des Niederrings beherbergen eine Vielzahl an Kneipen und Bars. Im Gegensatz zum Rest der Altstadt wirken in diesem Stadtteil fast alle Häuser verwahrlost, heruntergekommen und nicht selten baufällig.

»Dobrý den! Guten Tag!«, begrüßt Adrian die junge Kellnerin zweisprachig. Die Spelunke erweckt nicht den Eindruck, Reisende zu ihren bevorzugten Gästen zu zählen. Adrian stört sich nicht daran. Er ist ohnehin ein Gefangener der Stadt – und er ist beileibe nicht der Einzige, wie ihn die Straße, die ihn zu seiner Gaststätte führt, wissen lässt.

In den Unruhen der französischen Revolution flieht General Lafayette nach Flandern, wo er im ersten Koalitionskrieg in Gefangenschaft der Österreicher und Preußen gerät. Nach seiner Internierung in Wesel und Magdeburg verbringt der General den Rest seines mehrjährigen Arrests in der Olmützer Jesuitenkaserne am Platz der Republik und ist bis heute Namenspatron einer Straße südlich des Niederrings.

Das deftige Menü in tschechischer Tradition nimmt Adrian an einem Tisch in einer abgelegenen Ecke der Wirtsstube zu sich. Die *Česnečka*, eine Knoblauchsuppe, weckt seine Sinne und er findet sich damit ab, Markéta in Olmütz nicht mehr persönlich sprechen zu können; wenigstens möchte er sich ihr nach dem Rückschlag in ihrem Atelier und der erfolglosen Einladung von heute nicht weiter aufdrängen.

Das Ziel seiner Reise, sich von seiner Freundin zu verabschieden und das Andenken an ihre jahrelange Freundschaft zu bewahren, gibt Adrian dennoch nicht verloren.

»Wie sollst Du nur nach Hause finden?«, stellt er den kristallenen Schmetterling vor sich auf den Tisch. Nachdem die Kellnerin die leere Suppentasse abserviert, nimmt Adrian sein Reisetagebuch aus der Tasche und beginnt unter der schwankenden Tischlampe seine neuen Hoffnungen und Ziele niederzuschreiben.

Ratlos bemüht er seine Feder, bis sich plötzlich ein Lichtstrahl im gläsernen Flügel des Schmetterlings bricht – schnell schlägt Adrian eine neue Seite auf und lässt seiner Feder freien Lauf. Zeile um Zeile findet sich rasch auf dem Blatt Papier. Schreiben fällt ihm leichter, als zu reden; er kann dabei seine Gedanken ordnen. Aber nachdenken muss er jetzt gar nicht, denn fast scheint es, als ob der Schmetterling seiner Feder die Worte diktiert und er sie beim Niederschreiben bloß zum Leben erwecken braucht. Endlich legt der Schmetterling den Füller beiseite und Adrian liest erstaunt die Zeilen vor sich; hätte er die gleichen Gedanken zu Papier bringen wollen, er hätte Seiten benötigt und dabei weniger zu sagen vermocht!

Trotzdem fehlt ihm etwas.

Nicht um Worte allein geht es ihm. Er möchte vor allem seiner ungebrochenen Wertschätzung Ausdruck verleihen und er möchte Markéta gegenüber seinen Respekt bekunden. Der Abschiedsbrief soll ihr gerecht und ihr ein Denkmal werden, sie in den Mittelpunkt stellen und ihr zeigen, dass ihm für sie und ihre Freundschaft kein Weg zu weit sei und er für sie auch in Zukunft über jeden Schatten springen wird.

Während er auf den Hauptgang seines Menüs wartet, entwirft er einen Plan für die letzte Reise seines Schmetterlings. Ihm wird klar, sein Begleiter muss, wohl oder übel, Markéta den Brief selbst überbringen. Adrian liest ihn ein weiteres Mal, und obwohl er alles anspricht, was ihm am Herzen liegt, bleibt er unzufrieden. Wie das geschriebene Wort den Klang verliert, verblasst das Andenken an seine Freundin unweigerlich zwischen den Zeilen.

»Das ist es! Ihre Stimme fehlt!«, kommen Adrian die deutschen Worte zuletzt vollkommen fehl am Platz vor. Markéta spricht perfekt Deutsch und nur ein Akzent, charmant wie einzig sie es sein kann, lässt die Tschechin in ihr erkennen.

»Aber nein, dazu reichen meine Sprachkenntnisse einfach nicht aus!«, gibt er seine Eingebung, den Brief ins Tschechische zu übersetzen, fast wieder auf. Ihm fehlt ein Wörterbuch und es mangelt ihm an Zeit, wenn er seinen Boten, den Schmetterling, noch während seines Aufenthalts in Olmütz, noch heute am Nachmittag, mit dem Abschiedsbrief auf seine Reise schicken möchte.

Adrian ermahnt sich, an seine eigenen Worte zu denken, nicht so vorschnell aufzugeben und für Markéta keine Mühen scheuen zu wollen. In den letzten Tagen rettet er sich oft mit dem Wechsel in die englische Sprache über manche Situation hinweg, denn obwohl er an unerwarteter Stelle Schilder mit deutscher Aufschrift entdeckt, versteht ihn selten jemand, wenn er sich in seiner Muttersprache verständlich zu machen versucht.

»Also Englisch!«, beginnt Adrian seinen Brief in der Hoffnung zu übersetzen, nach dem Mittagessen jemanden zu finden, der seine Abschiedsworte weiter ins Tschechische überträgt. Sein Vorhaben scheint ihm aus mehreren Gründen ein Wagnis zu sein. Zum einen weiß er in Olmütz keinen Freund, der ihm diesen Dienst erweisen könnte, zum anderen ist Sprache für ihn unberechenbar. Seine Worte, so leicht sie seiner Feder entschlüpfen, sich logisch aneinanderreihen und seiner Rede einen Sinn verleihen, Adrian ist sich bewusst, er beschreibt damit doch bloß einen Teil seiner eigenen Wirklichkeit. Er ist kein Poet, seine Texte erschaffen keine Welten und wo ein Dichter tote Zeilen zu Leben erweckt, ihnen Atem einhaucht, schafft er das beileibe nicht. Sein Schreiben kommt über den Versuch, sich und seine Wahrnehmung und Gefühle für andere verständlich zu machen, selten hinaus.

»Meine Gefühle und meine Wertschätzung für Markéta waren schon vor diesen Abschiedsworten in mir!«, tröstet sich Adrian mit dem Gedanken, dass Gefühle durch sich selbst leben und keiner Worte bedürfen. Worte und Sprache beschreiben für ihn nur etwas, das zuvor schon existiert, sie geben seinen Ideen und Empfindungen lediglich eine Richtung und verleihen ihnen eine Form.

»Eine Form, die andere nur allzu leicht missverstehen!«, seufzt Adrian auf. Mit seinem Vorhaben stellt er sich eine Aufgabe, die ihn über alle Maßen verunsichert: Er muss innerhalb weniger Stunden eine fremde Person um Hilfe bitten und, für ihn eigentlich denkunmöglich, ihr seine Gefühlswelt offenbaren – schmerzhaft kommt ihm der Kampf in Erinnerung, den er ausfechten muss, bevor er es schafft, sich zu überwinden, mit Zuzana zu reden.

»Für Markéta!«

FREUNDSCHAFT

»Die Kellnerin spricht fast akzentfrei Englisch!«

Adrian bleibt an der Türschwelle stehen. Mit einem Blick auf die junge Frau überlegt er einen Moment, ob er nicht sie fragen soll, ihm seinen Abschiedsbrief in einer ihrer Pausen zu übersetzen. Sie macht einen ausgesprochen netten Eindruck; kaum ist sein Teller leer und sein Brief fertig, winkt er sie zu sich, um das Essen zu bezahlen.

»Chtěl bych zaplatit, prosím!«

Adrian kämpft mit der Aussprache des Tschechischen, mit den vielen Konsonanten und der ungewohnten Aneinanderreihung der Laute. Doch schon bevor das kleine Wort *Bitte* seine Lippen verlässt, kommt die Kellnerin bereits mit einem Lächeln an seinen Tisch; trotzdem führt er den Rest ihrer Konversation lieber in Englisch.

Wenig später verlässt Adrian die Spelunke, ohne die Kellnerin darauf anzusprechen, seine Zeilen zu übersetzen. Der alte Lafayette führt ihn, die Mariensäule am Niederring fest im Blick, ohne Umschweife zurück auf den nahen Stadtplatz. Die acht Pestheiligen auf dem Podest der Säule begrüßen Adrian mit ihrer Geschichte über das Wüten des schwarzen Todes im Herzen von Olmütz. Und sie erzählen ihm von den Studenten, die hoffen, von der Heiligen Jungfrau Maria, die auf der Spitze der tordierten Säule über den Marktplatz wacht, sicher und erfolgreich durchs Studium geleitet zu werden.

Für ihren Beistand müssen sie bloß durch die ringförmigen Öffnungen im Podest der Säulenkonstruktion klettern.

»Doch nur eine weitere Legende der Stadt!«

Adrian schüttelt ungläubig den Kopf wie Maria ihre Augen abschätzig Richtung Jupiterbrunnen schweifen lässt, wo eine kleine Kirche und schlichtere Häuser als im Norden den Stadtplatz begrenzen. Dem Adler zu Füßen Jupiters traut er nach wie vor nicht über den Weg; er bleibt für ihn Sinnbild für seine Zurückweisung zwei Tage zuvor.

Die Hoffnung, die Studenten durch ihre Zeit an der Universität trägt, sobald sie *durch* das Podest der Mariensäule schlüpfen, muss Adrian vorgeben; mag all den Mythen und Legenden ein wahrer Kern längst vergangener Ereignisse innewohnen, sein Leben besteht einzig aus den Enttäuschungen, die jede Zuversicht zurücklässt.

»Was für mich gilt, das soll einen anderen, soll den Schmetterling, unbelastet wie er vorhin seinem Gefängnis entweicht, nicht davon abhalten, sein Glück zu versuchen!«, denkt er, und öffnet seine Tasche, um seinen Begleiter an seiner statt durch die Öffnung fliegen zu lassen. Rasch umgeht Adrian die Mariensäule und folgt dem Falter auf seiner Spur durch die Innenstadt und auf *seinem* Weg hinauf auf die Michaelsanhöhe. Der Schmetterling fliegt in verspielter Unbekümmertheit von einem Gesims zum anderen und weist ihm den Weg, landet auf einem Hausvorsprung und nimmt als Nächstes auf einem der Bögen am Beginn der verzauberten Školní Gasse Platz. Hinter seinem Lotsen nacheilend, sieht Adrian plötzlich den Turm des Rathauses majestätisch über seine Stadt aufragen.

»Zum Greifen nah und doch so fern!«, denkt er bei diesem Anblick und fühlt, wie nahe und unerreichbar Markéta für ihn in dieser Stunde des Abschiednehmens ist.

Der Schmetterling fliegt unberührt weiter, flattert hinüber auf den Laubengang des Priesterseminars, um einen Augenblick später zu Füßen der Statue *Salvators mundis* auf seinen Schützling zu warten.

Auf den Spuren des Schmetterlings zieht die Stadt Adrian in ihren Bann. Der Falter führt ihn von einem ihrer Kleinode zum nächsten, setzt seinen Weg unbeirrt fort, fliegt hin zur Statue des Heiligen Florians, besucht den zierlichen französischen Balkon am nördlichen Ausläufer des Žerotín Platzes und lotst ihn vorbei an den stuckverzierten Fassaden der alten Häuser, wartet da und dort auf den Ornamenten eines Fensters auf ihn und begibt sich trotzdem zielstrebig zur schlichten Kapelle des Heiligen Johannes Sarkander.

Erst hier bemerkt Adrian, wohin ihn der Schmetterling führen möchte: zurück zum Ausgangspunkt seiner Irrwege, zurück zu seinem Hotel gleich gegenüber der Theologischen Fakultät der Palacký Universität.

Kaum am Zielort seiner Reise angekommen, verlässt Adrian nach einer halben Stunde sein gerade bezogenes Zimmer, um bei einem ersten Spaziergang die Stadt zu erkunden. Bevor er aufbricht, wendet er sich an die Rezeptionistin, die sich seiner Anliegen gerne annimmt, ihm den Weg ins Zentrum auf den Oberring erklärt und ihm eine Karte mit den Olmützer Sehenswürdigkeiten aushändigt. Zuvorkommend oder auch nur geschäftstüchtig nimmt die Dame an der Rezeption die Gelegenheit wahr und weist Adrian erneut auf die Annehmlichkeiten des Hotels hin:

»We will fulfill all your wishes!«

In den vergangenen Tagen grüßt Adrian die Dame an der Rezeption bei jedem Zusammentreffen freundlich und sie begegnet ihm stets mit dem strahlenden Lächeln, das er kennenlernt, nachdem er die von ihr in Englisch gestellten Fragen in der Landessprache zu beantworten versucht – und endlich begreift er, warum ihn der Schmetterling jetzt hierher zurückbringt.

»Let me see!«, antwortet die Rezeptionistin auf seine Frage, ob sie ihm eine Bitte erfüllen und etwas für ihn übersetzen könne. Erleichtert über ihren Tatendrang kramt Adrian sein Reisetagebuch hervor.

Die Empfangsdame blickt auf, aber er beruhigt sie sofort, denn es sei nicht alles zu übersetzen, nur diese wenigen Zeilen auf dieser einen Seite, blättert er zu seinen Abschiedsworten, die der Schmetterling seiner Feder während des Mittagessens diktiert.

»Motýl«

Schmetterling schreibt sie, ohne zu zögern, mit einem Bleistift neben die Überschrift der Tagebuchseite. Danach hält sie inne. Seine Handschrift zu entziffern fällt ihr deutlich schwerer, als sich mit ihm in Englisch zu unterhalten. Wäre der Text in ihrer Muttersprache, sie könnte dem Buchstabensalat mit Mühe seine Bedeutung entlocken, gepaart mit der zu lesen ungewohnten Sprache wird Adrians Schrift jedoch zur Chiffre.

»It's the end of a sad, sad story!«, trennt er eine Reinschrift seiner Zeilen aus dem Reisetagebuch heraus und übergibt sie der Empfangsdame mit einem Wort des Dankes. Zurück auf seinem Zimmer legt sich Adrian gedankenversunken auf sein Bett. Auf der dunklen Holzdecke über sich sieht er seine Abschiedszeilen wie eingebrannt vor sich stehen, beginnt die versöhnenden Worte an Markéta zu lesen und beschließt sie mit den besten Wünschen für ihre Zukunft. Zwischen den Zeilen hört er die aufrichtige Dankbarkeit heraus, die er für jeden mit ihr verbrachten Augenblick empfindet und tief in seinem Herzen bewahren möchte! Er sieht den Schmetterling bereits mit seiner Botschaft durch die Stadt zu Markéta fliegen und fällt dabei in einen leichten Schlummer. Das Rascheln eines Kuverts, das jemand unter der Zimmertür durchschiebt, weckt ihn aus seinem Halbschlaf. Adrian richtet sich auf, nimmt den Briefumschlag an sich und setzt sich damit an das Tischchen am Fenster, wo der Schmetterling auf seinen Auftrag wartet.

»Dear Adrian, you are a very nice, smart and handsome man. Please, don't be sad, be happy! You are a wonderful person!«, liest Adrian die Worte am Ende der Übersetzung. Darunter steht ein Name in schnörkelloser Schrift.

»So heißt Du also. Vielen Dank für deine Hilfe, Ester!«,

Mit einem feuchten Schimmer in seinen Augen beginnt Adrian, die Übersetzung auf einen Bogen Briefpapier abzuschreiben. Unter der Feder reiht sich behutsam Buchstabe an Buchstabe, formen sich Worte in einer fremden Sprache, von denen er einzelne erkennt, ohne jedoch den Text in seiner Gesamtheit übersetzen zu können. Er beginnt zu verstehen, was er in der Erstfassung seiner Abschiedsworte vermisst und er beobachtet erstaunt, wie Markéta plötzlich in seinen Zeilen erwacht!

Er durchlebt erneut, wie sie sich bei ihrem ersten Aufeinandertreffen voneinander verabschieden, wie ihre Augen dabei aufleuchten, er ihre Aura das erste Mal wahrnimmt und wie diese Strahlen sie immer umgeben, wenn sie sich wiedersehen. Er spürt die Wärme ihres Körpers, erlebt aufs Neue, wie sie ihn alleine mit einem flüchtigen Blick aus der Wüste seiner Einsamkeit befreit – die Zeilen vor ihm sind nicht länger einfach Worte, sie sind Markéta ein Denkmal, sind alles, was seine Freundin für heute und immerdar für Adrian bedeuten soll. Seine Abschiedszeilen sind mehr als ein Lebwohl, sie sind ein Symbol und sind die Einlösung eines Versprechens!

Der Schmetterling steht kurz vor dem Ende seiner Reise, vor einem Abschied, der so viel Schmerz auf seinem in Jahren gemessenen Wegesrand hinterlässt und der doch niemanden wehtun, niemanden überfordern soll. Adrian möchte mit seinem Besuch in Olmütz den Blick in eine ferne Zukunft richten, für sich und Markéta den Aufbruch dorthin erst ermöglichen. Sein Weg ist ein Ankommen, wie die Reise in ihre Heimatstadt für ihn und wie der Flug durch die Stadt der Blumen für seinen Schmetterling einem nach Hause kommen gleicht.

Obwohl das Ziel dasselbe ist wie zwei Tage zuvor, verlässt Adrian das Hotel heute mit einem leichterem Gefühl – und auch die Richtung, die er einschlägt, ist nicht dieselbe: Nicht durch die Parks und um den historischen Stadtkern herum fliegt ihm der Schmetterling voran, sondern auf der kürzesten Strecke entlang des Konvikts der Jesuiten, vorbei an der Maria Schnee Kirche und dem Tritonenbrunnen auf dem Platz der

Republik, geht es den steilen Hügel neben der Spitalskaserne hinunter zu Markétas Atelier in der alten Militärbäckerei. Wie unweit sind die Wege mit einem klaren Ziel vor Augen, und wie lange winden sich Weglinien entlang einer Unsicherheit. Schon stehen Adrian und der Schmetterling ein zweites Mal vor dem alten Backsteingebäude. Die Fassade ist bis weit hinauf in das erste Obergeschoß von Efeu umwachsen, nur die Fenster sind frei und blicken heraus auf den menschenleeren Innenhof und hinab auf das Kopfsteinpflaster. Nach endlosen Umwegen in den Wirren ihrer Ungewissheit sind sie am Ende in *ihrer* Idylle inmitten der Stadt angekommen, ein Reisender und sein Schmetterling.

Adrian atmet durch.

Wie um an die Tür zu klopfen, erhebt er seinen Arm, zögert einen Moment und beginnt nachzudenken. In seinem Nachsinnen legt er schließlich die flache Hand, behutsam und zärtlich, auf die Holztür. Nur eine Tür ist zwischen Adrian und Markéta, bloß einige Bretter aus Holz trennen ihre beiden Welten, ein einziger Handgriff und ein Schritt stehen zwischen ihm und ihr, zwischen mit Dank erfüllter Erinnerung und quälender Ungewissheit, zwischen einem *Auf Wiedersehen* und einem *Lebwohl*, die beide das Gleiche bedeuten könnten. Aber Adrian sieht keine Tür vor sich, er blickt durch sie hindurch. Markéta und ihr Strahlen und Leuchten offenbaren sich ihm, er spürt ihre Wärme, ihre Herzlichkeit und legt dankbar für diesen kurzen Augenblick und in respektvoller Ehrerbietung sein Abschiedsgeschenk mitsamt der Abschiedsworte auf den Treppenabsatz vor dem Eingang des Ateliers.

»Wer einen Schmetterling liebt, lässt ihn fliegen!«

Die plötzliche Ruhe überrascht Adrian. Der Schmetterling sitzt auf seiner Blüte in der Stadt der Blumen, ruht vor dem Atelier einer Perle, die er hier in der Hanna findet, und die Olmütz ihr Zuhause nennt. Seit Jahren, seit Markétas letzter Ausstellung in seiner Heimatstadt, hört Adrian das Flattern der Schmetterlingsflügel erstmals nicht länger.

Er ist diese Stille, er möchte fast sagen, diese Leere um sich nicht gewohnt. Er ringt um einen versöhnlichen Abschied, wie er heute und in ferner Zukunft für ihre Freundschaft zu kämpfen bereit ist, alle Unwägbarkeiten auf sich nimmt und jegliche Sicherheit hinter sich lässt, ohne die geringste Hoffnung in fremde Länder reist, und dennoch ein Ziel, einen Platz findet, wo sein Schmetterling zur Ruhe kommen kann. Er selbst hingegen fühlt sich kraftlos und doch für jeden Wink des Schicksals gewappnet.

»Seltsam!«, denkt er und folgt langsam seinen eigenen Spuren, die er zwei Tage zuvor hinterlässt – hinauf auf die Wenzelsanhöhe, hinüber zur Petersanhöhe, vorbei am Theresianischen Zeughaus und dem Erzbischöflichen Palais, die erst zusammen Zeugen ihrer Vergangenheit werden, und hinunter in den Bezruč Park.

»Mein Schmetterling hat das Ziel seiner Reise erreicht, aber findet er auch seine Bestimmung?«, seufzt Adrian.

Wie oft stehen Menschen mit dem Wunsch an einem Grab, ein letztes Wort mit dem Verstorbenen sprechen zu können? – Adrian kennt all die Fragen, die nie beantwortet werden. Und nur der Schmetterling wird erfahren, ob ihn Markéta aufnehmen kann, sich gar an seinem Leuchten, an seinem Farbenspiel erfreuen wird können und ob sie sich in Angesicht seines fröhlichen Flügelschlags mit einem Lächeln an eine andere Welt und an ein anderes Leben, an einen treuen Begleiter erinnern wird können!

»Bitte, lass es so sein, lass meine Reise nicht umsonst gewesen sein!«, lässt Adrian, ohne es zu bemerken, den Aufgang zur Villa Primavesi und das Henkertor hinter sich. Gleich unterhalb der Stadtmauer, weit weg vom ruhig dahinfließenden Mühlbach, der sonst hier seinen Weg begleitet, erreicht Adrian das Ende des Bezruč Parks. Dort, wo früher das Blasiustor, eines der ältesten Stadttore, den Zugang zur Stadt ermöglicht, findet er eine Freitreppe aus groben Stein vor, die hinauf in die Altstadt führt.

Im Zuge des Festungsausbaus unter Maria Theresia wird an der Stelle des Blasiustores ein Pulvermagazin errichtet, das vor annährend einem Jahrhundert wieder weichen muss. Über die steinerne Treppe erreicht Adrian einen Marktplatz, der an die Rückseite der Wirtschaftsgebäude der Kapuzinerkirche am Niederring angrenzt. Der Putz bröckelt an vielen Stellen von ihrer Mauer; und auch die drei Bäume inmitten des Rasens im Zentrum des Platzes können die Ödnis nicht aus dem Stadtviertel vertreiben. Auf dem dreieckigen Stadtplatz, lange Zeit der Mittelpunkt des protestantischen Glaubens, steht über Jahrhunderte die Kirche des Heiligen Blasius, die selbst die schwedischen Besatzer während des Dreißigjährigen Krieges für ihre Gottesdienste nutzen. Aber die Kirche wird vor weniger als zweihundert Jahren abgerissen und hinterlässt bis in die Gegenwart eine Leere, gegen die sich der kleine Blasiusplatz ebenso vergeblich wehrt wie Adrian.

»Wie wir bist Du längst vergessen, vergiss auch du!«, scheinen ihm die denkmalgeschützten Häuser entgegenzuschmettern, die rund um den kleinen Marktplatz östlich des Niederrings vollkommen abseits des städtischen Treibens stehen.

Traurig entfernt er sich vom Blasiusplatz, der nur mit seinem Namen an die schlichte, siebenseitige und aus rohen Steinen erbaute Kirche von einst erinnert. Je länger Adrian einsam durch die Stadt streift, desto mehr spürt er, wie er einen Teil von sich hier in Olmütz zurücklassen muss und wie ein Teil von ihm für immer verlorengeht.

Über den Niederring, vorbei am Jupiterbrunnen mitsamt seinem Adler, dessen Schrecken endlich verblasst, und entlang der Vorderseite der unscheinbaren Klosterkirche der Kapuziner führt ihn die Stadt zurück zu seinem Hotel. Am nächsten Morgen geht es für Adrian heimwärts Richtung Österreich. Die Zuversicht, mit der ihn Olmütz am ersten Tag seiner Reise empfängt und die ihm die Begegnung mit den beiden Missionarinnen erneuert, löst sich auf seinem Rückweg allmählich in ein Nichts auf.

Vor der Kapelle des Heiligen Johannes Sarkander werden seine Schritte langsamer. Sein Schmetterling ist angekommen, doch er fühlt, anders als erhofft, wenn auch kaum vernehmbar, weiterhin ein leises Unbehagen. Indem das Dunkel der Vergangenheit ihn umhüllt, fällt der Schatten der Zukunft auf ihn zurück.

Am Vortag beginnt er zur selben Zeit und mit dem Glücksgefühl, das ihm Megan und Mary schenken, voller Tatendrang an seiner Einladung für Markéta zu schreiben. Heute heißt ihn der Gang seiner inneren Uhr, stehen zu bleiben.

Links von ihm führt ein schmiedeeisernes Tor in den Vorhof der Kapelle des Heiligen Johannes Sarkander. Der Heilige Johannes Nepomuk auf der anderen Seite wendet ihm seinen Rücken zu, während in der Mitte des winzigen und mit Kopfsteinpflaster ausgelegten Hofes eine kupferfarbene Fontäne meterhoch in den Himmel ragt.

Ihre Spitze bildet ein wie Gold funkelnder Stern.

In der Nachricht, mit welcher Adrian seine Einladung für ein Abschiedstreffen ausspricht, erzählt er Markéta von seinen Plänen für den Rest seines Aufenthalts und mit welchem Zug er morgen Olmütz für immer verlassen wird.

Am Fuße der bronzenen Säule ragen zwei Muschelschalen aus Granitstein hervor, in deren Mitte sich das Wasser aus einer Quelle unterhalb der Kapelle sammelt. Der Springbrunnen, der jüngste der Olmützer Brunnen, wird nach dem Papstbesuch aufgestellt; sein Wasser aus der Quelle des Heiligen Johannes Sarkander symbolisiert das ewige Leben und soll allen Gläubigen Hoffnung spenden.

»Hoffnung ist wie ein Brief, der niemals ankommt!«, denkt Adrian und vergisst auf den Schmetterling, der vor ihrem Atelier auf Markéta wartet und seine Abschiedsworte an sie überbringen soll.

Er blickt auf den Goldstern auf der Spitze des Brunnens, wie er über der Heiligenstatue und den Häusern auf der anderen Straßenseite am Himmel steht.

»Der Flug des Schmetterlings! – vielleicht kommt Markéta morgen zum Bahnhof! Vielleicht bricht der Schmetterling den Bann und vielleicht findet er einen Weg der Versöhnung! Ja, vielleicht findet er seine Bestimmung, unsere Freundschaft zu bewahren!«, keimt im Angesicht der Lebenswasserfontäne ein Stück Hoffnung in Adrian auf. Er fühlt sich von der Stadt verstanden, sie liest seine Wünsche und Sehnsüchte aus seinen Schritten und lenkt ihn auf ihren Pfaden.

Am Gehweg neben der Kapelle sind die Frostschäden des letzten Winters noch deutlich am Kopfsteinpflaster erkennbar; einzelne Steine liegen lose auf der Straße. Adrian kniet nieder und legt seine Hand auf die Wunden der Stadt. Die Straße bittet ihn darum und fordert ihn auf, einen Pflasterstein an sich zu nehmen – als ein Geschenk der Stadt!

Der Stein kann die Leere, die der Schmetterling in ihm hinterlässt, nicht füllen, aber er ist Erinnerung, ein Andenken, etwas, das bleibt, etwas Beständiges, fühlt sich an wie eine Umarmung zum Abschied oder wie ein Gedanke an einen Freund! Adrian nimmt den faustgroßen Stein in seine Hand, stampft die anderen Pflastersteine mit seinen Füßen fest und wickelt das Geschenk der Stadt in ein Tuch, um es in seine Tasche stecken zu können.

»Danke, Olmütz! Und vielleicht kommt Markéta morgen tatsächlich zum Bahnhof und wir sagen uns persönlich Lebwohl!«, betritt Adrian mit einem versöhnlichen Gedanken sein Hotel. Ester, die Rezeptionistin, sieht er nicht an ihrem Platz hinter dem Empfangstresen.

»Hoffentlich ist sie morgen an der Rezeption. Ich muss mich unbedingt von ihr verabschieden!«, schärft sich Adrian ein und vertraut sich für eine letzte Nacht in Olmütz der Ruhe seines Hotelzimmers mit Blick auf die Kapelle des Heiligen Johannes Sarkander an.

»Gute Nacht, Olmütz, und danke für alles!«

ABSCHIED

Am nächsten Morgen erwacht Adrian aus einem seltsamen Traum, müde und fassungslos. Die dunkle Holzdecke scheint ihn zu erdrücken und droht ihn zu ersticken. Eilig ergreift er nach der Morgentoilette seine am Vorabend gepackte Reisetasche und begibt sich nach unten ins hoteleigene Restaurant, um ausgiebig zu frühstücken, bevor er seine Heimreise antreten muss. Während des Frühstücks denkt er mit jedem Bissen über seinen Traum nach und stellt sich die Frage, was wäre, wenn Ramona recht hätte und seine Freundschaft zu Markéta nur ein Trugbild, wenn alles Einbildung, Illusion oder gar eine Lüge wäre. Adrian beginnt an sich und seiner Wahrnehmung zu zweifeln. Er kennt diese Gedanken nur allzu gut, sind dieser Schmerz und diese Ungewissheit doch der Ausgangspunkt seiner Reise, die ihm so viel über seine Freundin und ihre Heimat, über sich und seinen Glauben an Freundschaft entdeckt.

»Ich werde Dich immer lieben, Markéta!«

Markéta wird für ihn immer diejenige bleiben, die die Initiative ergreift und die ihn nach seinen Besuchen in ihrer Galerie zu einer ersten Verabredung abseits ihrer Geschäfte einlädt. Sie wird immer diejenige bleiben, die ihm unbedingt ein Abschiedsgeschenk machen möchte und ihr letztes Treffen vorschlägt. Und sie wird immer diejenige bleiben, die Adrian Fenster öffnet, ihn aus seinem Kokon der Einsamkeit herausblicken lässt und ihn in so vielen anderen Augenblicken ins

Leben zurückholt und ihm ein Gefühl schenkt, das er für keinen Reichtum dieser Welt eintauschen möchte!

»Nein, meine Freundschaft zu Markéta kannst Du mir niemals nehmen!«, verscheucht Adrian seinen Traum.

»Blicke lügen nicht, ihre warme Stimme lügt nicht!«, zeigt sich ihm seine Wertschätzung für Markéta ungebrochen. Sie bleibt ebenso Teil seiner Erinnerung wie der Schmerz, der daraus entsteht.

»Markéta, ich glaube, wir verwenden bloß unterschiedliche Worte und wollen doch das Gleiche. Bitte komm heute zum Bahnhof!«, beschließt Adrian seine Gedanken mit einem Stoßgebet und begibt sich zur Rezeption, um seine Rechnung zu begleichen und sich von der Stimme seines Schmetterlings zu verabschieden. Ester, die Rezeptionistin, begrüßt ihn mit einem Lächeln, das er vermissen wird.

Taktvoll erkundigt sie sich nach Markéta.

»You know, I just hope, she doesn't think too bad of me.«

»Why should she do so?«

Adrian schweigt bedrückt. Er weicht den Blicken Esters aus und senkt seine Augen, vor denen es im gleichen Augenblick dunkel, fast schwarz wird. Die vielen Irrwege der letzten Tage und der Wirbel seiner Gedanken, der alle Farben absorbiert, drängen sich bei dieser Frage in sein Bewusstsein. Was bleibt, ist Finsternis, eine fast undurchdringliche Schwärze, und eine Wand aus Missverständnissen, die Adrian ins Stottern bringt.

»I know ... There is a light that never goes out!«, sagt er nur.

»Did you know, Ester, the prettiest and nicest women are living in Olomouc?«, lenkt Adrian von ihrer Frage ab. Ester lächelt verständnisvoll und ergreift, zärtlich und warm, seine Hände, die fest ineinander verschränkt auf der Theke liegen.

»It would be nice to welcome you again in Olomouc.«

Sie erzählt Adrian von der geplanten Erweiterung des Hotels, das sich wie beinahe die ganz Stadt in einem Umbruch befindet. Olmütz erneuert sich, sei noch immer mit dem Erbe des Kommunismus beschäftigt, berichtet sie, und die Stadt soll für die bevorstehenden Gedenkjahre in jenem Glanz erstrahlen, dem sie ihren Beinamen verdankt.

»No thanks, I have to say goodbye to the city!«, antwortet Adrian auf ihre Frage, ob sie ihm einen Wagen rufen soll, da der direkte Weg zum Bahnhof wegen Arbeiten an den Straßenbahnschienen gesperrt sei.

Adrians Plan ist ein anderer.

Er möchte sich von der Stadt, ihren Straßen und Häusern mit einem Spaziergang verabschieden, an dessen Ende ihn hoffentlich Markéta erwartet.

»Na shledanou!«

»Sbohem!«, verabschiedet er sich mit einem *Lebwohl* auf Esters warmherziges *Auf Wiedersehen*. Denn so gerne Adrian die Stadt, Ester und vor allem Markéta wiedersehen möchte, wie willkommen er bei einem weiteren Besuch in Olmütz sein würde, wird er erst wissen, wenn er die *Perle der Hanna* heute verlässt.

Nach dem freundschaftlichen Abschied von Ester obliegt es ihm noch, sich von seinem treusten Wegbegleiter während der vergangenen Tage zu verabschieden. Wie bei seinem ersten Erkundungsgang wendet er sich, kaum dass er aus dem Hotel heraustritt, dem Zentrum zu. Bevor er dem Heiligen Johannes Sarkander ein letztes Mal mit einem Kopfnicken die Ehre erweist, blickt er hinauf zur Michaelskirche. Am Himmel verbirgt eine dünne Wolkendecke die Sonne. Der Morgen ist kalt und trüb, der Weg zum Oberring kurz. Stolz blickt Cäsar auf seinem Pferd im Brunnen vor dem Rathaus die Michaelsanhöhe hinauf. Adrian bleibt dort stehen, wo die Straße in den Oberring mündet. Er genießt die morgendliche Ruhe und beobachtet wie sich das Baugerüst vor dem Haus der Stadtverwaltung in ein Nichts auflöst: Der Stadtplatz, das Rathaus mit seinem schlanken Turm, die Turmuhren und darüber die offene Galerie, ragen unverhüllt vor ihm auf – Adrian atmet tief ein und sieht die Szene seiner eigenen Skizze auf der Frühstücksserviette vor Augen.

Langsam betritt er den Oberring, geht vorbei an all den schönen, alten Häusern, vorbei am Haus *Zum Goldenen Stern*, vorbei am Haus *Zum Schwarzen Hund*, hinüber zu einer der ältesten Apotheken Mährens im Haus *Zum Schwarzen Adler*, weiter zum Dietrichstein Palais und zum Palais Edelmann. Er wendet sich um und erblickt den Herkulesbrunnen, der ihn an seine ausgefochtenen Kämpfe erinnert, sieht dahinter den Rathausturm aufragen und daneben in ihrer Wandnische die Astronomische Uhr – wenn die Renovierung des Rathauses erst abgeschlossen sein wird, stellt es die stolzen Häuser mit all ihren Wappen und Geschichten weit in seinen Schatten und einzig die *Dreifaltigkeitssäule* zwischen dem Salm Palais und dem Palais der Petráš Familie wird sich mit seinem Glanz messen können! Das Mährische Theater, das Haus *Zu den drei Wappen*, in dem Matthias Corvinus, Friedrich von der Pfalz und Kaiser Ferdinand I. zu ihren Zeiten verweilen, säumen Adrians Weg. Vorbei am Arionbrunnen und am Haus *Zum Goldenen Ring* erwartet ihn sein Freund, der goldene Hirsch.

Es ist ein ruhiges Aufeinandertreffen; die Stadt und ihre steinernen Bewohner sprechen heute nicht mit ihm, aber nicht, weil sie nicht mit ihm reden möchten, sie seiner überdrüssig sind oder sie ihm bereits alles gesagt hätten, denn nein, Olmütz, mit seiner langen Geschichte, von der Adrian in den letzten Tagen so viel und doch viel zu wenig erfährt, hätte noch so viel mehr zu erzählen, noch so viel Weisheit mit ihm zu teilen, dass die Stunde des Abschieds einfach zu kurz dafür erscheint.

Der Abschied ist leise und freundlich – und ist wehmütig.

Vom Niederring begibt sich Adrian wieder hinauf zum Žerotín Platz auf der Michaelsanhöhe. Er kann nicht anders, möchte sich der Anziehungskraft, selbst wenn er könnte, nicht entziehen, die der Zauber des kleinen Platzes inmitten der Altstadt auf ihn ausübt. Der Blick von hier über die liebliche Školní Gasse hinweg auf den majestätischen Rathausturm zieht ihn magisch an.

Adrian atmet die morgendliche Stille genussvoll ein.

Ein Seufzen entringt sich seiner Brust und in seinem Inneren entsteht mit dem gleichen Atemzug ein Gemälde für die Ewigkeit.

»Bitte, lieber Rathausturm, Wächter der Perle der Hanna, gib acht auf meinen Schmetterling!«

Die Stadt ist zu weise und zu reich an Erfahrungen, um dem Kompliment Adrians zu erliegen; auf dem Weg zum Henkertor zeigt sie ihm ihre Wunden, Häuser, die bessere Zeiten kennen und die später nur durch die Arbeit vieler Hände wieder zu strahlen lernen. Seiner Bitte wird sie nachkommen, fühlt sich Adrian versichert und verlässt die Altstadt durch das Tor der Geächteten hinunter in den ruhigen Bezruč Park.

Schweigend und menschenleer empfängt ihn der Park.

Die sanfte Ruhe greift auf sein Innerstes über und lässt seine Schritte augenblicklich saumselig werden; der Mühlbach fließt unaufgeregt in seinem Bett; die Sträucher entlang der Stadtmauer zeigen dem Himmel ihre Blüten; darüber erwacht der Morgen in den ehrwürdigen Gebäuden der Jesuiten und das leise Rauschen der Äste wiegt Adrian in Sicherheit.

»Wie rasch die Stadt mir doch vertraut geworden ist.«

Adrian freut sich über den ersten zarten Sonnenstrahl, der sich durch die dünne Wolkendecke über der Hanna kämpft. Er schlendert durch den Park, vorbei an den anderen Stadttoren und am hölzernen Glockenturm, vorbei an einem verwitterten Baumstamm, der jetzt als Sitzgelegenheit dient, vorbei am Mausoleum und dem fast zwischen den Bäumen versteckten Denkmal Petr Bezručs.

Die Harmonie und Eintracht, die Natur und Stadt hier vorleben, beschert Adrian einen Schauer des Entzückens, er geht gemächlich vorbei an Sträuchern und einem Blumenbeet, vorbei an den Statuen des Herkules, die ihm auf seiner Flucht als erste wieder etwas Halt zu geben vermögen, und vorbei an einem alten, übermannshohen Baumstumpf, einem Mahnmal der Vergänglichkeit, und verlässt mit diesem Gedanken den liebsten seiner Parks in Olmütz mit einem Gefühl von Dankbarkeit und einem Gefühl von Geborgenheit – und mehr noch, mit einem Verständnis für Heimat.

»Leb wohl!«

Einzig der Mühlbach, den er bald auf dem Weg zum Bahnhof und in Richtung der aufgehenden Sonne überqueren muss, begleitet ihn noch ein Stück. Auf der Brücke wendet sich Adrian um und wirft einen letzten Blick zurück in die Altstadt. Er wird sie niemals wieder betreten können, wenn nicht …

Adrian seufzt auf.

Aber wie er schon von Ester weiß, ist die Straße ins Zentrum bereits für die Arbeiten an den Straßenbahnschienen gesperrt. Und noch etwas ist anders an diesem Morgen. Unscharf, doch eindeutig zu erkennen, ragt in der Mitte der Einfahrtsstraße das alte Burgtor auf – dasselbe Tor, durch welches das Zigeunermädchen seinem Verderben entgegenläuft und das erst drei Jahrzehnte bevor die Schienen für die erste Straßenbahn verlegt werden, abgetragen wird. Die Stadt ist sich dieser und anderer Ereignisse, ist sich ihrer wechselhaften wie stolzen Vergangenheit bewusst. Ihr Erinnerungsvermögen überdauert selbst die systematische Unterdrückung während der Zeit des Kommunismus: Die eigene Geschichte, der eigene Glaube, sogar das eigene Selbstverständnis – alles muss damals für das Kollektiv aus dem kollektiven Gedächtnis verbannt werden.

Der nachlässige Umgang mit archäologischen Funden im Stadtgebiet, wie einst bei der mittelalterlichen Rotunde nahe der Moritzkirche, ist Ausdruck dieser Selbstverleugnung und darf sich nicht wiederholen, bangt die Stadt um ihre Wurzeln, wenn die Arbeiter in den nächsten Wochen die Fundamente ihres Burgtores entdecken werden. Die Stadt aber kann sich dem, was kommt, nicht entziehen, muss sich ihren Bürgern anvertrauen, denn der Mensch, als Träger der Zeit, bestimmt die Wechsel der Geschichte und nur das Schicksal, als Zeichen der Bestimmung, lässt irgendwann zutage treten, was der Einzelne aus seiner Erinnerung verdrängt.

Die Annalen der Stadt und ihrer Bewohner berichten einem weniger orientierungslosen Besucher womöglich von anderen Geschehnissen als denjenigen, denen Adrian in den letzten Tagen mit jedem seiner Schritte begegnet. Er wird sie trotzdem nicht vergessen, wird den Irrflug seines Schmetterlings durch Mähren und Olmütz nicht vergessen, wird nicht vergessen, was Teil seiner Lebensgeschichte bleiben wird, solange das Andenken an seine Reise nicht verblasst. Unförmig und kalt, eingewickelt in ein weiches Tuch, wiegt der faustgroße Pflasterstein, das Abschiedsgeschenk der Stadt, in seiner Reisetasche nicht schwerer als das leise Pochen der Zeit. Vergangenheit, Gegenwart und Zukunft überdauert der Stein nicht bloß, er vereint sie in sich und wird für Adrian zu einem Denkmal, wie ein anderes Bildnis plötzlich seine Aufmerksamkeit auf die rechte Straßenseite lenkt.

»Das ist mir bei meiner Ankunft gar nicht aufgefallen!«

Vor dem lang gezogenen Gebäude der Pädagogischen Fakultät der Palacký Universität, das von zwei ebenso hohen Seitenflügeln eingeschlossen wird, dominiert ein Denkmal Tomáš Masaryks den weiten Vorplatz. Die Statue des ersten Präsidenten der Tschechoslowakei fasst mit ihrer Geschichte den langen Kampf des tschechischen Volkes für seine Unabhängigkeit in einem einzigen Monument zusammen. Bereits kurz nach dem Zusammenbruch der Monarchie und der damit einhergehenden Gründung eines eigenen Staates für die Nation der Tschechen und Slowaken findet die Idee für das Denkmal zu Ehren Tomáš Masaryks Zuspruch.

Aus einfachsten Familienverhältnissen abstammend erhält Tomáš Masaryk, Sohn eines Kutschers und einer Köchin auf kaiserlichen Gütern, wie von unsichtbarer Hand gefördert, die Aussicht auf die bestmögliche Bildung. Und er ergreift sie, versteht sie zu nutzen, studiert in Wien und Leipzig. Als promovierter Philosoph vermittelt er im hitzigen Streit um die Authentizität der Grünberger und der Königinhofer Handschriften und verweist mit Stolz darauf, dass die Tschechen nicht auf eine erfundene Vergangenheit angewiesen sind. Im Reichsrat in Wien vertritt er die Ideen für die Eigenstaatlichkeit der Tschechen und Slowaken. Seine Überzeugungen zwingen ihn, zu Beginn des Ersten Weltkrieges ins Exil zu gehen, wo er sich aus Genf, Paris und London maßgeblich an der Entstehungsgeschichte der Tschechoslowakei beteiligt, zu deren ersten Präsidenten er schließlich auch gewählt wird.

Trotz seines Ansehens und seiner über alle Zweifel erhabenen Integrität, selbst in den Augen der Minderheiten im neuen Staat, bleibt er mit seinen gemäßigten Ansichten isoliert. Das Schicksal des jungen Staates erlebt Masaryk, der mit Deutsch als Muttersprache aufwächst, ebenso wenig wie die Errichtung seines Denkmals. In der Zwischenkriegszeit fehlen die finanziellen Mittel, sodass die Statue, die Masaryk in einen Mantel gehüllt und in einen schlichten Anzug gekleidet mit Hut und Dokumentenrolle in den Händen zeigt, erst nach dem Ende des Zweiten Weltkriegs aufgestellt werden kann. Und obwohl die Kommunistische Partei das Denkmal wenige Jahre später zerstört, begrüßt Tomáš Masaryk, würdevoll und aristokratisch wie vor dem Eingang der Fakultät steht, heute wieder Tag für Tag die Studenten der Palacký Universität, empfängt die gleichen jungen Menschen im Geiste, die seinen Kampf um die Freiheit für die tschechische Nation, den er mit Ausgang des Ersten Weltkrieges schon gewonnen glaubt, neuerlich aufnehmen müssen und gegen die deutschen Besatzer in der Hauptstadt Prag protestieren.

Der Protest wird blutig niedergeschlagen.

Das Datum des Aufstandes bleibt jedoch unvergessen, wird als Tag des Kampfes für Freiheit und Demokratie weiterhin im ganzen Staat zelebriert. Am Gedenktag, fünfzig Jahre nach den Studentenprotesten gegen die deutschen Besatzer, nimmt an gleicher Stätte in Prag die Samtene Revolution ihren Anfang, als wieder eine Demonstration von Studenten brutal und mit zahlreichen Verletzten aufgelöst wird. In direkter Folge der Gewalt gründet sich das Bürgerforum, nicht aber um sich der

174

Willkür entgegenzustellen, sondern um den Dialog mit den Machthabern zu suchen – einen Dialog, der endlich zur immerwährenden Freiheit für Tschechien und zum Beginn einer neuen Zeitrechnung ohne Fremdherrschaft und einer Zeit der persönlichen Freiheit führen soll. Und was mit Kampf über lange Jahrhunderte nicht erreicht wird, entsteht in diesen Tagen aus der Kraft der Worte und der Vernunft.

Nicht vier Jahre nach dem jähen Ende der kommunistischen Herrschaft und nur wenige Wochen nach der einvernehmlichen Auflösung der Tschechoslowakei enthüllt Václav Havel, Mitbegründer des Bürgerforums und nunmehr erster Präsident Tschechiens, die Statue seines Vorgängers, dem er in seiner Gesinnung als Wegbereiter für eine deutsch-tschechische Aussöhnung folgt.

Was ein Menschenleben beinahe überdauert, ist ein Atemzug für die Geschichte und nicht mehr als ein einziger Schritt auf Adrians Weg durch Olmütz. Der Žižka Platz mit dem Denkmal Tomáš Masaryks wird im Osten von der Straße des 17. Novembers begrenzt. Der Straßenname erinnert an die Studentenproteste in Prag und damit an jene Proteste, deren Gedenken später den Beginn der Samtenen Revolution einleiten. Einer Revolution, die Tschechien dem Griff des Staatssozialismus entreißt und in die Freiheit führt, wie die Straße des 17. Novembers südlich der Altstadt nahtlos in die Straße der Freiheit übergeht. Die Stadt und ihre Straßen, ihre Plätze, Häuser und Denkmäler sind Spiegel ihrer Vergangenheit, geben wie ein Buch den Blick auf ihre Geschichte frei und offenbaren dem achtsamen Besucher die Lehren ihres Werdens.

In Gedanken versunken versucht Adrian, die Botschaft der Stadt zu entziffern und überquert dabei die March, den Namensgeber Mährens. Auch der Fluss scheint ihm ein Wegweiser sein zu wollen und fließt ihm voraus nach Österreich. Doch seine Schritte nehmen eine andere Richtung, folgen weiter der Straße geradewegs zum Bahnhof.

Olmütz lässt ihn noch nicht gehen.

Die Stadt zieht den Ring ihrer Häuser enger und zeigt ihm zum wiederholten Male ihre ungleichen Gesichter. Links sieht Adrian Gebäude, die ihn an die Gründerzeit in Wien erinnern, rechts säumen Block für Block gesichtslose Wohnhäuser die Straße – zwei Seiten der gleichen Straße, zwei Seiten der gleichen Stadt, die ihr Selbstverständnis in den letzten Jahrhunderten einem steten Wandel, ungezählten Kriegen und einer Vielzahl an Herrschern und Systemen unterordnen muss und die sie doch allesamt überdauert. Olmütz begegnet ihrer Geschichte ohne ein Kapitel ihrer Vergangenheit zu verleugnen. Die Stadt vereint die Hinterlassenschaft der Könige wie der deutschen Siedler, der Kirchen und Ordensbrüder wie der Habsburger und der Kommunisten, sie verliert Schlachten und übersteht Kriege, trotzt der Willkür und manch anderer Geißel der Menschheit.

Ihre Freiheit bedeutet ihr das Wohl ihrer Bürger – und ihre Bewohner danken es ihr, egal ob sie Mährer, Tschechen oder Deutsche sind. Wie zuvor die Juden werden später die Nachkommen der deutschen Siedler, nunmehr unliebsame Gäste, aus ihrer Heimat vertrieben. Doch die Stadt bleibt bestehen, bleibt ein fester Bestandteil so vieler Erfahrungen, von erfreulichen und schrecklichen Geschichten – von Geschichten, von denen die Stadt in den letzten Tagen Adrian viele erzählt, und von denen sich ihm eine Vielzahl jetzt plötzlich wieder auf der Straße offenbaren und sich vor ihm übereinandertürmen. Stein für Stein erkennt Adrian, wie die Stadt wächst, wie sie Kriege verwüsten, wie sie sich aus ihren Ruinen erhebt und neu erblüht, wie ihre Bewohner sie zur Perle der Hanna werden lassen, und wie nur die schwächsten ihrer Machthaber ihre Vergangenheit verleugnen, die Fundamente ihrer Vorfahren gering schätzen und ihre hohen Monumente zerstören.

Freiheit bedeutet Verantwortung, der gerecht zu werden ein ebenso langer Weg ist, wie ein gewonnener Kampf nicht heißt, alles Gewesene auszulöschen, begreift Adrian, denn was wäre die Stadt ohne die Römer, ohne die alten Mährer oder die

Přemysliden, ohne die zahlreichen deutschen Siedler, ohne die Hussiten oder Matthias Corvinus, ohne die zahlreichen katholischen Orden oder die Protestanten und Schweden, ohne die Habsburger oder gar den Kommunisten?

Olmütz wäre eine andere Stadt.

Der Weg über die Feistritz, die Adrian nachdenklich überschreitet und die nur zweihundert Meter weiter flussabwärts als letzter der Olmützer Flüsse in die March mündet, wäre womöglich ein anderer, denn jede Geschichte zeitigt ihre Spuren. Selbst er verändert die Stadt und hinterlässt seine Zeichen, bringt mit dem Schmetterling ein Leuchten zurück, das *hoffentlich* die Leere überstrahlt, die sein Pflasterstein zurücklässt.

Alles andere würde er nicht ertragen

Adrian möchte nicht das Haus sein, das abgerissen wird, möchte nicht die Statue sein, die jemand umstürzt, möchte nicht die Kirche sein, die sie niederbrennen, möchte nicht der Stadtteil sein, den sie dem Zerfall preisgeben und der noch Jahrzehnte nach der Revolution so viele mit der Wiederherstellung beschäftigt. Er möchte nicht das Denkmal sein, das entweiht wird, möchte nicht in Vergessenheit geraten oder die schlechte Erfahrung sein. Er möchte nicht der Gedanke sein, der verbannt wird, möchte nicht derjenige sein, den *ihre* Erinnerung verleugnet. Nein, Adrian möchte viel mehr – und nur deswegen reist er nach Olmütz – ein Wort des Abschieds, ein Zeichen der Vernunft, ein Angebot und Freund sein, zumindest eine Anekdote sein, an die sich Markéta gerne erinnert.

Mit jedem Schritt hinaus aus dem Stadtzentrum nähert er sich seiner letzten Station, während weit vor ihm das kubische Gebäude des Bahnhofes in sein Sichtfeld rückt. Das Flügelrad über dem Dach lässt keinen Zweifel aufkommen, dass er sich seinem Ziel nähert. Bedächtig und widerwillig folgt er da dem Lauf der Straße. Erst vor wenigen Tagen, am Dienstagnachmittag, steht er voller Hoffnung unter diesen Schwingen, heute muss er seine Zuversicht dort begraben, wenn es auch dem Schmetterling nicht gelingt, seine Botschaft zu überbringen.

Je näher er der Bahnhofshalle kommt, desto unheimlicher erscheint sie ihm. Wie vor einem Grab bleibt er vor ihr stehen und senkt sein Haupt. Bei einem Begräbnis weicht der Blick zurück in die Vergangenheit, er hingegen späht weit in die Zukunft, erkennt ferne Tage und da erblickt er plötzlich Markéta vor sich. Wie in einem Traum steht sie vor ihm, zeigt sie sich ihm im Kreise ihrer Familie, mit einem liebevollen Mann und einem kleinen Mädchen an ihrer Seite. Das Antlitz ihres Begleiters gleicht jedoch der leeren Fläche eines Spiegels.

Mutig wirft Adrian einen Blick hinein.

Aber er erkennt weder sich noch einen anderen darin.

Der Spiegel bleibt gesichtslos, wird erst später dem Mann gleichsehen, der in Markétas Herzen das Glück pflanzen soll, das ihr Adrian so sehr wünscht! Und das Mädchen an ihrer Seite ist ihr Ebenbild, ihre Erfüllung, blüht voller Temperament und Güte, kommt ihm, wie es scheint, entgegen und verblasst schon wieder, als er einen treuherzigen Hund die kleine Tochter Markétas umspringen sieht.

»Markéta!«, ruft er und streckt seine Hand nach ihr aus.

Aber er schafft es nicht, das Bild festzuhalten.

Seine Vision verebbt auf den Wänden des Bahnhofsgebäudes so plötzlich, wie sie ihm erscheint. Er blickt um sich und sucht verzweifelt nach Markéta, sucht sie, bis er endlich in Grabesstimmung den Bahnhof betritt.

Vor Adrian öffnet sich ein letzter Abgrund.

Ein unsichtbarer Keil trennt die Zeit und lässt die Brücke des Abschiednehmens langsam auseinanderbrechen. Ihre Balken, sein Vertrauen in Markéta, seine Freundschaft und ungebrochene Zuversicht, stürzen tief hinunter in die Finsternis der Ungewissheit.

Adrians letzte Hoffnung stirbt.

»Markéta, ich verstehe Dich und vertraue Dir!«, möchten sein Mund, seine Lippen und Zunge seine Gedanken noch im Fallen zu Worten formen.

Doch seine Stimme versagt ihm.

Sie bleibt leise und bescheiden, gleicht seiner Freundschaft und Liebe zu Markéta, die niemals fordern. Seine Liebe ist seit jeher eine offene Tür, eine Einladung, ein Raum der Geborgenheit, ist *ihr* Freiraum, ist er selbst, seine Vergangenheit und Gegenwart und Zukunft. All seine Erinnerungen vereinen sich in ihm. Seine Erinnerungen, Spiegel seiner Vergangenheit, und seine Gedanken als Ausdruck seiner Gegenwart sind Zeichen seiner Gefühle und Wissbegierde, sind Sinnbild seines Selbst und seiner Zukunft, seines Lebens. Eines Lebens, das er liebt, und das er nicht nachträglich ändern kann oder will und niemals verleugnen wird können – das ist er sich und all seinen Wegbegleitern, das ist er *seiner* Markéta schuldig, denkt Adrian. Er lebt nicht im Gestern und nicht im Heute oder im Morgen – er lebt bloß sein Leben. Ein Leben, in dem sich alle Teile seines Wirkens, all seine Erinnerungen und Enttäuschungen gemeinsam mit all seinen Hoffnungen und Träumen zu einem Licht vereinen, denn er weiß, allein wo Licht scheint, findet sich auch Dunkelheit, und wie seine Liebe nicht vergeht, wandelt sich Licht zu Schatten.

Unbeachtet von den anderen Reisenden nimmt Adrian im Wartesaal des Bahnhofes Platz und versinkt in ein teilnahmsloses Starren. Traurig blickt er ins Leere.

Allmählich nur füllen sich seine Augen mit Tränen.

Die Schatten der Vergangenheit sind allgegenwärtig.

In wenigen Minuten wird sein Zug die Stadt verlassen und auf ein Licht vergessen, das seine Schatten weit über Grenzen werfen wird. Seine Abreise aus Olmütz fühlt sich für ihn nicht wie eine Heimreise an, denn vielmehr manifestiert sich in der Schwermut seiner Gedankenleere die Gewissheit, seinem einzig wahren Zuhause für immer den Rücken zu kehren. Missverstanden und heimatlos beginnt Adrian einsam und verlassen im Treibsand seines Lebens zu versinken.

»Sbohem, Olomouci!«, flüstert er noch.

»Sbohem, Markéto!«, erklingt von irgendwoher ein Echo in der Bahnhofshalle.

EPILOG

Langsam und behäbig erhebt sich der alte Vagabund. Auf der Suche nach etwas Halt stützt er sich auf die Schulter seines Gesprächspartners und steckt gleichzeitig die andere Hand in seine Tasche. Erst nach einer Weile findet er, wonach er darin sucht. Er zieht ein paar zerknüllte Geldscheine hervor und legt sie endlich unter sein leer getrunkenes Glas; nach diesem Gespräch mit seinem Sitznachbarn weiß er wohl, wofür er heute bezahlt.

Selbstzufrieden macht er sich auf den Weg aus dem Lokal und verlässt ohne ein weiteres Wort den jungen Anzugträger, der ihm vorhin noch Halt bietet und der jetzt wieder so einsam wie vor ihrer Unterhaltung am Tresen sitzt. Während der Wirt das Geld einstreicht, ergreift der Jüngling sein Glas und führt es mechanisch zu seinem Mund. Geistesabwesend stellt er es zurück und bemerkt dabei die Tabaksdose des Alten auf dem Tresen liegen.

Wie aus einem kurzen Schlaf erwacht dreht er sich um.

Angestrengt blickt er durch den Zigarettenrauch der Gaststätte und entdeckt den alten Vagabunden ausgerechnet neben der Eingangstür. Flink ergreift der junge Stutzer die Tabaksdose, eilt zur Garderobe und erreicht sie gerade in dem Augenblick, als sich der Alte seinen Mantel um die breiten Schultern legt.

»Du hast etwas vergessen.«

Die Blicke der beiden Männer treffen sich.

Wortlos wechselt die Tabaksdose ihren Besitzer.

Der alte Vagabund sieht seinem Gegenüber in die Augen und reicht ihm zum Abschied seine zerfurchte Hand.

»Danke.«

»Ich danke Dir.«

Beschämt blickt der jüngere der beiden Männer zu Boden.

»Pass auf, Du musst Geschichten erzählen, Du musst bald damit anfangen, deine eigene Geschichte zu erzählen. Und Du musst Dich so in die Geschichten anderer hineindrängen, dass sie es wollen, ja, es lieblich finden. Ansonsten, glaub mir bitte, stirbst Du ab wie ein Blatt vom Baum im Herbst.«

Mit diesen im Vertrauen gehauchten Worten verabschiedet sich der alte Vagabund und klopft seinem jungen Freund auf die Schulter, nimmt einen Ranzen vom Boden auf, der nicht weniger lumpenhaft anmutet als er selbst, und wankt damit ins Freie.

DER SCHMETTERLING

Im Mittagsgehölz, am Fuß eines Baumes,
traf mich ein Hauch und der Schlummer entschwand;
da saßen auch fest schon die Zillen des Traumes –
ein Falter mir wippt auf der Hand:
Bist Liebe, bist Glück du? Und mir willst du taugen?
Dort wandelt ein Paar in beseligtem Sinnen,
umgaukle sie beide, erfreu ihre Augen –
was sollt' ich denn mit dir beginnen?

Petr Bezruč, Schlesische Lieder, 1899

ANHANG

HANDELNDE PERSONEN

Adrian	ein Reisender
Anastasia	kränkliche Jugendfreundin Adrians
Bruno	Markétas verstorbener Hund
Ester	Rezeptionistin in Adrians Hotel
Gertraud	ehemalige Freundin Adrians
Markéta	freischaffende Künstlerin
Mary	schüchterne Missionarin der Mormonen
Megan	lebensfrohe Missionarin der Mormonen
Olga	unbekümmerte Freundin Adrians
Pavel	Markétas jüngerer Bruder
Ramona	Freundin Markétas, Zuzanas Schwester
Zuzana	Freundin Markétas, Ramonas Schwester

ZEITTAFEL

Datum	Ereignis
im 2. Jh.	römisches Heerlager
bis 5. Jh.	germanische Siedlungen
ab 7. Jh.	Ansiedlung der Slawen
ab 9. Jh.	Mährerreich
ab 11. Jh.	Přemyslidenstaat
1017	erste urkundliche Erwähnung
1059	Stadtmauer
1063	Bistum Olmütz
1077	Benediktiner
ab 13. Jh.	deutsche Siedler
1237	mit Vorstädten ca. 16 000 Einwohner
1240	Dominikaner
1241	Mongolen
1248	Königsstadt
1306	Ermordung des letzten Přemysliden
1314	Hauptstadt Mährens
1352	Magdeburger Stadtrecht bestätigt
1421–1422	Hussitenkriege
1422	Münzprivileg
1454	Ausweisung der Juden
1469	Krönung des böhmischen Gegenkönigs
1479	Frieden von Olmütz
1566	Jesuiten

Datum	Ereignis
1573	Universität
1599	Pest
1613	Kapuziner
1618–1648	Dreißigjähriger Krieg
1638	ca. 30 000 Einwohner
1642–1650	Schwedenbesatzung
1650	Abzug der Schweden, ca. 1 675 Einwohner
1655	Ernennung zur Festungsstadt
1716	nach Pest ca. 1 500 Überlebende
1740–1742	Erster Schlesischer Krieg
1754	Ernennung zur Reichsfestung
1756–1763	Siebenjähriger Krieg
1777	Erzbistum Olmütz
1781–1790	Josephinismus
1841	Eisenbahn
1848	Wiener Oktoberrevolution
1848	Kaiserkrönung
1866	Preußisch-österreichischer Krieg
1886	Aufhebung des Festungsstatus
1899	Straßenbahn
1900	ca. 22 000 Einwohner
1914–1918	Erster Weltkrieg
1918	Tschechoslowakei
1939	Universitätsschließung
1939–1945	Zweiter Weltkrieg
1945–1946	Aussiedlung der Deutschen
1946	Palacký-Universität
1968	Prager Frühling
1978	über 100 000 Einwohner
1989	Samtene Revolution
1993	Tschechien
1995	Papstbesuch
1997	Jahrhunderthochwasser
2000	zum Weltkulturerbe erklärt

WÖRTERBUCH

Tschechisch	Deutsch
a	und
Ahoj!	Hallo!
ano	ja
beletrie	Belletristik
bez	ohne
bilý	weiß
brána, branka	Tor, Pforte
cestování	Reise
čaj	Tee
černý	schwarz
Česnečka	Knoblauchsuppe
Děkuji!	Vielen Dank!
dětská literatura	Kinderliteratur
Díky!	Danke schön!
Do soboty.	Bis Samstag.
Dobrý den!	Guten Tag!
Dobré ráno!	Guten Morgen!
dolní	unterer
hora	Berg
horní	oberer
chtěl bych	ich möchte
Jsi to ty?	Bist du es?
kašna	Brunnen

Tschechisch	Deutsch
knihy	Bücher
kuchařky	Kochbücher
maminka	Mutter, Mama
Markéto	Anredeform von Markéta
Mate čas, prosím?	Haben Sie *(einen Augenblick)* Zeit, bitte?
med	Honig
mléko	Milch
Mluvíte německy nebo anglicky?	Sprechen Sie Deutsch oder Englisch?
motýl	Schmetterling
Na shledanou!	Auf Wiedersehen!
náměstí	Marktplatz
ne	nein
nebo	oder
Není zač.	Nichts zu danken.
novinky	hier: Neuerscheinungen
Olomouc, Olomouci	Olmütz, Anredeform
palác	Palast, Palais
Pardon, nerozumím.	Entschuldigung, ich verstehe nicht.
potok	Bach
Přejete si?	Sie wünschen?
prosím	Bitte
ruka	Hand
sady	Parks, Gärten
Sbohem!	Leb wohl!
Slezské písně	Schlesische Lieder
učebnice	Lehr-, Schulbücher
učit	lehren
učit se	lernen
zaplatit	bezahlen
17. listopadu	17. November
28. října	28. Oktober

PERSONENREGISTER

Arion – griechischer Sänger und Dichter des Altertums

Asklepios – griechischer und römischer Gott der Heilkunst

Benediktiner – von Benedikt von Nursia gegründete Ordensgemeinschaft; gründeten 1078 das Kloster Hradisch in Olmütz

Bezruč, Petr – eigentlich Vladimír Vašek; tschechischer Dichter der Schlesischen Lieder, 1899

Cäsar, Gaius Julius – römischer Staatsmann und Feldherr

Corvinus, Matthias – tschechisch *Matyáš Korvín*; 1458–1490 König von Ungarn und Kroatien; 1469–1490 Gegenkönig in Böhmen; schloss 1479 den Frieden von Olmütz

deutsche Siedler – auf Einladung der böhmischen Könige ab dem 11. und 12. Jh. in die Randgebiete Böhmens und Mährens eingewanderte Bayern, Franken, Obersachsen, Schlesier und Österreicher; später auch Binnenmigranten innerhalb der Habsburgermonarchie; nach dem Ende des Zweiten Weltkriegs wieder aus den historischen Ländern der böhmischen Krone vertrieben

Dominikaner – Anfang des 12. Jh.s von Domingo de Guzmán Garcés gegründete Ordensgemeinschaft; gründeten 1240 in Olmütz das Kloster auf der Michaelsanhöhe; Schließung des Klosters zur Zeit des Josephinismus

Entente – militärisches Bündnis im Ersten Weltkrieg zwischen England, Frankreich und Russland

Erben, Karel Jaromír – tschechischer Schriftsteller, Historiker und Sammler von Volksmärchen und Volksliedern

Ferdinand I. – 1531–1564 römisch-deutscher Kaiser, Erzherzog von Österreich; mit ihm fiel das Königreich Böhmen bis zur Entstehung der Tschechoslowakei durch Erbe an das Haus Habsburg

Ferdinand I. – 1835–1848 Kaiser von Österreich und König von Böhmen

Ferdinand III. – 1637–1657 römisch-deutscher Kaiser, Erzherzog von Österreich und König von Böhmen

Fleischmann, Johannes – siehe Johannes Sarkander

Florian – zum Christentum konvertierter römischer Offizier; 304 in Lorch bei Enns, Österreich, gestorben

Franz Joseph I. – 1848–1916 Kaiser von Österreich und König von Böhmen; in Olmütz zum Kaiser proklamiert

Franz Xaver – Mitbegründer des Ordens der Jesuiten und christlicher Missionar in Ostasien; 1622 heiliggesprochen

Friedrich II. – genannt *Friedrich der Große*; ab 1740 König in und ab 1772 König von Preußen; führte die Schlesischen Kriege gegen das Haus Habsburg und belagerte im Siebenjährigen Krieg Olmütz

Friedrich der Große – siehe Friedrich II.

Friedrich von der Pfalz – Führer der protestantischen Kräfte zur Zeit des Dreißigjährigen Krieges; als Friedrich I. 1619–1620 König von Böhmen

Georg von Podiebrad – tschechisch *Jiří z Poděbrad*; 1458–1471 König von Böhmen; konvertierte zu den Hussiten und war der erste nicht katholische König in Europa

Goethe, Johann Wolfgang von – deutscher Dichter; 1782 geadelt

Grimm, Jakob und Wilhelm – deutsche Sprach- und Literaturwissenschaftler; mit ihrer Märchensammlung als Brüder Grimm bekannt

Grünberger Allianz – 1465–1471 bestehender Zusammenschluss böhmischer Adeliger zum Sturz des böhmisches Königs

Habsburger – österreichisches Herrschergeschlecht; benannt nach ihrer Stammburg im Schweizer Kanton Aargau; auch Haus Österreich genannt

Havel, Václav – tschechischer Dramatiker, Menschenrechtsaktivist und Politiker; Angehöriger der Charta 77 und des Bürgerforums; erster Präsident der Tschechoslowakei nach Ende des Kommunismus und erster Präsident Tschechiens

Heinrich VII. – ab 1312 römisch-deutscher Kaiser aus dem Haus Limburg-Luxemburg

Herkules – griechischer Held mit göttlichen Ehren

Hus, Jan – tschechischer Theologe; 1415 in Konstanz auf dem Scheiterhaufen verbrannt

Hussiten – reformatorische bzw. revolutionäre Bewegungen im Böhmen des 15. Jh.s; Name von Jan Hus abgeleitet

Hygeia – griechische Göttin der Gesundheit; Tochter des Asklepios

Jesuiten – 1534 gegründete katholische Ordensgemeinschaft; seit 1566 in Olmütz; begründeten dort 1573 die zweitälteste Universität Tschechiens

Jesus – jüdischer Wanderprediger; Messias und Sohn Gottes im Christentum

Johannes Paul II. – eigentlich Karol Józef Wojtyła; erster slawischer Papst der römisch-katholischen Kirche; besuchte nach der Heiligsprechung Johannes Sarkanders 1995 Olmütz

Johann, von Luxemburg – tschechisch *Jan Lucemburský*; erster böhmischer König aus dem Haus Luxemburg; Vater von Karl IV.

Joseph II. – 1780–1790 Kaiser von Österreich; Sohn Maria Theresias; Vertreter des aufgeklärten Absolutismus; sein Reformprogramm wurde nach ihm als Josephinismus bezeichnet

Juden – älteste monotheistische Glaubensgemeinschaft und Bezeichnung für die historischen Stämme Israels

Jupiter – römischer Himmelsvater und oberste Gottheit

Kapuziner – 1528 gegründeter franziskanischer Bettelorden; seit 1613 in Olmütz vertreten

Karl IV. – tschechisch *Karel IV*; geboren als Václav; römisch-deutscher Kaiser und König von Böhmen aus dem Haus Luxemburg; gründete mit der Karlsuniversität die älteste Universität in Mitteleuropa; seine rege Bautätigkeit verlieh der Kaiserstadt Prag ihren Beinamen die *Goldene Stadt*

Klarissen – von Klara von Assisi und dem heiligen Franziskus gegründeter Frauenorden; zwischen Mitte des 13. bis Ende des 18. Jh.s in Olmütz

Klimt, Gustav – österreichischer Maler, Vertreter des Wiener Jugendstils

Kyrill – eigentlich Konstantin; einer der beiden Slawenapostel; 869 in Rom gestorben

La Fayette, Marquis Marie-Joseph du Motier – französischer General und Staatsmann zur Zeit des amerikanischen Unabhängigkeitskrieges und der französischen Revolution; 1794–1797 in Olmütz inhaftiert

Luxemburger – deutsches Herrschergeschlecht; ab 1311 Könige von Böhmen; erlischt 1437 mit dem Tode Sigismunds im Mannesstamm

Magyaren – Eigenbezeichnung der Ungarn

Mahler, Gustav – österreichischer Komponist und Dirigent; 1883 Kapellmeister am Mährischen Theater in Olmütz

Mährer – tschechisch *Moravané*; westslawischer Stamm; gründete im 9. Jh. mit dem Mährerreich den ersten größeren slawischen Staat

Maria – Mutter von Jesus

Maria Theresia – 1745–1780 Kaiserin von Österreich, Königin von Böhmen und Großfürstin von Mähren; ließ Olmütz zur bedeutenden Festungsstadt ausbauen

Mars – römischer Kriegsgott

Masaryk, Tomáš Garrigue – tschechischer Philosoph und Schriftsteller; Mitbegründer und erster Staatspräsident der Tschechoslowakei; womöglich ein illegitimer Sohn Kaiser Franz Josephs I.

Matthäus – einer der zwölf Apostel Jesus' im neuen Testament des Christentums

Merkur – römischer Götterbote; Gott der Händler und Diebe

Method – eigentlich Michael; einer der beiden Slawenapostel; 885 in Mähren gestorben

Michael – Erzengel des Christentums

Mojmiriden – tschechisch *Mojmírovci*; mährisches Adelsgeschlecht im Frühmittelalter; Herrscher Großmährens

Mongolen – zentralasiatischer Reiterstamm; drang im 13. Jh. bis Mähren vor

Mormonen – christliche Glaubensgemeinschaft; 1830 von Joseph Smith gegründet

Mozart, Wolfgang Amadeus – Musiker und Komponist der Wiener Klassik; komponierte 1767 in Olmütz auf der Flucht vor den Pocken seine 6. Sinfonie in F-Dur

Němcová, Božena – 1820 in Wien geborene tschechische Autorin; Begründerin der modernen tschechischen Prosa und Sammlerin tschechischer Märchen

Nepomuk, Johannes – tschechisch *Jan Nepomucký*; eigentlich Johannes Welflin; Priester aus einer deutsch-böhmischen Familie und Patron des Beichtgeheimnisses; 1393 in Prag von der Karlsbrücke gestürzt und ertränkt; 1729 heiliggesprochen

Neptun – römischer Gott des Meeres

Ostfranken – östlicher Zweig des germanischen Stammes der Franken; gleichzeitig Bezeichnung ihres Siedlungsgebiets

Otto I. – tschechisch *Oto I.*; Bruder von Vratislav II.; auch *Otto der Schöne* genannt; von 1061 bis zu seinem Lebensende Fürst von Olmütz

Ottokar II. – 1253–1278 König von Böhmen; seine Amtszeit bildete die Blütezeit des Hauses der Přemysliden; von 1251 bis an sein Lebensende Herzog von Österreich; ab 1261 Herzog der Steiermark; 1278 in der Schlacht auf dem Marchfeld gegen Rudolf I. getötet

Palacký, František – tschechischer Historiker und Politiker; Namensgeber der Universität in Olmütz; Träger des tschechischen Ehrentitels *Vater der Nation*

Přemysliden – böhmisches Herrschergeschlecht; erlischt 1306 mit der Ermordung Wenzel III. in Olmütz im Mannesstamm

Primavesi, Otto – mährisch-österreichischer Bankier und Industrieller; Kunstmäzen der Wiener Werkstatt

Radecký, Jan Josef Václav – 1821–1823 Festungskommandant in Olmütz; Feldmarschall; böhmischer Adeliger

Render, Wenzel – kaiserlich privilegierter Architekt und Steinmetz aus Olmütz; Erbauer der zum Weltkulturerbe gehörenden Dreifaltigkeitssäule und weiterer barocker Bauwerke seiner Heimatstadt

Römer – Begründer des römischen Reiches; benannt nach ihrer Hauptstadt Rom

Romney, Willard Mitt – ehemaliger Präsidentschaftskandidat der Republikanischen Partei der USA; Mormone

Rote Armee – Bezeichnung für die Armee der Sowjetunion

Rudolf I. – 1273–1291 erster römisch-deutscher Kaiser aus dem Haus Habsburg; ab 1240 als Rudolf IV. Graf von Habsburg; sein Sieg über Ottokar II. in der Schlacht auf dem Marchfeld war der Grundstein für den Aufstieg der Habsburger

Rudolf von Österreich – 1788 in Florenz geborener Kardinal; Erzbischof von Olmütz und Erzherzog von Österreich; Schüler und Mäzen Ludwig van Beethovens

Salvator Mundi – Erlöser der Welt; siehe Jesus

Sarkander, Johannes – tschechisch *Jan Sarkander*; eigentlich Johannes Fleischmann; 1620 in Olmütz zu Tode gefoltert; mährischer Priester und Patron des Beichtgeheimnisses; 1993 heiliggesprochen; Teile seiner Gebeine sind in der Michaelskirche und im Wenzelsdom beigesetzt

Schiller, Friedrich von – deutscher Dichter und Arzt; 1802 geadelt

Schweden – germanisches Volk in Skandinavien und Namensgeber Schwedens

Slawen – größte Ethnie in Europa; besiedeln seit dem 6. Jh. Osteuropa, das östliche Mitteleuropa und Südosteuropa

Slawenapostel – Brüder Kyrill und Method; kamen 863 auf Einladung des mährischen Fürsten Ratislav aus dem Geschlecht der Mojmiriden nach Mähren

Smetana, Bedřich – tschechischer Komponist; 1824 in Litomyšl als Friedrich Smetana geboren; erlernte erst im erwachsenen Alter die tschechische Sprache

Staatssicherheit – tschechisch *Státní bezpečnost*, StB; 1945–1989 Geheimpolizei der Tschechoslowakei; unterstand von Beginn an kommunistischer Kontrolle und wurde für den Machterhalt und zur Beseitigung von Gegnern eingesetzt

Stalin, Josef – sowjetischer Politiker; 1927–1953 Diktator der Union der Sozialistischen Sowjetrepubliken (UdSSR)

Tschechoslowakische Legion – im Ersten Weltkrieg aus Tschechen und Slowaken gebildete Militäreinheit aufseiten der Entente

Triton – Meeresgott der griechischen Mythologie

Vašek, Vladimír – siehe Petr Bezruč

Vauban, Sébastien Le Prestre de – französischer General und Festungsbaumeister zur Zeit Ludwig des XIV.

Vratislav II. – aus dem Geschlecht der Přemysliden; ab 1061 Herzog und ab 1085 erster König von Böhmen

Wenzel von Böhmen – tschechisch *Svatý Václav*; Fürst aus dem Haus der Přemysliden; 929 oder 935 ermordet; Heiliger der römisch-katholischen Kirche und Schutzpatron von Böhmen

Wenzel III. – tschechisch *Václav III.*; ab 1301 König von Ungarn, ab 1305 König von Böhmen und Polen; mit seiner Ermordung in Olmütz erlosch das Geschlecht der Přemysliden 1306 im Mannesstamm

Wiener Werkstätte – 1902–1932 Produktionsgemeinschaft bildender Künstler in Form einer Gesellschaft mit beschränkter Haftung mit Sitz in Wien

Zdik, Heinrich – tschechisch *Jindřich Zdík*; 1126–1150 Bischof von Olmütz; unter ihm erhielt der Wenzelsdom seine Weihe

Zigeuner – fahrendes Volk

Žižka, Jan – bedeutender Heerführer der Hussiten

ORTSREGISTER

Arionbrunnen – tschechisch *Arionova kašna*; Brunnen am Oberring südwestlich des Rathauses; erbaut 2002

Astronomische Uhr – an der Nordfassade des Rathauses installierte Kunstuhr; im 15. Jh. erbaut und seitdem wiederholt restauriert und umgestaltet; zuletzt nach dem Zweiten Weltkrieg im Stil des sozialistischen Realismus

Bachmatsch – tschechisch *Bachmač*; wichtiger Eisenbahnknoten in der Ukraine; im *Ersten Weltkrieg* Stätte einer Schlacht zwischen der Tschechoslowakischen Legion und den Mittelmächten

Bezruč Park – tschechisch *Bezručovy sady*; Park in Olmütz, angelegt 1898 zwischen den südöstlichen Stadtmauern und dem Mühlbach; vormals Michaelsausfall, Schillerpark und Tyrš Park genannt, seit 1947 Bezruč Park

Bischöfliches Palais – tschechisch *Arcibiskupský palác*; Sitz des amtierenden Erzbischofs des Erzbistums Olmütz auf der Petersanhöhe; nach einem Brand 1661 durch den Architekten Filibert Luchese im Barockstil umgebaut

Bischofspalast – vormals Zdik Palais; Gebäude in der Olmützer Burg auf der Wenzelsanhöhe; ursprünglich durch den Olmützer Bischof Heinrich Zdik in der Mitte des 12. Jh.s erbaut; heute Teil des Erzdiözesanmuseums

Bischofsplatz – tschechisch *Biskupské náměstí*; kleiner Park vor dem Bischöflichen Palais auf der Petersanhöhe

Blasiusplatz – tschechisch *Blažejské náměstí*; kleiner Marktplatz im Süden der Altstadt zwischen Niederring und Bezruč Park; bis 1839 Standort der Kirche des Heiligen Blasius

Blasiustor – tschechisch *Blažejská brána*; nicht erhaltenes Stadttor am Blasiusplatz; während des Festungsausbaus unter Maria Theresia durch ein Pulvermagazin ersetzt; seit 1904 offener Treppenaufgang aus dem Bezruč Park

Böhmen – tschechisch *Čechy*; historische Region in Mitteleuropa; bildet heute zusammen mit Mähren und einem Teil Schlesiens das Staatsgebiet Tschechiens

Botanischer Garten – siehe Rosengarten

Brünn – tschechisch *Brno*; zweitgrößte Stadt Tschechiens; im Süden Mährens gelegen; löste Olmütz im 17. Jh. als Hauptstadt Mährens ab

Burgtor – tschechisch *Hradská brána*; nicht erhaltenes Stadttor aus dem 13. Jh. im Bereich der Kreuzung der Straße des 1. Mai und der Komenského Straße im Nordosten der Altstadt; 1876 abgebaut

Cäsarbrunnen – tschechisch *Caesarova kašna*; barocker Brunnen am Oberring, östlich des Rathauses; 1725 von Georg Schauberger und Wenzel Render erbaut

Čech Park – tschechisch *Čechovy sady*; westlich der Olmützer Altstadt gelegener Park; schließt unmittelbar im Norden an den Smetana Park an; nur wenig später als dieser in den dreißiger Jahren des 19. Jh. als Johannesallee errichtet

Cisleithanien – tschechisch *Předlitavsko*; inoffizielle Bezeichnung der österreichischen Reichshälfte der Österreichisch-Ungarischen Doppelmonarchie; umfasste alle Länder im österreichischen Reichsrat; vor allem in den slawischen Kronländern gebräuchlich, wo der sonst übliche Name *Österreich* vermieden werden wollte

Dreifaltigkeitssäule – tschechisch *Sloup Nejsvětější Trojice*; 35 Meter hohe Pestsäule am Oberring; nach Pestausbruch 1716–1754 nach Plänen von Wenzel Render erbaut; 1754 im Beisein Maria Theresias geweiht; seit dem Jahr 2000 Teil des UNESCO-Weltkulturerbes

Domplatz – siehe Wenzelsplatz

Donau – Strom in Mittel- und Südosteuropa; durchfließt zehn Staaten und mündet ins Schwarze Meer

Edelmann Palais – 1572–1586 am Nordrand des Oberrings erbauter Palast des Olmützer Ratsherrn Wenzel Edelmann; Familienwappen am Eingangsportal; seit 1816 Residenz der Kommandeure der Festung Olmütz; darunter 1829 auch Graf Radecký, woran eine Gedenktafel erinnert

Erzbischöfliches Palais – siehe Bischöfliches Palais

Erzdiözesanmuseum – Teil des Olmützer Kunstmuseums; siehe Kapiteldekanat

Feistritz – tschechisch *Bystřice*; linker Seitenarm der March; fließt westwärts in das Stadtgebiet von Olmütz und mündet kurz vor dem Mühlbach in die March

Galerie Moritz – Geschäftszentrum nördlich des Oberrings inmitten der Olmützer Altstadt; ersetzt seit 2012 das im Stile des Brutalismus errichtete Kaufhaus *Prior* von 1982

Galerie Šantovka – Geschäftszentrum südlich der Olmützer Altstadt; 2013 erbaut

Hanna – tschechisch *Haná*; fruchtbare Ebene in Mähren mit Olmütz als wirtschaftlichem Zentrum

Heimatmuseum – Teil des Olmützer Heimatmuseums an der Kreuzung Denisova Straße und Univerzitní Gasse; ursprünglich Gebäude der Jesuiten

Hieronymus Kapelle – Kapelle im ersten Oberstock des Ostflügels im Rathaus von Olmütz; 1488 erbaut; Presbyterium tritt als dreiseitiger Erker aus der Fassade des Südflügels hervor

Henkertor – tschechisch *Katovská branka*; Stadttor im Osten der Altstadt; 1943 Anbau des Treppenhauses; führt von der Purkrabská Straße in den Bezruč Park; früher auch Frauenpforte; die Namen gehen auf das Wohnhaus des Henkers bzw. eines nahegelegenen Freudenhauses zurück

Herkulesbrunnen – tschechisch *Herkulova kašna*; Brunnen am Oberring, nördlich des Rathauses; 1688 von Michael Mandík und Wenzel Schüler erbaut; zweitältester Brunnen in Olmütz; bis 1716 am heutigen Platz der Dreifaltigkeitssäule aufgestellt

Hygeiabrunnen – tschechisch *Kašna Hygie*; seit Ende des 19. Jh.s Brunnen an der Westfassade des Rathauses am Oberring; zuvor Teil der Stadtmauer; vom ursprünglichen Brunnen ist nur die Nische erhalten

Jesuitenkonvikt – 1660–1667 und 1721–1724 entlang der Stadtmauer erbaut; beherbergt im nördlichen Teil des jüngeren Konvikts die Kapelle *Corpus Christi*; blindes Judentor im Hof; heute vor allem als Teil der Palacký Universität genutzt

Judentor – tschechisch *Židovská brána*; seit dem 17. Jh. blindes Stadttor im Osten der Altstadt; Name verweist auf ehemals jüdischen Stadtteil auf der Michaelsanhöhe

Juliusberg – siehe Michaelsanhöhe

Jupiterbrunnen – tschechisch *Jupiterova kašna*; barocker Brunnen am südlichen Ende des Niederrings; 1707 von Wenzel Render mit einer Figur des Heiligen Florians erbaut; 1735 als jüngster der barocken Brunnen mit einer Jupiterstatue von Philip Sattler thematisch an die anderen Olmützer Brunnen angepasst

Kapelle Corpus Christi – siehe Jesuitenkonvikt

Kapelle der Heiligen Anna – 1268 als frühgotische Kapelle in der Olmützer Burg auf der Wenzelsanhöhe erbaut; später im Renaissancestil umgestaltet

Kapelle der Heiligen Barbara – siehe Kapiteldekanat

Kapelle des Heiligen Alexius – 1380 auf der Michaelsanhöhe erbaute Kapelle; schließt direkt an die Kirche des Heiligen Michaels an; Teil des ehemaligen Klosterkomplexes der Dominikaner

Kapelle des Heiligen Johannes Sarkander – neubarocke Kapelle auf der Michaelsanhöhe; in der ersten Hälfte des 18. Jh.s an der Stelle des ehemaligen Stadtkerkers errichtet

Kapiteldekanat – vom Olmützer Domdekan 1267 erbautes Gebäude in der Olmützer Burg; umschließt die Kapelle der Heiligen Barbara; zuerst im Renaissance- und nach dem Dreißigjährigen Krieg im Barockstil umgebaut; beherbergt heute das Erzdiözesanmuseum

Kapuzinerkirche – siehe Kirche Maria Verkündigung

Kaufhaus Prior – siehe Galerie Moritz

Kirche des Heiligen Blasius – ehemalige Kirche am Blasiusplatz; erste Erwähnung im 13. Jh.; ab dem 16. Jh. von den Protestanten und den schwedischen Besatzern im Dreißigjährigen Krieg genutzt, danach als Lager; 1839 abgerissen

Kirche der Heiligen Klara – ehemalige Kirche im Kloster der Klarissen am Platz der Republik; nach Auflösung des Klosters 1782 als Bibliothek genutzt; heute Teil des Heimatkundemuseums

Kirche des Heiligen Michaels – ursprünglich gotische Kirche als Teil des Dominikanerklosters am Žerotín Platz auf der Michaelsanhöhe; nach den Beschädigungen im Dreißigjährigen Krieg 1673–1699 barock umgebaut; ihre drei Kuppeln prägen die Silhouette der Stadt

Kirche des Heiligen Moritz – spätgotische Kirche nördlich des Oberrings; ersetzt seit Beginn des 15. Jh.s einen früheren romanischen Bau; Bauarbeiten dauerten bis Mitte des 16. Jh.s; Edelmanngruft in der Renaissancezeit an der Nordwand angebaut; Innenraum nach Brand 1709 barockisiert;

Orgel von 1745 gehört mit 135 Register und über 10 400 Pfeifen zu den größten in Europa; Aussichtsplattform in 46 Meter Höhe auf dem viereckigen Südturm

Kirche Maria Verkündigung – Kirche der Kapuziner am südlichen Ende des Niederrings; 1655–1661 erbaut

Kloster der Dominikaner – im 13 Jh. auf der Michaelsanhöhe erbaut; 1709 nach Stadtbrand barock umgebaut; 1794 durch die Josephinischen Reformen aufgelöst; seitdem Nutzung als Priesterseminar; 1835–1842 erneut umgebaut und um den Säulengang am Žerotín Platz erweitert

Kloster der Kapuziner – ursprüngliches Kloster der Kapuziner vor der Stadtmauer von den Schweden im Dreißigjährigen Krieg zerstört; gemeinsam mit der Kapuzinerkirche danach innerhalb der Stadt neu errichtet; 1950 Vertreibung der Kapuziner durch die Kommunisten; Rückkehr 1991

Kloster der Klarissen – am Platz der Republik; erste Erwähnung 1298; 1754 im Barockstil umgebaut; 1782 durch die Josephinischen Reformen aufgelöst; vorübergehend als Kaserne genutzt; seit 1907 Museum bzw. seit 1951 Teil des Olmützer Heimatkundemuseums

Kloster Hradisch – tschechisch *Klášterní Hradisko*; 1078 von den Benediktinern nördlich von Olmütz gegründet; seitdem mehrmals verwüstet: zuerst durch die Mongolen, später durch die Hussiten und zuletzt durch die Schweden im Dreißigjährigen Krieg; 1661–1737 Neuerrichtung im Barockstil; seit 1802 als Militärkrankenhaus genutzt

Königreich der Serben, Kroaten und Slowenen – auch SHS-Königreich; nach dem Ersten Weltkrieg Vorgängerstaat des ehemaligen Jugoslawien; umfasste die heutigen Staaten Slowenien, Kroatien, Bosnien und Herzegowina, Serbien, Montenegro, Kosovo und Nordmazedonien

Konvikt der Jesuiten – siehe Jesuitenkonvikt

Kronenfestung – tschechisch *Korunrí pevnůstka*; Bastion süd-
östlich der Altstadt; während der Schlesischen Kriege errichtet

Litovel Tor – tschechisch *Litovelská brána*; Stadttor im Nordwesten der Altstadt; bis 1882 am Platz der Nationalhelden;
seit 1898 Ausgang des Czech Parks zur Palackého Straße;
vom ursprünglichen Tor ist nur das Eingangsportal erhalten; die beiden Adler stammen von einem anderen Stadttor

Magdeburg – deutsche Stadt an der Elbe

Mähren – tschechisch *Morava*; eines der drei historischen Länder Tschechiens; im Osten und Südosten der heutigen
Tschechischen Republik gelegen

March – tschechisch *Morava*; linker Nebenfluss der Donau;
durchfließt Olmütz Richtung Süden; Namensgeber Mährens

Mährische Pforte – tschechisch *Moravská brána*; Wasserscheide
zwischen dem Bergland des Mährischen Gesenkes und
den westlichen Ausläufern der Beskiden; bereits in der An-
tike Teil bedeutender Handelswege wie der Bernstein-
straße

Mährisches Theater – Theater am Oberring; am 3. Oktober
1830 unter deutscher Mehrheit eröffnet; nach Ende des Ersten Weltkriegs am 1. September 1920 neu eröffnet

Marchfeld – östlich von Wien gelegene Ebene; im Süden durch
die Donau und im Osten durch die March begrenzt

Maria Schnee Kirche – Barockkirche der Jesuiten am Platz der
Republik; Baubeginn 1712–1716; diente nach dem Josephinismus bis 1910 als Lager der Garnison

Marienpestsäule – 1716–1723 am Niederring zum Gedenken
der Opfer der Pest von 1713–1715 von Wenzel Render,
Hans Sturmer und Tobias Schütz erbaut; im Siebenjährigen
Krieg 1758 beschädigt

Masaryk Straße – nach Tomáš Garrigue Masaryk benannt; Einfahrtsstraße vom Olmützer Bahnhof bis zum Žižka Platz; überbrückt die Feistritz und die March

Merkurbrunnen – tschechisch *Merkurova kašna*; barocker Brunnen in der Straße des 28. Oktobers vor der Galerie Moritz; 1727 von Philip Sattler und Wenzel Render erbaut

Michaelsanhöhe – früher Juliusberg; eine der drei Erhöhungen der Olmützer Altstadt; Standort der Kirche des Heiligen Michaels und der Villa Primavesi

Michaelsausfall – tschechisch *Michalský výpad*; Stadttor im Osten der Altstadt; Mitte des 13. Jh.s erbaut; die Treppe von 1756 führt von der Univerzitní Gasse in den Bezruč Park

Michalská – Seitenstraße des Oberrings; führt in östlicher Richtung zum Žerotín Platz auf der Michaelsanhöhe

Militärbäckerei – Name geht auf ursprüngliche Verwendung als Bäckerei zurück; 1809 in eine Bastion der Stadtbefestigung eingebaut; die fünfeckige Form der Bastion bestimmt noch heute die Form des Gebäudes; Erbauung der Bastion 1656; Abriss der Bastion 1924–1926; heute wirtschaftliche Nutzung durch Unternehmen unterschiedlichster Art

Moldau – tschechisch *Vltava*; längster Fluss Tschechiens; durchfließt Böhmen in Süd-Nord-Richtung; mündet etwas nördlich von Prag als linker Nebenarm in die Elbe

Moritzkirche – siehe Kirche des Heiligen Moritz

Mühlbach – tschechisch *Mlýnský potok*; rechter Seitenarm der March östlich der Olmützer Stadtmauer; mündet südlich der Altstadt in die March

Museum für moderne Kunst – 1915–1918 erbautes Privathaus im Jugendstil am Platz der Republik; später als Krankenhaus und Strafanstalt genutzt; der kubische Glasturm dient dem Museum heute als Aussichtsplattform

Neptunbrunnen – tschechisch *Neptunova kašna*; Brunnen am Niederring; 1683 von Wenzel Schüler und Michael Mandík als erster der barocken Brunnen in Olmütz an Stelle der Kapelle der *Heiligen Markéta* erbaut

Neustadt – siehe Prager Kleinseite

Niederring – tschechisch *Dolní náměstí;* nach dem Oberring zweitgrößter Marktplatz in Olmütz; Standort zahlreicher Bürgerhäuser, der Mariensäule, des Neptun- und des Jupiterbrunnens sowie der Kapuzinerkriche

Nordsee – Schelfmeer im Nordwesten Europas

Oberring – tschechisch *Horní náměstí;* größter Stadtplatz von Olmütz; Standort des Rathauses, des Cäsar-, des Herkules- und des Arionbrunnens sowie der Dreifaltigkeitssäule

Ölberg – Erhebung östlich der Jerusalemer Altstadt

Olmütz – tschechisch *Olomouc* (von alttschechisch *holy* für kahl und *mauc* für Berg); an der March gelegen; alte Hauptstadt Mährens; als solche nach Einnahme durch die Schweden während des Dreißigjährigen Krieges 1641 von Brünn abgelöst; spätere Festungsstadt der Habsburgermonarchie

Olmützer Burg – Burg der Přemysliden auf der Wenzelsanhöhe; erste Erwähnung 1055; mit Erbauung des Wenzelsdoms wechselt das hohe Kirchenamt in die Olmützer Burg

Österreich – südlicher Nachbarstaat Tschechiens

Palacký Universität – 1573 als Hochschule der Jesuiten gegründet; zwischen 1778 und 1782 nach Brünn verlegt; nach Oktoberrevolution Rückgang der Studierenden; ab 1874 nur noch Theologische Fakultät; 1939 Schließung der Universität durch deutsche Besatzer; 1946 Wiederherstellung als Palacký Universität; ihre Fakultäten sind im ganzen Stadtgebiet verteilt; heute über 20 000 Studierende

Palais des Erzbischofs – siehe Bischöfliches Palais

Panská – Seitenstraße des Niederrings in der Olmützer Altstadt; führt in nordöstlicher Richtung zum Žerotín Platz auf der Michaelsanhöhe

Park der Přemysliden – kleiner Park unterhalb des Wenzels-doms nordöstlich der Altstadt; während des kommunisti-schen Regimes lange Zeit als Militärlager genutzt; seit Be-ginn des 21. Jh.s wieder frei zugänglich

Pestsäule – siehe Marienpestsäule

Petersanhöhe – eine der drei Erhöhungen der Olmützer Alt-stadt; Standort des Bischöflichen Palais und der Philoso-phischen Fakultät der Palacký-Universität

Platz der Republik – tschechisch *Náměstí republiky*; einer der ältesten Marktplätze in Olmütz; auf der Petersanhöhe ge-legen

Polen – nordöstlicher Nachbarstaat Tschechiens

Prag – tschechisch *Praha*; Hauptstadt von Tschechien; unter dem Geschlecht der Luxemburger erstmals Kaisersitz des Heiligen Römischen Reiches

Prager Kleinseite – tschechisch *Malá Strana*; Stadtteil von Prag unterhalb der Prager Burg; nach Vertreibung der ansässi-gen Bevölkerung durch Ottokar II. Neubesiedelung durch deutsche Siedler

Preußen – Land an der Ostsee bzw. bis zum Ende des Zweiten Weltkrieges Deutschland nördlich der Mainlinie

Priesterseminar – ehemaliger Teil des Klosters der Dominika-ner auf der Michaelsanhöhe; seit Umbau 1842 mit klassizis-tischer Fassade und Säulengang am Žerotín Platz

Rathaus – Sitz der Stadtverwaltung am Oberring; 1378 Privileg für den Bau; ursprünglich hölzerner Bau 1417 abgebrannt; 1443 Neubau mit drei Flügeln; ab 1474 aufgestockt und um den Westflügel ergänzt; 1591 erfolgte der Anbau der Re-naissancetreppe mit Loggia; 1601–1607 Aufstockung des Rathausturmes; astronomische Uhr in Wandnische neben Turm

Rathausturm – Turm an der Nordseite des Olmützer Rathau-ses; 1601–1607 auf heutige Höhe von ca. 75 m aufgestockt;

Helmdach; vier Rathausuhren; offene Galerie mit Aussichtsplattform

Rosengarten – 1970–1972 als Teil der Olmützer Blumenmesse angelegt; Park mit über 10 000 Rosensträuchern; östlich des Bezručs Parks gelegen; von diesem nur durch den Mühlbach getrennt

Rudolfsallee – siehe Smetana Park

Rudolfseiche – über 250 Jahre alte Stieleiche im Smetana Park; Stammumfang circa 6,5 Meter; erinnert an den Olmützer Kardinal Rudolf von Österreich

Salm Palais – Palais an der Nordwestecke des Oberrings gegenüber der Dreifaltigkeitssäule; in der 2. Hälfte des 17 Jh.s durch den Grafen Julius Salm erbaut; am Ende des 18. Jh.s um ein drittes Stockwerk erhöht

Schlesien – historische Region in Mitteleuropa; heute Teil Polens und Tschechiens

Školní Gasse – enge Gasse in der Olmützer Altstadt; führt vom Žerotín Platz in nordöstlicher Richtung hinunter auf den Oberring

Slowakei – östlicher Nachbarstaat Tschechiens; in Mitteleuropa gelegen; bildete nach dem Ende des Ersten Weltkrieges gemeinsam mit Tschechien die Tschechoslowakei; seit der einvernehmlichen Trennung 1993 ein eigenständiger Staat

Smetana Park – tschechisch *Smetanovy sady*; ältester Park in Olmütz; südwestlich der Altstadt gelegen; 1820 als Rudolfsallee von Kardinal Rudolf von Österreich der Stadt übereignet

Spitalskaserne – vormals Sitz des 6. Hannakischen Regiments am Platz der Republik

Steiermark – heute Bundesland Österreichs; früher eigenständiges Herzogtum, das flächenmäßig größer als das heutige Bundesland war

Straße der Freiheit – tschechisch *Třída svobody*; Straße westlich der historischen Altstadt; umschließt gemeinsam mit der *Straße des 17. November* die historische Altstadt von drei Seiten

Straße des 17. Novembers – tschechisch *17. listopadu*; umschließt gemeinsam mit der *Straße der Freiheit* die historische Altstadt von drei Seiten; begrenzt an ihrem Anfang die östliche Seite des Žižka Platzes; Name erinnert an die Studentenproteste 1939 und den Beginn der Samtenen Revolution 1989

Straße des 28. Oktobers – tschechisch *28. října*; nördliche Seitenstraße am Oberring; Name erinnert an die Unabhängigkeitserklärung der Tschechoslowakei am 28. Oktober 1918

Theologische Fakultät – Gebäude der Jesuiten in der Univerzitní Gasse; 1717–1720 nach Plänen von Lukáš Glöckl erbaut; ursprünglich Herberge für mittellose Studenten; zur Zeit des Ersten Weltkrieges Lazarett; während der deutschen Besatzung Gebäude der Hitlerjugend

Theresianisches Zeughaus – Ende des 18. Jh.s im Stil der Theresianischen Militärarchitektur gegenüber dem Bischöflichen Palais auf der Petersanhöhe erbaut

Theresientor – tschechisch *Terezská brána*; ehemaliges Stadttor im Westen der Altstadt; seit 1883 außer Funktion; als Teil der Festungsanlage Mitte des 18. Jh.s erbaut; heute freistehendes Denkmal auf Höhe des nördlichen Endes des Smetana Parks an der Straße der Freiheit

Tritonenbrunnen – tschechisch *Kašna Tritónů*; Brunnen am Platz der Republik; 1709 vom Olmützer Steinmetz Wenzel Render erbaut; bis 1890 etwas weiter westlich an der Kreuzung der Straßen Denisova, Ztracená, Ostružnická und Pekařská aufgestellt

Tschechien – tschechisch *Česko*; Staat in Mitteleuropa; bildete nach dem Ende des Ersten Weltkrieges gemeinsam mit der

Slowakei die Tschechoslowakei; seit der einvernehmlichen Trennung 1993 ein eigenständiger Staat; besteht aus den historischen Regionen Böhmen und Mähren und einem Teil Schlesiens

Tschechoslowakei – nach Ende des Ersten Weltkrieges bis zur Trennung von Tschechien und der Slowakei 1993 Staat in Mitteleuropa

Univerzitní Gasse – Seitenstraße entlang der Gebäude der Jesuiten auf der Michaelsanhöhe

Villa Primavesi – Jugendstilvilla Wiener Art auf der Michaelsanhöhe; 1905 erbaut

Weißer Berg – tschechisch *Bílá hora*; Hügel westlich von Prag

Wenzelsanhöhe – eine der drei Erhöhungen der Olmützer Altstadt; Standort der Olmützer Burg und des Wenzelsdoms

Wenzelsdom – dem Heiligen Wenzel geweihte Kathedrale auf der Wenzelsanhöhe; Baubeginn 1104–1107; Weihe 1131 durch Heinrich Zdik; ursprünglich romanische Kirche; nach Brand 1265 gotisch umgebaut; heutige neugotische Gestalt seit Ende des 19. Jh.s; Südturm mit 100,65 Meter höchster Kirchturm Mährens

Wenzelsplatz – ovaler Platz auf der Wenzelsanhöhe inmitten der Olmützer Burg; Standort des Wenzelsdoms, des Bischofspalasts, des Kapiteldekanats mit dem Erzdiözesanmuseum, der Kapelle der Heiligen Anna und anderer Bauwerke

Wesel – deutsche Stadt am Niederrhein nahe von Düsseldorf

Wien – Hauptstadt der Republik Österreich

Žerotín Palais – 1610 auf der Michaelsanhöhe durch das Adelsgeschlecht der Žerotín erbaut, am Ende des 18. Jh.s klassizistisch umgestaltet; später Standort einer Volksschule in tschechischer Sprache; heute Teil der Palacký Universität

Žerotín Platz – tschechisch *Žerotínovo náměstí*; Platz auf der Michaelsanhöhe; erstreckt sich vom Žerotín Palais in nördlicher Richtung bis zur Kirche des Heiligen Michaels und mündet dort in einen kleinen viereckigen Platz mit der Statue des Heiligen Florians

Zigeunerfall – Örtlichkeit in der Olmützer Burg auf der Wenzelsanhöhe; einer Legende zufolge stürzte sich hier ein Zigeunermädchen zur Zeit der Hussitenkriege in den Tod

Zigeunertor – tschechisch *Cikánská branka*; blindes Stadttor im Nordosten der Altstadt unterhalb der Olmützer Burg; diente als Verbindung zum Kloster Hradisch; Name erinnert an den Zigeunerfall

Žižka Platz – tschechisch *Žižkovo náměstí*; Platz zu Ehren des Hussitenführers Jan Žižka; vor der Pädagogischen Fakultät zwischen Mühlbach und March gelegen; Standort der Statue Tomáš Masaryks

INDEX

H

J

K

L

M

S

T

U

V

W

Z

DIE WELTFORMEL

»Was ist das?«

»Das ist das Misstrauen der Jahrhunderte.«

Klein Elena sah verwundert auf die runden, metallischen Plättchen und die zahllosen Papierzettel, groß, klein und bunt, wie sie innerhalb der gläsernen Vitrine vor ihr aufgereiht blitzten und blinkten. Bis zum heutigen Tag hatte sie noch nie Geld gesehen. Während ihr Mentor ins Restaurant auf der Dachterrasse schlenderte, war das kleine Mädchen noch immer vollkommen in die Musemsstimme vertieft.

Erst spät am Nachmittag verließen sie am Ende eines langen Tages das Café im Dachgeschoss des Museums.

»Warte, wir haben vergessen, Tatjana zu bezahlen!«

»Warum möchtest Du das tun?«

»Haben die Menschen das früher nicht so gemacht?«

»Ich verstehe. Das Geld!«, murmelte Elenas Mentor.

»Würdest Du auf das Kätzchen unserer Kellnerin aufpassen, wenn sie Dich darum bittet?«

»Ja, das würde ich tun. Sehr gerne sogar!«

»Und was meinst Du, würde deine Mutter sie untersuchen, wenn sie sich krank fühlt?«

»Natürlich, meine Mutter ist schließlich die beste Ärztin der Stadt!«, erwiderte das Mädchen nicht ohne Stolz.

»Gut, aber weiß Tatjana das auch?«

»Ich denke schon …«, begann Elena zu grübeln.

»Sieh mich an«, kam ihr Pate ihr zu Hilfe und meinte zu ihr:

»Ich bin sogar überzeugt, dass sie das tut! Und soll ich Dir etwas sagen, meine liebe Elena? Ich denke, ich weiß sogar noch ein wenig mehr: Sie vertraut in Dich!«

Diese Antwort überraschte klein Elena und sie blieb abrupt stehen, obwohl ihr Mentor einfach weiterging. Nachdenklich starrte sie ihm nach – aber nur um ihm schon im nächsten Augenblick mit Augen, leuchtend und funkelnd hell wie ein Stern am Nachthimmel, wieder einzuholen …